すごいトシヨリ散歩

池内紀
川本三郎

毎日新聞出版

すごいトシヨリ散歩

目次

装丁・イラストレーション　重実生哉

本書は、月刊誌『望星』（東海教育研究所）で二〇一六年九月号から二〇一九年九月号にかけて連載された対談「にっぽん　そぞろ歩き」を書籍化したものです。

（文中の「——」は進行役をつとめる編集部の発言です）

東京の味わい方

天下国家を語らぬ二人が語るもの

川本　対談で思い出すのは、昔、お金のない雑誌で、詩人の清水哲男さんと連載対談をやっていたんです。野球場で野球を見て、そのあと二人で試合のこと、球場のことを話す。まとめ役もいなかったので、喫茶店に入り、原稿用紙に、まず清水さんが「清水　今日はいい試合だったね」と書いたら、今度は私が「川本　そうですね」と書いて、初めから原稿にしてしまう。清水さんは熱狂的な巨人ファンで、私が阪神ファンだったので、球場で別々に観戦したあと、喫茶店に入って試合のことをああだこうだ……ほとんど遊びですね。いまからすると、あの時代はまだのどかだったなぁと思います。

池内　住居のある三鷹に、もう三十年くらい応接間がわりにしている喫茶店があって、最初のころは若い女性が三人でやっていたのが、いまも同じ三人です。

川本　歳取ってということですか？

池内　そうそう。売上げは以前に比べてずいぶん落ちたといいます。近頃はエキチカにきっとスターバックスとか、チェーン店系ができるでしょう？　すると、お客を取られてしまう。以前は季節ごとに休みを取って、みんなで一泊旅行してたのに、いまは年に一度だけ。街の喫茶店は、いま難しいんですね。

川本　最近は個人商店が軒並み立ち行かなくなっていますものね。よく地方の商店街がシャッター通り化していると言いますが、東京にもそういうところがわりとあって、私の姉が住んでいる西武線の小平駅近くの商店街なども、けっこう店が閉まっています。

　ところで、この対談、「東京」がテーマと思っていいのかな？

――今日は東京ですが、テーマはそのつど、暮らし方や街歩き、映画、旅、面白い本の話などと変わるかと思いますが、すみません、要は何でもいいんです。とにかくお二人が顔を合わせたとき、どんな話をするんだろう、かと。

川本　天下国家のことは語らないけど、ただ、最近、周囲の編集者や映画会社の人たちと飲むと、皆さん、よく「自分の周りには、現政権支持の人は皆無なのに、世論調査では四割くらいの支持がある。自分たちはつくづくマイノリティだと感じる」と言うんですよ。たしかに不思議な現象だなと思います。われわれの居場所が特殊なのかもしれませんが。三十代、四十代でも多くの人がデモに行っているし、なぜあんなに支持率が高いのか、不思議です。

池内　次の選挙から選挙権が十八歳以上からになりましたね。もっと早くに十八歳以上にしておかなくちゃならなかったと思います。それでも、やっと実現して、何か変わるような気がしますね。

川本　どうでしょう。十八歳以下がはたしていまの政権に批判的なのか、追従するのか。徴兵制になって困るのは、結局は彼らですからね。

池内　そうなんです。こちらは、ほぼこの世の役目が終わっています。

川本　私や池内さんの世代がある意味幸せだったのは、日本の近代史の中にあって、戦争がなかったこと、徴兵制がなかったこと、そして結核が死病でなくなったこと。結核は大きいですね。かつて、あれだけの文学者が結核で死んでいるのに、われわれの世代になると特効薬ができていた。

池内　戦争も徴兵制もなかったけれども、戦争から帰ってきた人たちの生態は見ていた。結核についても、自分はかからなかったけれども、病院に入って療養している人たちは見ていた。だから、戦争も結核も記憶としては持ちながら、現在進行形ではなかった。そこは、非常に恵まれていました。

川本　終戦後は、たしかにお腹は空いていましたが、学徒動員で取られた世代に比べると、心底幸せだったと思います。

池内　少年時代は、ひもじいなりに、生き延びる方法を編み出しているんです。だから飢えや貧しさというのは、いまでもあまり怖くないし、我慢できる。

川本　貧乏性が身についているから、いまだにぜいたくができないんですね。だから、こんな霞が関の高層ビルのなかの会議室で対談なんていうと、似合わないなぁって。

池内　じゃあ東京を見下ろしながら、東京の話を始めましょうか。ちょうど、川本さんの『東京抒情』（春秋社）が出たばかりですし、拝読して、楽しかったです。ぼくなんかは、昭和三十四年に東京へ出てきた人間です。

川本　六〇年安保の一年前ですね。

池内　大学に入ったタイミングです。高度経済成長の気配はありながら、具体的にはまだ動き出していなかったころです。当時はまだ都電が走って、銀座に「汚穢屋《おわい》」がいて、古い東京が残っていました。

川本　最初はどこにお住まいになられたんですか？

池内　滝野川でしたが、若かったですから四年間に七回か八回、引っ越しをして、東京中を転々としていました。ほとんどが本当に小さい、三畳間にいましたよ。一時、神戸に赴任して、ウィーンにも行って、合わせて六年くらいの中断を挟んで、昭和四十七年に東京へ戻ってきた。それからはずっと東京です。

川本　戻ってこられたころだと、東京オリンピックを経て、霞が関ビルも、おそらくもうできていて、いまの東京の原型が作られていたという感じでしょうか。

池内　そうですね。六年の中断の前と後では、東京もずいぶん変わったという印象があります。

川本　オリンピックで、風景ががらりと変わりましたね。ただ、それまでの東京があまりにひどかったから、当時二十代だった私などは、街が新しくなってゆくのはうれしかった。私より前の世代になるとオリンピックが嫌で、「オリンピック疎開」という言葉も使っていましたけど。開催期間中は東京を逃げ出した、と。

池内　昭和三十年代の、森繁久彌が出てくる映画「社長シリーズ」などの風景は、出てくる家が粗末ですよね。道路もまだ舗装されてなくて、車が走ると砂煙が上がって、雨が降るとドロドロで。社長の車はキャデラックなんですが、ところが、キャデラックに乗っているような人間が、家に帰れば下駄履いて、浴衣で風呂屋へ行ったりする。そういうまったくちぐはぐな豊かさが始まっていたころですね。

川本　原節子が出ている小津安二郎の映画を見ると、まだ卓袱《ちゃぶ》台や火鉢のある生活をしているんですね。八月十五日の敗戦で国の仕組みががらりと変わったとはいえ、昭和三十年代半ばごろまでは、日本人の生活スタイルは戦前とあまり変わらなかった。それが大きく変わったのは、テレビや電気洗濯機が本格的に家庭に入ってきた昭和三十年代からだと思います。

池内　川本さんにとっては、映画が過去の記録であり、時代の証言になっているのではないですか？

川本　おっしゃるとおりで、私の世代が昭和二十年代、三十年代の映画をいま論じるときに、テーマや演出技術に関して従来どおりの映画評論はもう上の世代がしているので、そこに映っている生活風俗や東京の風景に、どうしても目がゆきます。

池内　そういう風俗も面白いですけど、ぼくは話し方や言葉に引かれます。

川本　笠智衆はよくせっけんのことを「シャボン」と言っていて、ああ、懐かしいなぁと思いますね。それと懐かしいのは女性の「テヨダワ」言葉。「よくってよ」「そうだわ」。

池内　原節子は「おとうさま、おかあさま」「○○さんにお呼ばれいただいたんだけれども」なんて……。

川本　言葉がすごくきれいでしたね。親子のあいだでも、丁寧語を使っていました。

池内　敬語と日常語を、きれいに使い分けていますね。あれは東京の中流家庭でしょうか？

川本　そうですが、『晩春』（一九四九）や『麦秋』（一九五一）になると、舞台は鎌倉になります。鎌倉は空襲にあっていませんから、戦前の中産階級の上にあたる暮らしがきれいに残っている。それでも『晩春』の冒頭には、家族が卓袱台を囲み、お櫃《ひつ》からご飯をよそって、お鍋からお味噌汁をよそる、庶民的な食事のシーンがありました。

スクラップアンドビルドの街

池内　ぼくは半世紀くらい東京に住んでいて、半身は東京人だけど、もう半分はお国を持っているという感じがいまでもある。だから自分を「半東京人」と考えているんです。そんな半東京人の自分にとって、東京はいつも未知で、どんなに親しくなっても、どこか知らない部分があるから、未知を歩いているという楽しみが常にあります。

川本　私は、七十過ぎてから、いまの東京についていけなくなってしまって。銀座もすっかり様変わりしたし、新宿なんかは三越がなくなったというのが、私の世代にはショックで。最近いちばん驚いたのは、日比谷の再開発で有楽町の代名詞だった「日劇」の名が消えるそうです。日比谷の映画街はいまの姿になってまだ三十年くらいしか経っていないと思うんですが、もう新しいビルにするらしい。完全にスクラップアンドビルドです。東京はもともとそういう街ではありましたが、このところ、それが加速している。

池内　それは、ぼくも思います。若いころに慣れ親しんだウィーンやベルリンの街に比べて、東京の変わり方はとてつもなく大きい。ベルリンなんて政治的に二つに割れたのが再びくっついたわけだから、大きく変動したんじゃないかと思うでしょう？　でも、それはほんの一部で、全体としてはほとんど変わっていない。

川本　ドレスデンなどは、あれだけ爆撃にあっても、かつてと同じように復元させましたね。

池内　以前あった建物や外壁を、すべて同じように復元するんですよね。だから、一度は瓦礫になっていながら、戦前と同じ街がまた誕生する。

川本　もともときれいな街だったんでしょうね。東京の場合は元が悪いから、再現してもあまり喜ばれないもので、これを機会に新しい街に、となってしまう。

池内　考え方も、かなり違うと思うんですよ。彼らは、歴史は継続するもので、記憶が切れたら歴史が途切れてしまうと考えるんです。街も同じで、ある建物が記憶されていて、そこを起点に新たな記憶が作られていくと考えているから、ランドマークは同じ形で復元しますね。失われた街の風景をそっくりそのまま再現する。日本の場合は、経済と効率でぶっ壊しちゃうから、ランドマークを頼りに街へ出ても、なくなっていることが多い。新宿なら、以前はここに三越があって、こっちにアートシアター、あっちに寄席……といった具合に段取りがつけられたのに、それができなくなるから、通りに立ちつくして、途方に暮れてしまう。

川本　永井荷風はアメリカとフランスに行って、実際にパリとニューヨークを見てきて、「文明とは古臭いことだ」と目を開かれる。文明開化で西欧社会を真似るためにあらゆるものを刷新していた当時としては、すごく新鮮な発言ですよね。そんな荷風だからこそ、東京があまりにも新しい街になってしまったことにがっかりして、変化の少ない下町ばかり歩くようになった。

池内　荷風の『日和下駄』は、ほぼ百年前の作品ですが、『日和下駄』で荷風が非常に卑しんでいるのが西洋かぶれの近代化です。それを日本はいつも繰り返している感じですね。いまは完全にアメリカかぶれでしょう。やることなすことすべての基準がアメリカになっている。

川本　東京の下町は江戸の昔から火事が多かったから、家が焼けても、すぐまた新しいのを建てていた。それで下町の人は、新しい家に住むのが当り前なんだと聞いたことがあります。戦時中の建物疎開なんていうのは、下町の人が火事によるスクラップアンドビルドに慣れていたために出てきた発想なのかもしれない。関西にも、空襲による火事を未然に防ぐために建物を壊したという話はありますか？

池内　あまり聞かないですね。土着性の強い地方都市には実現しにくい発想だろうと思います。

川本　ご出身は姫路ですよね。姫路は空襲にはあっているんですか？

池内　世界遺産になったお城があります。市民は素朴で、アメリカ人は文化を尊重するから、立派なお城のある街は空襲にはあわないと思い込んでいたんですけど、実際には、城以外の街の大半は空襲で焼けちゃった。

川本　お城は、意図的に狙わなかったんでしょうね。京都も、金沢も、鎌倉も、古都をアメリカはみんな見事に残しました。

池内　そんなことまできちんと探索することができる国と戦争したんですから、いまから思えばムチャクチャです。

川本　東京の下町は、町工場があったためにやられた。おまけに、当時は空襲にあっても延焼を防がなければならないという決まりごとがあって、そのために逃げ遅れてしまった人が大勢いる。関東大震災でやられ、空襲でもやられるという悲劇を繰り返しているために、下町にはいまでもところどころに慰霊碑やお地蔵さんが残っていて、おばあさんなんかが手を合わせています。山の手では、あまりそういう光景は見られない。金持ちが住む山の手のほうが助かって、貧しい人たちが住む下町がやられたのは、本当に不公平です。

時代で変わる酒飲みの拠点

池内　川本さんのいわゆる東京歩きの本には、地図で見ないとわからない、普通の人がまず行かない「ここ、どこだっけ？」というところがたくさん出てきますね。葛飾区の青砥《あおと》あたりのことなんかも書いておられますね。

川本　あのへんが好きなんです。

池内　どういう点が面白いんですか？

川本　葛飾区周辺は東京のいちばん東の外れであるため、意外と空襲にあっていないんです。そこへ戦後、江東区の深川あたりで焼け出された人たちが移り住んで、いわゆる新下町が形成されてゆく。墨田区や江東区はスカイツリーができたために新しい街になってきていますが、葛飾区はそうした時代の流れからも外れていて、昭和三十年代の下町の風景が、まだかろうじて残っている。たとえば、いまや居酒屋の街で有名になった京成立石《たていし》の駅は、いずれは高架になるらしいんですけど、現在はまだ地上駅です。東京の電車の駅はほとんどが高架か地下になりつつあるので、立石のように地べたの駅は珍しくなってきていますよね。

池内　降りたとたんに商店や飲み屋があると、懐かしいと感じますね。

川本　立石駅前の道は仲見世通りといって、居酒屋ブームの拠点になっています。

京成立石駅北口の飲み屋街「呑んべ横丁」（2011年撮影）

余談ですけど、居酒屋ブームを牽引している太田和彦さんと吉田類さんは、それぞれ酒の飲み方が違うんですね。吉田さんは、とにかく酒と肴があれば何でもいいという感じで、薄汚い居酒屋でも平気で入ってゆく。太田さんの入る店はわりとグレードが高くて、酒の銘柄や肴にもうるさいから、客単価がちょっと上がる。私は、貧乏性だから吉田類派かな。

それはともかく、居酒屋の定番でもあるもつ煮込みが評判の店の地図を作ると、青砥や赤羽、大井町など、東京の外縁に集中していて、それらを線で結ぶと、山手線が描く輪のもうひとつ外側の円の右半分くらいになる。そこはつまり、かつて工場地帯として栄えた場所で、居酒屋は工場労働者たちが仕事を終えたあとに、あるいは夜勤明けに一杯やる店として始まっているんですね。赤羽なんて、その典型です。

不思議なのは、これだけブームになっているにもかかわらず、居酒屋の歴史について書かれた本というのは、ほとんどない。藤沢周平の時代小説を読むと、なんとなく江戸時代から居酒屋があったような気がしてしまうんですが、士農工商のあった時代に、町人が夜遅くまで酒を飲む習慣があったのかどうか。ものの本には、江戸中期には、江戸の町に居酒屋がたくさんあった、とあるのですが。荷風の『濹東綺譚』のあとがきの「作後贅言」には、大正時代までは、夜遅くまでやっている飲食店は蕎麦屋くらいで、夜、酒を飲むのはもっぱら蕎麦屋だった、それが昭和に入ってから遅くまでやっている店ができたと、書いてあります。漱石の『三四郎』でも、三四郎が東京に出てきて酒を覚えるのは、蕎麦屋です。

池内　川本さんの散歩は、散歩そのものを楽しんでいて、すごく〝純〟なんですが、ぼくのような半東京人はさもしくて、ぶらぶらするにも意味づけしようとする。そういうときにはだいたい神社にするんですが、神社の周りにはたいがい門前町にあたるものがあって、ふるーい蕎麦屋もあるんですよね。お祭りの期間が長いことで知られる芝の神明社は、近くに世界貿易センタービルというすごく高いビルがあったりするんだけど、社の周りはひっそりしていて、古い判子屋さんや、もちろん古い蕎麦屋もある。そこでお酒を飲んでいると、宮司さんなんかと出くわします。巫女さんのかっこうをしてお札を売っている女の子も来たりして、神社で見ると神の子みたいですが、蕎麦屋だと普通のおネエちゃんで、お酒を飲んでいたりする。蕎麦屋は昔の飲酒、飲食のセンターですよね。

川本　池波正太郎さんはたくさん食のエッセイを書いていて、いまの飲酒、飲食ブームを作った一人だと思うんですが、書いたものを読んでいると、居酒屋ではあまり飲んでいなくて、神田須田町の「まつや」などといった蕎麦屋で、板わさや卵焼きで燗酒を飲んでいる。粋ですよ。

近頃は、植木等の「ちょっと一杯のつもりで飲んで、気がつきゃホームのベンチでごろ寝」みたいな荒っぽい飲み方はすっかり影をひそめて、池波正太郎さんや太田和彦さんみたいに、きれいに、楽しく飲むお酒が増えた気がします。

水の街だった東京

池内　ぼくにとって、いいなぁと思う東京は、年代ごとにそれぞれ違うんですよ。自分にとって東京が楽しくなってきたのは、六十代くらいになってから。なぜかといえば、大震災や大空襲があったにもかかわらず、江戸から明治、大正、昭和と続く時代の層が、街に残る何らかの痕跡を通して見えるようになったからです。

それと、まったく違うものが隣り合っている面白さがありますね。たとえば、隅田川の河口ではリバーシティに高層住宅が林立しているすぐ横に、老舗の佃煮屋があったりする。しかも、近くで子供が遊んでいる風景は、われわれが幼いころと変わらなかったりして。

多摩川の河口には羽田空港がありますが、近くにある天空橋を渡るとすぐに漁師町で、あのへん

蔵前・隅田川テラスから厩橋を望む風景

を歩くと銭湯から桶の音や、子供を叱る母親の声が聞こえたりして、そういうのも楽しい。あの河口は広くて、ここが本当に東京なのかと思うような、不思議な風景が広がっています。

川本　あのへんでは、いまでもアナゴが取れるといいますね。

――河口は、潮干狩りの名所にもなっています。

川本　高度経済成長期には、隅田川なんか臭くて汚くて、両国橋のところで総武線に乗ると、電車の中までにおいがしたものです。それに比べると最近の川はどこもきれいになって、遊歩道ができたりもしている。

池内　ぼくが荷風の『日和下駄』と並んで、露伴の『水の東京』を読んで、東京の街のことがあらためてよくわかった気がしました。

川本　『水の東京』は、江戸時代は水の都だったのが、薩長の明治維新になってから水が虐待されるようになったことへの批判で、荷風もそれは感じている。陸蒸気《おかじょうき》が陸の王者になり、東京の中心が水から陸に変わる。川や水路は水運の便がいいというので工場地帯になって近代化の底辺を支える一方、エリートは山の手に住むというふうになってしまった。

池内　建築家の陣内秀信さんが学生とチームを組んで、水の東京を発掘されてますね。いろんな水路を学びました。十間川《じっけんがわ》とか、ああいう運河を見ていると、面白いものですね。浅草の隅田川沿いに、アサヒビールの、黄色い、ヘンなものをのせたビルがあるでしょ？　ぼくは、大ビール会社がどうしてあんなところにあるのかが不思議でしょうがなかった。水の東京を知るとわかるんですね。もともとは大名屋敷で、そこを朝日麦酒が買ったんですね。昔は大きな水路が幹線で、そこを船が行き来していたので、あそこに工場を作るのはたいへん都合がよかった。そういうつながりは、普通はなかなか見えないですよね。

――やはり物流の問題で、隅田川や荒川沿いに鉛筆工場が多いと聞きました。

川本　いまでもかろうじて鉛筆工場が残っているのは、町屋あたりですね。

池内　川本さんは、町屋も好きでしょう？

川本　好きですねぇ。いまはマンションだらけになってしまいましたが、ここも隅田川に近くて水運の便がいいので、鉛筆工場と、それから材木屋なんかも多かった。鉛筆工場は荒川の向こう側の

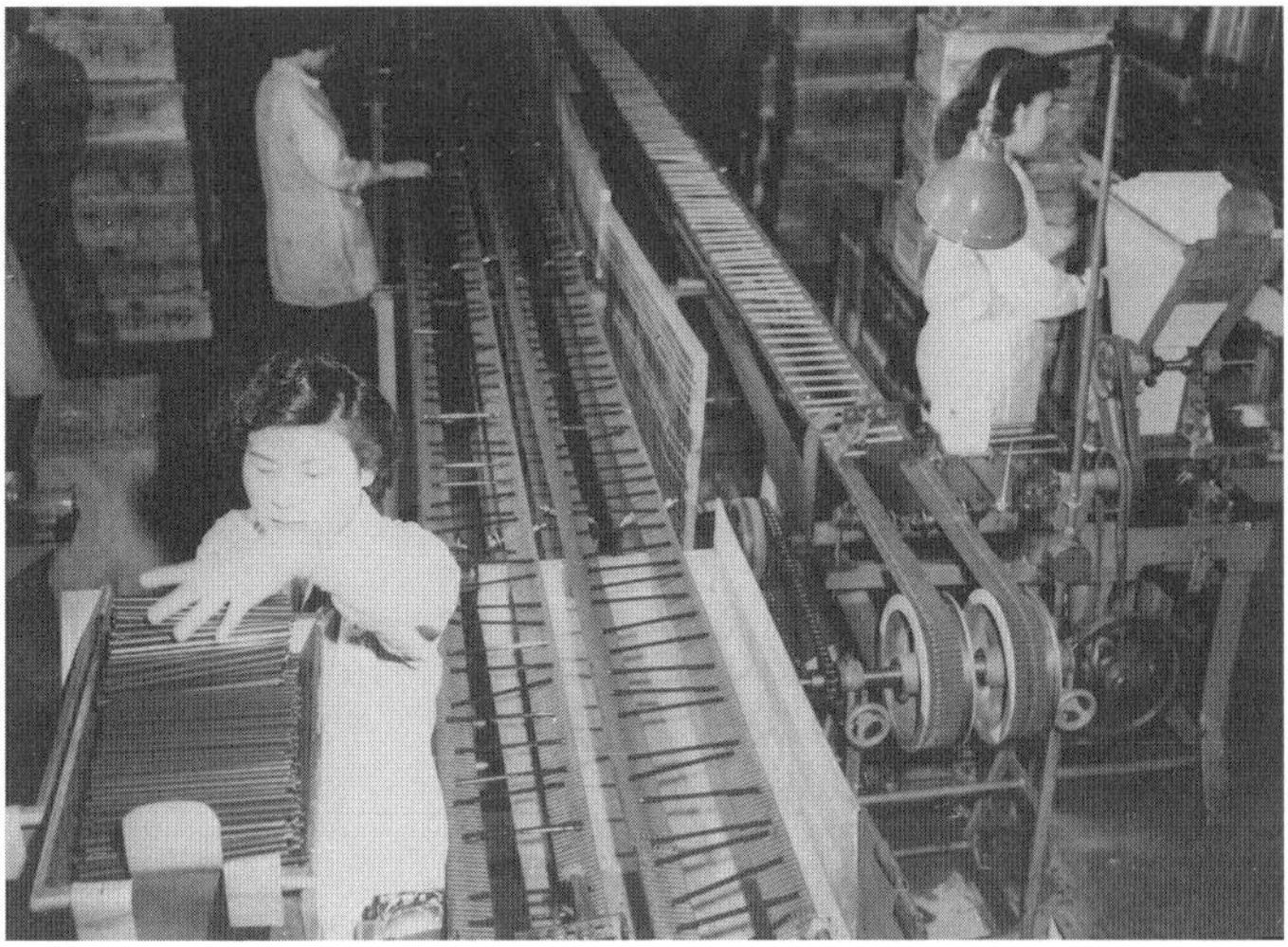
鉛筆工場のベルトライン（昭和三十年代）

四ツ木にもある。みんな川べりです。

池内　なるほどね。青砥なんかは中川沿いですね。

川本　青砥には昭和三十年代までは染め物屋があって、染めた布を川で洗う、京都の鴨川みたいな風景が見られたといいます。

池内　「紺屋」とか、そういう仕事ですね。高田馬場からこっちの、早稲田へ向かう川沿いにはいまだに紺屋さんがあって、二階の物干しからずっと布を垂らしている。あれも、やっぱり水のつながりですね。

川本　最近、神田川沿いの落合で、あれを復活させようとしている。あそこも昭和三十年代くらいまでは、そういう光景がけっこう見られた地域です。

　こうしてみると、東京は水によって特徴づけられていたといってもいいと思うんですが、これだけビルが林立しているにもかかわらず、散歩ができる街だというのも、東京の大きな特色ですね。こんなに人が歩いている都市は、世界的にもそんなにはないと思います。日本では地方に行くほど車社会になりますが、東京は鉄道網がしっかりしているから、自分の足と鉄道を組み合わせれば、だいたいどこにでも行ける。

池内　知り合いのドイツ人が東京に来ていちばんびっくりするのは、これだけ巨大な都市なのに乗り物が非常に整備されていて、時間も正確だということです。それと普通、ヨーロッパの都市の真ん中は「旧市街」といわれるいちばん古い地域で、王宮や官庁など由緒ある建物が集まっている。ところが東京の中心は、巨大な空間に一家族だけが住んでいる（笑）。中世や近世ならそれもわかるんですけど、二十一世紀の神話みたい。これにも外国人は驚きます。

子供が学校へ行くのに一人で電車に乗っている、おおかたの外国人からすると、親は心配しないのか、事故が起きないのか、ハラハラするみたいです。パリの地下鉄などは、横に来る人しだいで警戒しなくちゃならない。

川本　治安についてはだんだんあやしくなってきていますが、それでも世界の大都市に比べれば安全で、女性が夜中に一人でも平気で歩いている。原宿や青山みたいな女性中心の街があるというのも、ほかの国ではないことじゃないでしょうか。

今日は冬晴れですけど、ニューヨークやロンドンの人は、「真冬なのに青空が見えるのは、すごい」と言いますよ。どちらも、どんより曇ったところから来るから。同じ理由で、金沢や富山といった日本海側の人も、「一月、二月にこんな青空が!?」と言います。

池内 緯度が高いところの冬は、夜明けが遅く、日暮れが早いので、冬のあいだに、こんなに青空の出る都市はけっこう少ないと思います。東京でこれだけ大勢の人が住んでいてもストレスにならないのは、頭の上にものすごい空間があるからかもしれませんね。

安楽の地・東京

川本 池内さんは、東京を離れて、田舎暮らしをしようとは考えませんか?

池内 ぼくは高校生くらいまでは田舎で育っていまして、もう住みたくないですね。やっぱり、人間関係ですよね。田舎では、先祖は何々で、どこそこに嫁入りしている娘がいて、といった人間関係をすべて知っていることを前提に生きなければならない。それが重いんです。

川本 東京の下町もそうだと言いますね。

池内 川本さんは人口が三十万人くらいの都市に住みたいとおっしゃっていましたよね。

川本 そうなんです。いま、盛岡に凝っているんですよ。雪で街歩きができなくなる冬のことを考えるとちょっと躊躇してしまうんですが、夏はいいですよ。

池内 ぼくも盛岡は好きです。あの街は、歩いて退屈しないです。街に緑があって、川があってね。

川本 中津川、北上川、雫石川と、大きな川が三つあって、山が見えてね。それと、商店街がきちんとしている。シャッター通りになっていない。

池内　城跡が大きな公園になっているのもいい。

川本　それと、美人が多い。秋田美人と言いますけど、南部美人という言葉もあるんですよ。地元の人によると、秋田出身の女優や芸能人が多い一方で、岩手はほとんどいないそうです。それは県民性で、地味好みで、派手なことを嫌うからだそうです。だから美人が流出していないというか。たまたま食事に入ったところや、思わぬ場所で、たびたび美人に出会えるんです（笑）。

池内　ぼくは、一ヵ所に住むとその土地に制約を受けるから、東京を中心として、それ以外に三ヵ所くらい、それぞれ一週間ほど過ごせる場所を作っておいて、季節によって使い分けるというやり方です。

川本　私も、一ヵ所に固定されてしまう別荘を持つより、いろんなところに滞在先を持ちたい。で、そういうときは、ごちそうの出る旅館に一泊するより、ビジネスホテルに泊まって、夜は街に繰り出して居酒屋なんかで飲んだほうがいい。以前、そんな話でも、池内さんと意見が一致しましたよね。一人旅でごちそうが出ても、しょうがないし。

池内　最近のビジネスホテルは、安くてきれいですし。

川本　本当に。私は歳を取った特権だと称して、東京一泊というのをよくやっています。

池内　ぼくもそれはよくやります。映画ってナイトショーや、朝の十時ごろから上映したりしますけど、いいものが夜と朝とで重なっているときには、人形町あたりのビジネスホテルを取るんです。

そして、夜の最終を見たらホテルに戻り、翌日は朝の映画を見て、お昼ごろ家に帰る。歌舞伎なんかはけっこう遅くに終わったりするでしょう？　そこから自宅のある三鷹まで帰って食事なんていうと慌ただしいから、それならと、東銀座で宿を取っちゃう。長生きしたゴホービですね。

川本　昔、人類学者の青木保さんが関西の大学で教えておられたころ、――もともと東京の方ですが――、週末に東京へ出てきてホテルに泊まり、映画を二本くらい見るのを楽しみにしていると言っていました。最近は、年寄りも郊外の老人ホームへ入るよりも、都心のマンションに住んで映画や音楽会を楽しんだほうがいいという考え方も、よくされますよね。

池内　そのほうが精神的にもいいんじゃないですか？　自分が老いたときに、どういうかたちで楽しく過ごせるか、その遊びの工夫は、人から教えてもらうんじゃなく、自分でこしらえるのがいちばんですよね。

川本　田舎暮らしは、行きたがるのはまず夫で、妻は反対する。買い物に出るのも大変だし、反対するのも無理はないですよね。実際に移住しても、奥さんがまず音を上げると言います。

池内　男のほうがロマンティストで、田舎暮らしをしたら思い切り絵が描けるとか、釣りができるとか思っている。でも、毎日絵を描くなんて大変だし、釣りはたまにするからいいんですよって言ってあげたい。嫌がらせではないんですけど、結局そういうものだから、憧れで留めておいたほうがいいんじゃないかと。ぼくはたぶん、いまのところが終の棲家になるでしょう。

川本　姫路に郷愁は感じられないんですか？

池内　ないですねぇ。

川本　姫路の名誉市民かと思っていたんですが。

池内　え!?　冗談じゃない。

川本　いつだったか、姫路を歩いていたら、あちこちに池内さんの講演のポスターが貼ってあったので、てっきりそうかと……。

池内　それは講演のときだけです。郷里にはたまに帰って……という憧れは持っていますが、もう帰らないでしょうね。川本さんも、最終的には東京が終の棲家だなって意識があるでしょう？

川本　そうですね。私の場合は完全に一人暮らしですから、先のことを考えると本当に不安で。

池内　それは、夫婦であっても同じですよ。いつまでも二人でともに、というわけにはいかない。だから、一人でどうするかを常に考えておいてくださいよ、と連れ合いに要請しています。最後の時間をどう過ごすかは、まったく個人の問題ですから。これからどうしたいかは好みによって違うし、病気なんかも、いくら身近にいたって当人しかわからないですし。

　ぼくは、たとえばがんになって、見つかったときにかなり進行していても、延命治療は一切受けずに、いまと変わらない生活を続けると決めています。書式にして渡しています。じゃあ、そうなったときに自分は何をするかというと、初めての街のホテルに二泊しながら、転々とめぐっていきたい。まったく未知の土地でも、二日くらいいればその街のことが、ちょっとはわかるでしょう？で、地元のレストランや居酒屋でちょっぴり飲んだり食べたりして、周りの声を聞いている。自分の終わりの儀式として、そういう地上との別れ方。自分ではわりと気に入っています。

川本　私には昔からの夢がありまして、いつか村上春樹のようなベストセラーを出したら、小さいマンションを丸ごと買って、そこに独身の女性編集者を入れてあげようと。私の周囲には、四十代の独身の女性編集者が多いものですから。この話はもう十年くらいしていて、もちろん部屋は別々に住むんですが、ひとつ食堂を作って、一日か二日に一回くらいはそこで顔を合わせるのがいいかな、なんて考えています。

池内　ヨーロッパでは、ペンションみたいなところにそうやって住むケースがありますよね。部屋は別だけど、台所は共用で、そこでたまにみんなで食事をする。

川本　そうやってシェアして住める住宅が、日本でも増えてきていますよね。いくら親しくても、同じ部屋ではあまりにもプライバシーがないし、独り身の人は何年も一人で暮らしているから、いまさら誰かと一緒に住みたくもない。でも、いつも一人だと寂しい。

池内　だから、周りに誰かにいてほしいけど、距離は持ちたい。ぼくは、それがいちばんいい生き方だと思う。そういう暮らし方がしやすいのもまた、東京という街ならではのことでしょうね。ここは、半東京人が見つけた安楽の地です。

歩いているから気づくこと

陸派？　島派？

川本　旅というと、私なんかはビジネスホテルに泊まって、路地裏を歩いて、そのへんにある食堂や居酒屋で一杯といった感じですが、池内さんはどんな宿に泊まりますか？

池内　北陸の有名な温泉宿で、何と言ったかな……文壇のお歴々が、よく歌仙を巻いていたといって出てくる宿。そこへ仕事で一回だけ泊まったんです。ほんの一回だけですが、そこのおじさんがたまたまぼくの本を読みたいというので送って以来、宿で使っているお米やお酒やらのセットをずーっと律儀に送ってくださる。「いずれ、どうぞおいでください」とおっしゃいますが、一晩ウン万円の宿は性に合いませんね。

川本　以前、澁澤龍彦夫人を中心に、「龍」がつく旅館に行ったことがありましたよね。池内さんと。楽しい旅行だったんですが、宿は一泊四、五万円。池内さんと二人で「困ったね。次回からはもう遠慮しよう」なんて話になって。
池内 川本さんが部屋にあるビールを見て「これ、高いですよ。いまから外で買ってこようか？」と言うから、いまさらジタバタしたってしょうがない、もうあきらめようと。
川本 情けないこと、やっていました（笑）。
池内 あのときは、朝、すっと帰ってしまいましたね。
川本 財布の中身が心配になりましたから。前回の対談でも意見が一致しましたが、われわれの旅では、テレビの旅番組に出てくるような一流旅館に泊まらない。食べ切れないほどの豪華な食事はいらないし、あいさつに来た女将に、食べている間中、ずっとついていられたりしても、ね。
池内 困りますね。この間、川本さんの『ひとり居の記』（平凡社）を読んだんですけど、川本さんの旅はだいたい鉄道に乗った〝陸〟のものが多いでしょう？
川本 そうですね。
池内 ぼくは、瀬戸内海とかの島が好きなんです。ついこの間は八丈島に行ってきました。以前、二泊三日で行って気に入ったものですから、今度は四泊五日にして。
川本 飛行機ですか？　船ですか？
池内 飛行機です。船だと夜に出て、朝着くから。外がなんにも見えない。
川本 それは嫌ですね。夜行バスや夜行列車があまり好きではないのも、それです。
池内 ぼーっと見ている窓の外に、景色が移って行くのがいいんですよね。

川本　旅先で、お仕事はされるんですか？

池内　貧乏性だから、一応は持ってはいきますが、三つくらい持っていって、四日間でできたのは一つでした。

以前、たまたま泊まり合わせた島の外れの小さなホテルは、四十代の、元料理人だった人がやっているから、食事が本当においしかった。特別ぜいたくなものは出てこないけど、アシタバのてんぷらとか、トビウオの刺身とか、地元で取れるものを上手に料理してくれました。ただ、奥さんが島を出てしまって、一人でやっているのがちょっとかわいそうで。

川本　なんでまた、出てしまったんでしょう。

池内　もともとよその人で、島の暮らしになじめなかったようです。島暮らしには特有の雰囲気がありますから、それに対応できないと、島流しみたいになってしまう。実際、あそこはもともと島流しの島だったでしょう。島には博物館もありますが、二千人近くは流されたみたい。島流しになった人の罪状が書かれた本を見ていたら、江戸時代の罪というのはいまとずいぶん違っていますね。たとえば、吹き矢でツバメを射たとか、系図を偽って就職活動したとかです。

川本　私もいっとき島に凝りました。山形県の沖合にある飛島、新潟県の村上の沖にある粟島、鹿児島県の甑島《こしき》、瀬戸内海の生口島《いくち》や大崎上島・下島……。石巻のほうに、猫がいっぱいいる島がありますよね。田代島といったかな。あそこも行きました。

池内　猫は、よく人間を見ていておもしろいですね。集まっていても一緒にいるだけで、群れにはならないのが猫ですね。

川本　猫といえば、先日行った台湾には、猴硐《ホウトン》という猫が集まる猫村があるんです。

猫村があるのは、台北から車で東へ一時間くらいのところ。かつては炭鉱町だったのが、廃坑になってからは寂れてしまい、十年くらい前から、飼われていた猫が野良猫化していったらしい。それを、猫夫人という名の台湾人の猫好きの女性カメラマンが、このままにしておいてはいけないとボランティアを募って、世話を始めた。そしたら、あたりがいつの間にか猫だらけになった。山中の村だから風景はいいし、鉄道が走っているのでわりと行きやすいこともあって、いまや一大観光地になっています。

――日本でも目下、一大猫ブームですね。

川本　テレビのコマーシャルも猫だらけ。ソフトバンクの犬以外は。本屋さんにも猫の本のコーナーがありますし、先日行った銀座の山野楽器のビデオコーナーには、猫のビデオだけを集めたコーナーができていました。おそらく、高齢化社会と関わりがあるんじゃないでしょうか。

池内　それが、たしかに大きいですね。猫は家から出さなくても大丈夫だから。

川本　最近の犬は小さいのが増えましたが、あれも、飼う側の問題が大きいんでしょうね。家の中で飼えますから。

池内　犬は急激に大きくなるし、散歩のときは、ものすごい力だから、ある程度の年齢から飼い始めると、手に余ってしまうケースが多い。

——それで飼いきれなくなってしまい、薬殺される犬の数が多いという痛ましいニュースもあります。

川本 この間、広島県のほうのある町が、ふるさと納税で得たお金で捨てられた犬を全国から集めて、育てているというニュースを見ました。あれは、いいニュースでした。

池内 ぼくのような犬好きには、うれしいニュースです。

日本の隠れ資産

池内 種村季弘（独文学者）さんが、よく「一つ目小町」と言っていました。有名な町の、一つ隣にいいところがあるという見方です。忠臣蔵で有名な播州赤穂の隣に、坂を越えると書いて「坂《さ》越《こし》」という町があります。赤穂は昔から塩の産地でしたが、その塩の積み出しを行っていた港町です。

川本 池内さんの故郷である姫路の近くですよね。

池内 そうなんですが、気にはなっていながら、行ったことはなかった。ところが、先日訪れてみたら、実に見事な町でした。これ、「写ルンです」で撮ったんですけど、立派な建物でしょう？ こっちは倉庫、これは酒蔵。

川本 きれいですね。それにしても、人が全然いない。

池内　町としては寂れぎみなんですが、なんといっても民家がいい。古いけれども、寂れたというのでもなく、かといって華美でもない。日本の町をよく見ていくと、観光ブームには乗らないけれど、前に立って惚れ惚れとするような民家が残る坂越のようなところが、まだまだたくさんありますよね。

川本　経済学では、お金にはストックとフローがあるとよく言いますが、地方に行くと、ストックがすごいと感じることがあります。フローのお金だけはたくさんある東京とは、まるで違う。坂越の民家ではないですが、江戸時代の建物が、自然に町の中に残っていたりしますから。

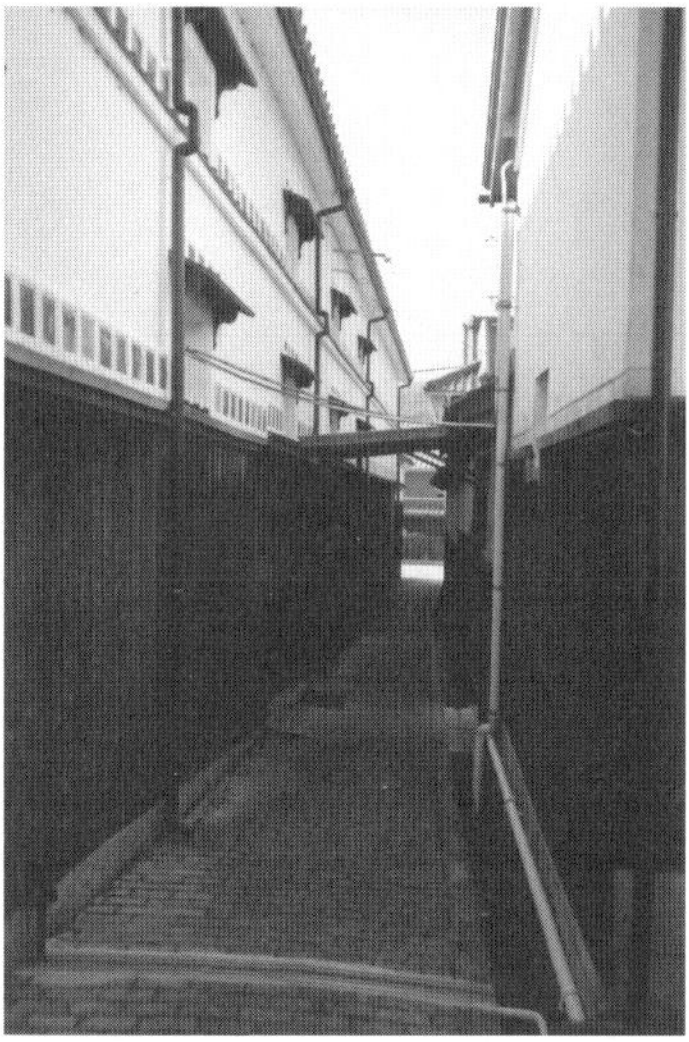

坂越の倉庫（上）と酒蔵（下）。池内さん撮影

同じく池内さんが撮影した坂越の「前に立って惚れ惚れとするような」民家

池内　それは実は、日本の隠れ資産といえるのではないでしょうか。バブルのころ、あるいはその前の高度成長の時代は、伝統的なものをどんどん壊していった。いまやっと、そういういいものを残して、現在に使うことに目覚めてきたように思います。

川本　何年か前に、山形県の大江町に行きました。左沢《あてらざわ》線の終点の小さな町ですが、町を歩いていると、一軒一軒の木造の建物の素晴らしいこと。江戸時代は最上川の水運で栄えた町らしいんですが、そのころのストックがいまに残っている感じでした。

池内　あのへんは織物の元となる糸の産地ですよね。ちょっと手前に、岩根沢といって、丸山薫という詩人が疎開していた集落があって、そこへは毎年行っています。

川本　地図でいうと、西川町という町がありますね。

池内　その西川町岩根沢です。詩人がいたのは二年だけですが、村の人たちが詩碑を作って、半世紀以上も、毎年春になると碑前祭といって、碑の前で詩を朗読したりする。そこでたまたま講演を頼まれて。

川本　丸山薫の出身は、愛知のほうですよね。どうして山形へ疎開したんですか。

池内　もともと豊橋の人ですが、知人の紹介で戦争中に山形で代用教員をやっていたんです。碑前祭は、そのときに教わっていた、もう九十歳くらいの人たちが中心でした。最近は、二代目、三代目の若い人も集まりますが、講演会以外にも、お母さん方がコーラスで丸山薫を歌ったり、小学生が暗記してきた詩を、ちょっとずつ、歌舞伎みたいにして読みあげていく。これが、またいいんですよ。前夜は三山神社といって、月山の里宮の宿坊でお酒を飲みます。

川本　ずいぶん文化的な町ですねえ。

丸山薫は山形県人ではないですけど、山形は、井上ひさしさんや丸谷才一さん、藤沢周平さんなど、たくさんの文学者を輩出しています。ところが、隣の秋田県からは、ほとんど出ていない。山形の人に言わせると、理由は簡単で、戊辰戦争のときに山形を含めて奥羽越列藩同盟が負けたから。東北では秋田の佐竹氏のところ（久保田藩）は官軍側で、維新後は立身出世の道が開けた。かたや山形の庄内藩は負けたほうだから、出世の道が閉ざされたために文学のほうへ行った。非常にわかりやすいでしょう？

池内　歴史を背景にした風土の違いというのは、けっこう強いものですよね。

川本　だから、山形県は秋田県人が好きではない。というか、東北の人は秋田嫌いが多いですね。佐竹は裏切者というわけでしょうか。東北へ行くと、いまだに戊辰戦争の記憶が残っている。丸谷才一さんの『秘密』という小説で、戦時中、丸谷さんらしき若者が兵隊に取られることになって、おばあさんのところに「いよいよ明日から兵隊に行きます」と、あいさつに行く。すると、おばあさんが、「長州の始めた戦争に行くこたぁねぇ！」

池内　日本を大きく分けると、国の動向を察知し、それに即して動くところと、それはそれとして、自分たちはこうだからと、国の意向にすぐには従わないところがある。ぼくのふるさとは、わりと前者のほうで、版籍奉還の第一号というのが姫路藩なんですよ。時代を見る目が早かったのかと思いきや、そうではなくて、潮目を見て、さっと舵を切り換えたらしい。

川本　姫路といえば、兵庫県で私の好きな町は、播州龍野。あそこも、きれいな町です。

池内　いい町ですよね。そうめんと醤油が有名で。叔父がいたから、よく行きました。

川本　小京都といわれる町は、町並みはきれいなんですが、どうしても観光地化して、テーマパークみたいになって、生活感があまり感じられなくなってしまう。龍野はいまおっしゃったように、醤油やそうめん、あとは革製品が地場産業としてあるので、生活感がありますね。

池内　醤油を作っているところでは、町を歩くと匂いがぷーんとするんですよ。醤油を絞った後の残りの醪《もろみ》が、またおいしい。あったかいごはんの上に乗っけると、いいおかずになる。

昔は、翌年に食べる分のそうめんを龍野で予約したものですが、そうすると、おまけに「ばち」をくれました。そうめんを吊るして干している間に生地が垂れて膨らんだ端っこの部分がばちで、職人さんに言わせると、いちばんいい味は端に集まる。これを味噌汁に入れて、ごはんにかけるとうまい。「犬飯」と呼ばれて、女性には嫌がられますけどね。

――一泊ウン万円の宿では絶対出ないですね。

川本　龍野がいいなと思ったのは、姫路線の本竜野駅を降りると、駅の周辺はスーパーや市役所が集まる新しい町で、揖保《いぼ》川を渡ると旧市街になっていること。新しいものと古いものの住み分けが、ちゃんとできているんですね。

池内　龍野の古い町は、鉄道が来るのが嫌だったといわれています。それで、駅が中心部に来られなくなって町の端っこにできちゃった。だから、本竜野というのは、龍野からは遠いんです。

川本　中央線なんかも、なぜあんなにまっすぐになったかというと、府中のほうが嫌がったからだとかいいますね。そうした、いわゆる鉄道忌避伝説はいろいろなところにあるんですが、二〇〇六年に出版された青木栄一『鉄道忌避伝説の謎』（吉川弘文館）によると、結局は工費の問題で、平地が多く、トンネルを作る必要もないルートを選んだことで、旧来の町から離れたところに鉄道が敷かれたのだと書かれていました。それは、ちょっと目からウロコでした。決して地元が鉄道を忌避したわけではない。

池内　なるほど。技術的には、たしかにそのほうが作りやすい。

川本　二〇一六年に開通した北海道新幹線も、新函館北斗駅は函館からかなり離れたところにできてしまいましたよね。あれも、函館に通すとお金がかかるからでしょう。札幌までの最短ルートをとるために新函館北斗駅を作ってしまったわけで、最終的に札幌までつながったら、函館は素通りされるでしょうね。

池内　ぼくは寂れた町が好きだから、それでもいいけど。もともと函館はとてもいい町ですし。

――最近では全国的に名の通った町や、県庁所在地クラスの町でも、駅前がシャッター通りになっていたりして、寂れ具合が目立ちます。

池内　そういうところでは町を盛り上げようと、よくイベントをしますよね。でも、寂れた町をもう一度元通りにしようというのは、そもそも無理でしょう。いまの寂れた状態の中で、市民が暮らしやすい町を目指すのがいちばんではないかと思います。その点では、福島の三春町が印象深いですね。空き家が出ると、取り壊して小公園にする。あるいは、まだ住めるようなら、若い人に貸して、どう使おうとその人たちの自由にする。町に賑わいを取り戻すんじゃなく、寂れたかたちで市民が快適に暮らせる町にする。正しい考え方だと思います。

川本　三春も実は、戊辰戦争のときの官軍側についた藩です。会津若松をはじめとして、周りはみんな幕府側で戦ったのに、三春だけは奥羽越列藩同盟を離脱した。

池内　為政者としては難しい選択ですね。『世臣譜』といって、三春藩の藩士の身分や石高が記された記録がありました。先祖から家紋、墓がどこにあるかまで、すべてわかるんですよ。ときたま

「狐憑きにつき断絶」とかがある。何かで失敗して腹を切ったんだろうけど、世間体が悪いから狐憑きにしちゃったんじゃないかな。

川本　かわいそうに。

池内　いちばん気の毒だったのは、奥さんが下男とくっついちゃって、主人が下男を成敗するはずが、逆に切られてしまった。武士にあるまじきで断絶。あんまり面白くて、小説家の北原亞以子さんに「こんな記録があるんですよ」と言ったら、さすがに作家で「欲しいわ〜！」と言われて、あげてしまいました。

土地ごとの色が、おもしろい

池内　川本さんは、講演なんかに行かれるときも鉄道でしょう？

川本　ほとんど鉄道です。鹿児島でも札幌でも、鉄道ですね。そうすると交通費が高くなって、主催側の人に悪いから、その分、講演料を安くしていいですからと言って。

池内　ぼくも鉄道派で、主催者には実費だけもらえればあとは勝手に行くから、切符は送らないでくれと言います。ただ、こちらで切符を買うと、領収書をくれと言われる。ぼくは六十になったとき、長生きしたゴホービに、これからはグリーン車に乗ると決めたものですから、切符の領収書にはグリーン車代も入ってしまう。だから、それは実費から引いてくださいと言うと、「いえいえ、けっこうです」と先方が持ってくれる。こちらは引かれても、ちっともかまわないんですが、これは高等作戦です（笑）。

川本　私もそれ、やってみよう（笑）。九州新幹線は、普通の車両でも四人掛けで、グリーン車みたいにゆったりしていて、さすがは水戸岡鋭治さんのデザインですね。乗っているだけで、楽しくなります。

また戊辰戦争の話になりますけど、去年鹿児島へ行ったときに、地元の人に聞いたんですが、子供たちに西郷隆盛と大久保利通と、どちらが好きかと聞くと、以前は西郷隆盛のほうが断然人気があった。ところがいまの小中学生は、大久保が好きだと言う。「夢がない！」とその人は嘆いていました。

池内　いまは、ああいう権謀術策の人がいいのかなぁ。ヒーローのタイプじゃないでしょう。

川本　新幹線の鹿児島中央駅のすぐ近くに、一九七九年、没後百年を記念して作られた大久保の銅像があるんですが、それに対しても、西郷派として嘆いていました。

池内　官僚の第一号みたいな人でしょう？　仮に有能だとしても、何かさみしいですね。

川本　熊本県に行くと、熊本の人は西郷隆盛のことがけっこう嫌いなんです。西南戦争のときに、熊本は戦場になったから。こういう、過去の歴史から来る地方色みたいなものは、統一されるよりも、あったほうがいいと思う。いがみあっているのって、いい意味でおもしろいですよ。

池内　鹿児島や熊本あたりへ行くと、石の橋や石垣が立派ですね。石の文化があります。九州を、ずっと線のようにつながっている。福岡県のいちばん南寄りにある星野村の川には、たくさんの石橋が架かっていますし、福沢諭吉が育った中津のすぐ隣の院内という町なんかは、「石橋の町」と言われて、小さい町なのに石橋が七十いくつもある。

川本　言われてみれば、九州には石橋が多いですね。長崎にもありますし。加藤清正は築城の名人と言われて、江戸城の石垣も、加藤清正じゃなかったかな。

池内　穴太衆《あのう》という石工の技術集団が近江にいて、穴太村から職人が全国に渡っていったみたいです。

院内町には石橋をめぐるための地図があって、近くにある橋までの時間が、五分とか十分とか書いてある。それを頼りに、三つくらいの橋を回ってみようと思って歩き出したら、行けども行けどもたどり着かない。車での所要時間でした。

川本　地方の人は、歩かないですもの。北海道なんかで歩いていると、奇異な目で見られてしまう。みなさん親切だから、車に乗れと言ってくれるんですが、好きで歩いていると言うと、不思議な顔をされます。

池内　車だと、ぼくは旅行した気がしないな。

川本　車を運転していたら、お酒も飲めない。

池内　車と歩きでは、何よりも目の位置がまったく違います。それに、車に乗っていて目につくものは、宣伝されるスポットだけで、その合間は全然目に入らない。その、合間がいいんですよ。めっけものがあるのは、合間です。

川本 車に乗らないで、鉄道だけで旅をしていると、現代感覚とずれてしまうところもある。鉄道の駅前は、多くがシャッター通りになっているから、それだけ見ると、寂れきってしまったんだと思ってしまう。ところが、駅から離れたところにある自動車用の道の駅なんかに行くと、すごい人なんですよね。この間、網走に行ったときも、鉄道中心の市街は寂れていたのに、地元の人に「にぎわっているところがある」と言われて行ってみると、少し離れたところにスーパーやチェーン店のある新しい町ができていました。

池内 旅先で、ぼくは必ずスーパーへ行きます。

川本 それはおもしろい。一種の市場ですからね。

池内 お土産屋にあるものは、いかにも土地のもののように思えるけれども、実はよその工場で作っている場合がほとんどです。スーパーは、地元の人が地元で作ったものを担いできて置いている。最近は、生産者が誰か、生産地がどこかがすべて明示してあって、まんじゅう一つでも、その土地でできたものが置いてある。それが、おもしろい。野菜やくだものは、なかなか買えないですけどね。

川本 一人旅で悔しいのは、朝市なんかに出かけても、買い物ができないことですね。荷物にもなるし、悪くなるし。そういうときには、車のほうがいいんだろうなと思います。

池内 スーパーに商品を持ってくる人は、けっこう年寄りが多い、品物の商札も自分で書いている。

その書き方がよくって、ああいう人は、カタカナなんか使わない。独活《うど》とか慈姑《くわい》とか、辣韮《らっきょう》とか、全部、漢字。読めなくても、実物でわかります。文章がまた、古い言い方でいいんです。

川本　そういうところに土地柄って出ますね。山梨市の駅前の大きなスーパーをのぞいたら、イルカの肉を売っていました。山梨県は海がないから、静岡の沼津あたりからイルカを仕入れていたんでしょうね。

御坂峠から富士山を望む風景

池内　ぼくたちは山梨を東京から見て、人やものの動きを東西で考えるでしょう？　でも、本来は南北なんです。昔から古道が南北に何本もあった。甲州商人なんていうのは、山を越えて静岡のほうへ売りに行く。山のものが売れて、手ぶらになると、今度は海のものを仕入れて、山のほうへ売りに行く。両天秤で、商売の効率が非常によかった。

　山梨の境川（現・笛吹市）には俳人、飯田蛇笏《だこつ》の生家があって、講演を頼まれて行ったときに、手製の地図をこしらえて歩き回ったんですが、古道は、一つは御坂峠を越える道。それから、鶯宿《おうしゅく》峠を越える道。どれも南へ通じていて、昔は南の情報も早くに入ってきていた。そういうことは、行ってみないとわからないですね。

――息子の飯田龍太さんの話を聞きに、うかがったことがあるんですが、古道のことは全然わからず、お酒をご馳走になって帰ってきただけでした。情けないです。

池内　生家のある小黒峠とか大黒峠とか、あのへんはとにかくずーっと坂ばっかり。しかも、上ったり下ったり曲がったりで、複雑な坂です。ちょっと歩けば、南アルプスがガーンと見えるのに、ちょっと下ると何も見えない。かと思うと、山向こうには富士山で、氷柱が立っているようなものだから、いきなり霧が立ち込めたり。蛇笏さんは、まったくいいところに住んでいたと思います。一瞬で風景が変わるんです。俳句の素材がいくらでもある。家を継ぐために故郷に戻るとなったとき、東京の連中は「あんな田舎に戻っちゃ、なんにもできない」と言ったようだけど、それはあの地形を知らなかったからです――講演ではそんな話をして、地元の人に、大変感銘を与えてきました（笑）。

旅先でのお楽しみ

川本　山梨はいま、東京からの移住者が増えていて、特に人気が高いのは、小淵沢のある小海線の沿線にあたる北杜市あたり。東京からの移住が失敗するのは、もともとの住民との関係があまりうまくいかない場合がほとんどなんですが、それを避けるために、北杜市では移住者だけの別荘村みたいなものを作って、それでうまくいった、といいます。

池内　移住者というのは、どんな人たちなんですか？

川本　だいたいリタイアした人たちでしょうね。私の友人でも何人かいますけども、冬のことを考えるとなぁ。夏はいいと思うんですが。

池内　山梨に韮崎って町があるでしょ？　ぼくはあそこが好きで、何度か行ったけれど、冬はあまりに風が強くて、とても住めたものじゃないと思いました。

川本　韮崎はいま、ノーベル生理学・医学賞を取った大村智博士で盛り上がっていますよね。あの先生は、地元に韮崎大村美術館という美術館を作ったりしている。この間、千葉県の布良《めら》に行ったときには、画家の青木繁が「海の幸」を描いたときに泊まったという漁師の家の保存運動に参加しているという話も聞きました。

池内　あの方のパテント料は相当なものでしょう？

川本　おそらく何もしなくてもかなりの金額が入ってくるんでしょうけれど、お金の使い方がきれいだなぁと思います。

池内　ノーベル賞のあとに大村さんが作った美術館のことを初めて知って、金に飽かして所蔵品を買ったのかなと思っていたら、そうじゃなかった。現役の、いい絵を描くけれども売れない画家の絵を買っているというのが偉いと思う。

川本　いいパトロンですよね。大儲けした人は、近年のＩＴ長者みたいに、自家用ジェットに乗ったり、女の子を集めてパーティーしたりするだけじゃなく、そういうことにもお金を使ってほしいですよね。明治時代は、地方のお金持ちが書生制度で後進を育てたじゃないですか。

池内 貧しい学生のための寮を作って。あれは、いい考えでしたね。大村さんがなさっていることは、それにわりと近い。ただ、中央線に乗っていると、理科大ですか、垂れ幕に「祝！ ノーベル賞受賞！」なんて書いてある。大学が、あんなことをするのかなと思います。

川本 中学校や高校に「○○君、バドミントンで国体出場！」とかってありますけど、あれは、見かけるとうれしくなります。

池内 それも、「こんな競技あったかな？」みたいな、〝隙間スポーツ〟だったりして、これはいいですね。

川本 カーリングの世界選手権で、北海道の北見の女の子たちが銀メダルを取ったとか、ああいうふうに、マイナーなスポーツで地方が盛り上がるのはいいですよね。スキーのジャンプの、あの女の子もすごい。

――高梨沙羅さん。

川本 彼女は北海道の、大雪山の麓の小さな町が地元ですって。

池内 大雪山麓の上川町ですね。

川本 彼女が出ているセブンイレブンのコマーシャル、ご覧になっていますか？

――彼女は実家がセブンイレブンなんです。

川本　あれ、実家なんですか！　野球や相撲やかけっこなんかは、強かったり早かったりはしないけど、やろうと思えばできる。でも、スキーのジャンプは、絶対にできないですね。

池内　飛び出すところがそもそも高い。あんなところに立ったら、足がワナワナ震えちゃう。ああいう子が一人出ると、町が元気になりますね。

川本　そういう意味では、高校野球というのも、いろいろと批判はあるけれども、いいと思うんです。高校野球の出場校で、町の名前を覚えることってありますものね。

——昔の強豪といえば、松山商業とか高松商業とかでしたけど、近頃は、どこの学校だかわからないヘンな名前の高校も増えましたね。

川本　校名にちゃんと町の名前をつけろと言いたい。阿波の池田高校なんて、あれで初めて池田という町を知りました。行ったら、これがいい町だったんです。土讃線がカーブしながら町に入ってくると、山の斜面に家が並んでいて。

池内　高校野球は、もともとは郷里性が非常にあった。大相撲もそうで、お相撲さんが名前でふるさとを背負っていた。

川本　北海道の名寄は、名寄岩で覚えました。

——陸奥嵐とか、名前で出身地がわかりましたよね。ところがいまは、エジプト出身だから大砂嵐なんて時代になりました。

池内　そうなると、日本各地の土地にちなんだ名前というのは成り立たないですね。強いて言えば、優勝したときに日本人かどうかということだけで。

川本　初めてゆく町では、地元の人に必ず聞くことがあるんですが、池内さんもそういうことってありますか？　私の場合はまず、例の、戊辰戦争のときにどちらについたか。若い人は「戊辰戦争？」って感じで全然わからないんですけど、お年寄りはさすがにわかる。それから、空襲にあっているかどうかと、その町出身の有名人は誰か。

池内　ぼくが聞くのは、「町の人口はどうですか」「季節ごとの町の産物は何ですか」くらいですね。むしろ聞かれるほうが多くて、どこに泊まっているのかとか、何しに来たとか。土地で出ている郷土本はよく探します。教育委員会とか、地方の新聞社が出しているものが多い。不思議なもので、旅先ではホテルであれ電車の中であれ、わりと熱心に読むのに、東京に帰ってくると、急にオーラが消えて、本箱に入れたらもうおしまい。旅の途中と日常とでは、心の状態がまったく別ですね。

川本　旅に出ると、朝の十時くらいから一杯やっていたりして。それもいいですね。

ラジオ少年と映画少年

忘れられない映画音楽

池内　ぼくは小さいころから映画に出てくる音楽が好きで、レコードもCDもたくさん持っています。音があれば、映画を再現できるんです。それこそ、目をつぶってたっていい。

川本　映画音楽の作曲家として近年評価されているのは、『ゴジラ』の伊福部昭ですね。クラシックの作曲家は、それだけでは食べられない時代があって、伊福部昭をはじめ武満徹、團伊玖磨や黛敏郎なども、最初のころは映画音楽を数多く手がけています。

――一九五〇年代の映画を観ると、そうした方々の名前をよく見ますね。

池内　監督が木下恵介だったら、音楽は木下忠司だったり。

川本　木下恵介の弟ですね。あの方は、一九一六年生まれ、百歳を超えたいまでもお元気でいらっしゃるんですよ（木下忠司氏は二〇一八年四月三十日に百二歳で逝去）。

池内　佐藤勝も好きでした。生活のために映画音楽を書いた面はあるにせよ、作品としていいものは映画でこそ残るように思います。

川本　伊福部昭の『ゴジラ』は映画に合った名曲ですね。『ゴジラ』といえば、あのダ、ダ、ダン……。

池内　中学くらいだったかな、おふくろが『七人の侍』を見てきて、とてもはしゃいでいたことがありました。夫がいなかったから、明日をも知れない家庭を抱え、本当に希望のないときにあの映画を観たんでしょうね。見る人を力づけるという意味では、『七人の侍』は大したものだった。テーマ音楽も、日本人なら聞いただけで生きる勇気が湧いてくるんじゃないかという気がします。『七人の侍』や『酔いどれ天使』など、黒澤明の一連の作品を手掛けていた早坂文雄という作曲家がいますね。早くに亡くなりましたが、日本映画にはずいぶん影響を与えたのではないでしょうか。

ところで、映画音楽というのは、それぞれの映像に合わせてテーマ曲を作るんですか？　音楽が先、ということもあるのでしょうか。

川本　ケースバイケースでしょうが、だいたいは映像を見ながら作るのだと思います。日本でマーラーがこれだけ有名になったのは、ヴィスコンティの『ベニスに死す』の冒頭で交響曲五番のマダージェットが使われたことが大きいんですが、あれなんかは、ヴィスコンティの頭の中に「これを使おう」という考えが最初からあったんでしょうね。

あとは、監督と作曲家との力関係の問題もあるかもしれません。武満徹は、最初のころは黒澤明

『ニュー・シネマ・パラダイス』（左）と『ぼくの伯父さん』（右）のサウンドトラック

と仕事をしていましたが、あるとき意見が合わなくなってしまった。黒澤のクラシックの教養というのは、ベートーヴェンやシューベルト、ラベルどまりで、いつも「ここはベートーヴェンの○○のように」なんて言うものだから、いやになってしまったようです。

池内　（CDを取り出しながら）ぼくは、イタリアのモリコーネの音楽が好きなんです。

川本　エンニオ・モリコーネ。マカロニ・ウェスタンですね。

池内　これは『ニュー・シネマ・パラダイス』、こっちはジャック・タチの『ぼくの伯父さん』のCD。映画のテーマ音楽には、生涯忘れられないものがたくさんあります。

川本　『第三の男』とか。

池内　そうそう。あれはチターという楽器ですね。ウィーンに行けば聞くことができると思っている人がいるかもしれませんが、実際は全然やってないです。

川本　チターは、もともとはジプシーの楽器ですか？

池内　スイスアルプスやオーストリアアルプスの高地に住む

農民の楽器です。村の飲み屋の奥で演奏しているような感じの楽器で、それをウィーンでやったところが斬新だった。

川本　キャロル・リード監督が、偶然、ウィーンの酒場か何かでアントン・カラスが弾いているのを見て、すっかり気に入ったのだといいますね。

池内　『第三の男』とあのテーマ音楽は切っても切れないものになっていますが、本来、映像と音楽はそれほどつながりやすいものではない。映像は映像、音楽は音楽で、どちらも非常に自由に連想していくものだけれど、一回つながりができてしまうと、もう切り離しようがないほど結びついてしまう。

――『ゴジラ』とあのテーマ曲がまさにそうです。

池内　ぼくは小さいころにラジオの民間放送が始まった世代なんですが、ラジオのコマーシャルソングには、ずいぶん影響を受けました。三木鶏郎とかね。

川本　去年（二〇一五年）、野坂昭如さんが亡くなったときに、若い人が「『おもちゃのチャチャチャ』って、ニュースで知って、野坂昭如が作詞だったの!?」と、驚いていましたね。子供のころは、誰が作詞したかなんて知らないで歌っていますから。

池内　ラジオから流れる「紅孔雀」や「笛吹童子」の主題歌なんかも、全身にしみついています。あれがまた、遠くへ誘いかけるような曲で。子供はああいう、ちょっと寂しい曲調が、わりと好きなんですよね。そこへ「音楽、福田蘭童」というアナウンスが入る。不思議な名前でしょう？　どんな人かなぁと思っていました。福田蘭童のことはずいぶん調べて、『二列目の人生』（晶文社／集英社文庫）という本で書いたんですが、それは、小さいときの、あまりにも強烈な印象があったからです。

川本 彼は画家の青木繁の息子で、福田蘭童の息子はクレイジーキャッツの石橋エータローですね。私はアメリカ映画の『黄色いリボン』の「あーの子ーの黄色いリボン♪」というのを、よく覚えています。「あーの子ーの黄色いパンツ♪」なんて替え歌を歌ったりもしていました（笑）。

―― 一九七〇年代はじめの子供向け番組『愛の戦士レインボーマン』（原作は『月光仮面』の川内康範）で、日本を滅ぼそうとする「死ね死ね団」という悪モノがいて、部下が任務に失敗すると死刑にする。その瞬間にバッハの「トッカータとフーガ」が流れました。ですからある世代にとって「トッカータとフーガ」は、「死ね死ね団」の曲になってしまいました。

川本 「トッカータとフーガ」は、ビリー・ワイルダーの『サンセット大通り』の中で、ドイツ人の俳優エリッヒ・フォン・シュトロハイムが、パイプオルガンで弾いたのが映画史で知られています。

池内 俳優が大胆に、鮮やかに、クラシックを演奏する場面が印象的な映画は、いくつかありますね。

「死ね死ね団」は、ナチスの終わりころのドイツに、実際にあったんですよ。十代の少年たちが作った、一種の反ナチなんですが、軍靴を盗んだり、勝手に警戒警報鳴らしたりと、ナチス体制をからかうことばっかりしていた。それが少年なりの、時代に対する批判の表明で、結果として反ナチだったという感じです。

川本　反ナチということは、ヒトラーユーゲントとは正反対なんですか？

池内　まったくの正反対。ですから、ヒトラーユーゲントの秀才たちをいじめるんです。歴史というのは不思議なもので、国家的正統派にはどこかに弱さがあるというか、そういう勢力に対しては必ず一種の仕返しをなされたりするんですね。

クラシックよもやま話

川本　この間、シンセサイザー奏者で作曲家の冨田勲さんが亡くなりましたが、弔辞を山田洋次さんが読んでいたので、意外な気がしました。さすがに『男はつらいよ』ではなく、『たそがれ清兵衛』のころから音楽を担当していたようです。冨田さんは、いろいろなテレビドラマの曲も作っていたようですね。

――　ＮＨＫの番組のテーマ曲も、たくさん作っています。

川本　『新日本紀行』や、『今日の料理』の、あの誰でも知っている曲もそうなんですってね。

池内さんは何かのエッセイで、朝起きると庭のイスで紅茶を飲みながらモーツァルトを聴くと、おしゃれなことを書いておられましたね。

池内 キザっぽいですが、でもそれがいちばん気持ちが楽なんです。とくにピアノソナタはたくさんあって、どれも気楽に聴けますし、音楽の組み立てがよくわかる。きまって第二楽章はいまの恋愛音楽にすぐにでも使えそうなくらい優しくて、三楽章でがっと勢いがつく。そういう作りがわかると、モーツァルトは優れた音の職人だったんだなと感じます。

——お二人とも、クラシックは幼いころから聴いていらっしゃるんですか？

川本 私は高校生になってからですね。当時はレコードなんて買えませんから、ラジオ番組です。最初のライブコンサートは高校三年生のときで、一九六二年。上野の文化会館で、アムステルダムから来日したロイヤル・コンセルトヘボウ（当時はアムステルダム・コンセルトヘボウ）のオイゲン・ヨッフムが振ったベートーヴェンの第七番でした。

池内 外国のしっかりとしたオーケストラがやっと日本へ来るようになった、最初の時期ですね。

川本 先日、クラシックに詳しい人に聞いたら、日本でのマーラー人気は、ヴィスコンティの『ベニスに死す』の影響もあるんですが、

冨田勲（1932－2016）。映画、テレビ、アニメーションなど映像作品の音楽を数多く手がけた

結局日本がお金持ちになってからだというんです。マーラーのシンフォニーを演奏するには大編成のオーケストラが必要で、日本が豊かになるまでは外国から呼ぶのは難しかったし、日本のオーケストラにはそこまでの力はなかった。七〇年代になって、海外から呼べる回数も多くなったころからマーラー人気が始まったんだと聞いて、なるほどと思いました。

――レコードの進化も大きいですよね。長時間の演奏は、LP盤じゃないと録音しきれませんから。

川本　CDの出現も大きい。CDが出てきてからは、小さい曲が収録されるようになり、何番目に入った曲でもボタン一つですぐに再生できるようになった。ヤナーチェックの小曲なんかも、CDによって普及しています。スカルラッティやサティなどもそうで、CDは小さい曲を拾いやすくなったんですね。

池内　いつも夕食のときに軽いタンゴを聴くんですが、CDだと、何番目に入った曲でも簡単に聴くことができる。これは、自分の音楽人生からいえば大変な革命です。朝起きて、眠い頭で、ここの入っている五番目の曲が聴きたいと思ったときにでも、すぐに聴ける。そういうCDと曲がある程度あると、それだけ音の友達ができたことになる。これは、いいですよ。

川本　クラシック好きな人は、オペラファンと、弦楽四重奏好きとに分かれるような気がするんですが、私はどちらかというと後者です。

池内　ウィーンには、オペラ座のほかに、もっと値段が安い市民版オペラと、さらに庶民的なもの、それからオペレッタの、だいたい四種類くらいの歌劇があるんですが、それぞれのお客さんの違いが面白い。庶民的なところへ行くと、ホールも小さくて、なんとなく〝台所の匂い〟がするというか、隣のご婦人からタマネギの匂いがしたりします（笑）。

川本　ニューイヤーコンサートへ行かれたことはありますか？

池内　観光客が多いものですから、誘われて一度行っただけです。川本さんは、コンサートにはよく行かれますか？

川本　コンサートへ行くにしても、CDを買うにしても、ここ数年は、日本人の演奏家に的を絞っています。なかでも日本人の女性ピアニストやチェンバリストを応援していて、好きなのは、小山実稚恵さん、曽根麻矢子さん、小倉貴久子さんの三人。みなさん、とてもきれいですし、クラシックの日本人演奏家のレベルは、昔に比べてすごく上がっていますよ。

池内　ぼくはピアノが楽器の中でいちばん好きです。

川本　私もです。

池内　世の中のありとあらゆる音の中で、ピアノの音がいちばん美しい。それに、あらゆる表現ができます。

川本　私の世代はピアノに対する憧れがあります。中学、高校の同級生でピアノが弾けるのなんて、一学年三百人くらいの中に、一人いたかどうか。いまはもう、ピアノが弾ける人なんてそこらへんに、普通にいるというんですから、いやになってしまいます（笑）。

――ピアノは誕生以来、改良が重ねられ、ずいぶん進化していますよね。

池内　最初のころとはかなり違います。

川本　われわれがモーツァルトのピアノ協奏曲と呼んでいるものがありますが、モーツァルトは、いまでいういわゆるピアノ以前の作曲家ですから、彼自身はチェンバロあるいはクラヴィコードで弾いていたわけですよね。それをいまのピアニストはピアノで弾いている。頭の中で、音を変換しているんでしょうか。

池内　久元祐子さんという勉強家のピアニストが、モーツァルトのころのピアノで演奏を試みたりなさっていますね。音がぴょんぴょこ飛び跳ねる感じで、音質からいっても、はじめは違和感を覚えたりしますが、ただ、昔の宮殿や建物の造りは、いまのホールとは違うから、ああいうところに響かせるのなら、そのほうがよかったのかもしれない。ピアノ音楽の変遷は、ピアノ自体の進化だけではなく、建物をはじめとする、演奏する条件の変化の影響も大きいですよね。シューベルトとモーツァルトは、時間的な差はそれほどないのですが、音楽の質はずいぶん違う。あのへんで、聴衆の感覚を含めた大きな変化があったのではないでしょうか。

モーツァルトと同時代の音楽家で、歴史からは消えてしまった人でも、楽譜はけっこう残っていて、最近はそういう曲を演奏する試みもあるんですよ。

川本　先ほどもいいました小倉貴久子さんというチェンバリストの方も、モーツァルトやバッハと同時代の埋もれた作曲家の楽譜を探して演奏活動をしています。

池内　そういう中にも、いいものはたくさんありますが、聴いていると、なんとなくモーツァルトみたいだなぁと感じる曲がけっこうある。彼にはおそらく、街で聴きつけたパートを持ち帰って、変形させながら、自分の曲にきれいに取り入れる才能があったのでしょう。同時代の曲を聞いていると、モーツァルトのアンテナの天才的なすごさを感じます。

川本　クラシックの歴史については、バッハの時代までは、音楽は作曲家個人のものというより神様に捧げるもので、芸術家という概念はなかったとよくいわれます。あの時代には、そもそも芸術という概念もなかったでしょうし。ですから、バッハの曲はそのほとんどが教会音楽で、苦悩する芸術家像が語られるようになるのは、だいたいベートーヴェンのころからのようです。日本人にとっては、キリスト教との関係がよくわからないと、曲もわからない部分がありますね。

シューベルトの「菩提樹」に唖然

川本　永井荷風は、なんとなく日本趣味だったように思われていますが、若いときはクラシック音楽の大ファンで、ニューヨークに留学中は、ほとんど毎日のようにカーネギーホールでオペラを聴きに行っていますし、パリではドビュッシーを聴いています。日本人で初めてドビュッシー論を書いたのはおそらく荷風で、「西洋音楽最近の傾向」という文章で、フランスにはドビュッシーという人がいると書いています。

ドビュッシーといえば、島崎藤村が、例の姪との事件を起こし、日本にいられなくなってフランスに行ったときに、パリでドビュッシーがピアノを弾くのを聴いている。荷風にとっても藤村にとっても、ドビュッシーの音楽は現代音楽で、ほとんど同時代人でもあったんですね。

――荷風はモスクワから来たオペラを聴いて、日本のオペラは貧弱だ、といったことも書いていますね。

川本　自分でも「葛飾情話」というオペラ（作曲は菅原明朗）を作っています。

池内　当時からしたら荷風は並外れた西洋派ですし、その視点も非常に現代的ですが、古い日本の芸能に対する教養があったために、どうしてもそれが入ってきてしまうんでしょうね。

川本　ドビュッシーの「月の光」は、テレビドラマといい、映画といい、またかと思うくらい大流行りだったことがありますね。

池内　ドビュッシーは、例の「海」で……。

川本　浮世絵の影響を受けたといいますよね。

池内　版画家の恩地孝四郎が、ほとんどドビュッシーのイメージだけで抽象画を描いたり、自分でも作曲したり。彼も同時代人に近いんです。自分が生きた時代の現代音楽という意味で、感覚的には非常に入りやすかったんだと思います。

川本　「月の光」はフェデリコ・フェリーニの『そして船は行く』のラストに流れたことで有名になったんですが、ひところはエリック・サティのブームもあって、メジャーな映画から自主映画、テレビも含めて「三つのジムノペディ」だらけだった。映画やテレビで使われる音楽には、流行りがありますね。

池内　サティのような非常に個性的でマイナーな存在が、どうしてそんなに流行ったんでしょう。

川本　サティも、CDブームに似ているのではないかと思います。演奏時間が短い曲が多い。

クラシックのブームというと、一九五〇年代くらいまでは、ベートーヴェン、バッハ、ブラームスで、いちばんはベートーヴェンです。それが八〇年代の軽みの時代になってモーツァルトの遊戯性が言われるようになってからは、モーツァルトがブームになる。左翼思想が盛んだった昭和三十年代には、ショスタコーヴィチが人気だったりもしました。

ヴィヴァルディの「四季」が、いまやパチンコ店にまで流れるくらいメジャーになったのは、イ・ムジチ盤が一九六〇年代初めに発売されて大ヒットしてからでしょうね。バロックが一般的に聴かれるようになったのは、わりと近年ではないでしょうか。

池内　そうでしょうね。最初のころは、よく意味がわからないなりに聞いてたという感じがあります。

川本　あるとき『男はつらいよ』を観ていたら「四季」が流れてきて、「こんなところにまで使われているのか！」と、驚いた覚えがあります。

池内　映画音楽にも、広い意味では、それぞれの年代独自の作曲家がいるものですね。

川本　以前、『時代劇のベートーヴェン』というタイトルの本を書いたことがあります。東映のチャンバラ映画、鶴田浩二主演の『鳴門秘帖』（一九六一）をビデオで観ていたときに、斬り合いの場面でどこかで聴いたことがある音楽が流れていて、でも、それが何だかわからない。オーケストラで演奏しているんですが、その音楽がとにかく気になって、何度も何度も繰り返し観たりして。そしたら、別の機会にあるCDを聞いているときに「これだ！」という曲があった。それが、ベートーヴェンのピアノソナタ、第三十二番だったんです。

池内　そのままじゃなくて、編曲しているんでしょう？

川本　そうなんです。その作曲家は当時、手掛ける映画の本数が多かったから、つい名曲を使ってしまうんでしょうね。

池内　編曲された曲は、ある一点はオリジナルから始まっているんですが、それ以外が微妙に変わっていく。そういうところなんか、ぼくは「苦労したなぁ」と、愛しくなります。

川本　吉行淳之介さんは「赤とんぼ騒動」というエッセイで、シューマンの「ピアノと管弦楽のための序奏と協奏的アレグロ・ニ短調作品１３７」は童謡の「赤とんぼ」にそっくりだと書いています。よく似た曲というのがあるんですね。

それで思い出したんですが、サム・ペキンパーのアメリカ映画で、第二次世界大戦のドイツ兵を描いた『戦争のはらわた』という映画があります。原題は「Cross of Iron」ですが、その冒頭で、ヒトラーユーゲントみたいな少年たちが歌を歌っている。その歌が、どう聴いても「ちょうちょ、ちょうちょ、菜の葉にとまれ」の、あの「ちょうちょう」なんです。ドイツ語の歌詞は日本のものとは全然違っている。残念ながら字幕に歌詞が出ないんですが、あれはもともとドイツの曲なのかと思って、驚きました。

池内　ヒトラーユーゲントの歌には、公式のもののほかに、集団活動の際の歌もいろいろあるので、そこに入っていたのかもしれないですね。もともとは、おそらく民謡みたいな歌だったんじゃないかと思います。彼らは土や汗というテーマが好きで、民謡や土地の固有の歌をずいぶん取り入れていましたから。

川本　あまり大っぴらには言えないんですが、私は『男はつらいよ』が大好きで（笑）。

池内　ぼくもです。ずいぶん観ていますよ。

川本　いくつか好きなギャグもあって、その一つに、とらやで宴会をするシーンがあります。おいちゃんやおばさん、寅さんをはじめ、タコ社長なんかも来て、みんなで酔っぱらいながら、「ヤーレン、ソーラン、ソーラン」と歌を歌う。すると、「お前もやれ！」と言われた近所の食堂のおやじが、立ち上がって、突然「アンブルーネン　フォル　デム　トーレー♪」と、シューベルトの「菩提樹」を歌い出して、みんなが唖然とする（笑）。あのシーンのことを山田洋次さんに聞いたら、俳優ではなく、築地文夫という本物のテノール歌手を起用したんですって。だから、すごくいい声なんですよ。

池内　実際、ああいうクラシックの歌を歌う男性は、安食堂のおじさんみたいな顔だったりして。そのアンバランスがまたいいのですね。昔、大学で教師をやっていて、一年生にドイツ語を教えるときに、ドイツ語なんてどうせすぐ忘れてしまうから、せめてサラリーマンになってから宴会で歌えるように、「これだけ覚えとけ!」といって、「菩提樹」を教えました。歌詞は途中で忘れてしまっても、誰も知らないんだから、なんとかドイツ語めかして、いい加減にやればよろしい。あのころはまだカセットテープで、一節一節、聴かせていました。

川本 何か一つくらい、外国語で歌える歌がレパートリーにあるといいですね。

池内 かくし芸で使えますからね。

ラジオと映画音楽が原点

――お二人にとって、クラシックに親しむ前の音楽体験というと?

川本 池内さん同様、ラジオから聴こえてくる曲や、先ほどの『黄色いリボン』ではないですけど、映画音楽はけっこう聴いていました。私の若いころは、まだビートルズ以前ですから、あとはプレスリーとかパット・ブーンとか。クラシックは高校生になってから、兄貴たちが聴いているというので、フルトヴェングラーなんかを聴いたりしていました。

池内 ぼくはラジオ少年でしたから、川田晴久の「地球の上に朝が来る」で一冊本を書いたこともあります。彼は古典的な芸人ですが、三味線でジャズを弾くために、旧来の日本の歌とジャズとが混ざり合って、古くもあり、モダンでもあり、フシギな音楽でした。耳だけじゃなく、全身に入り

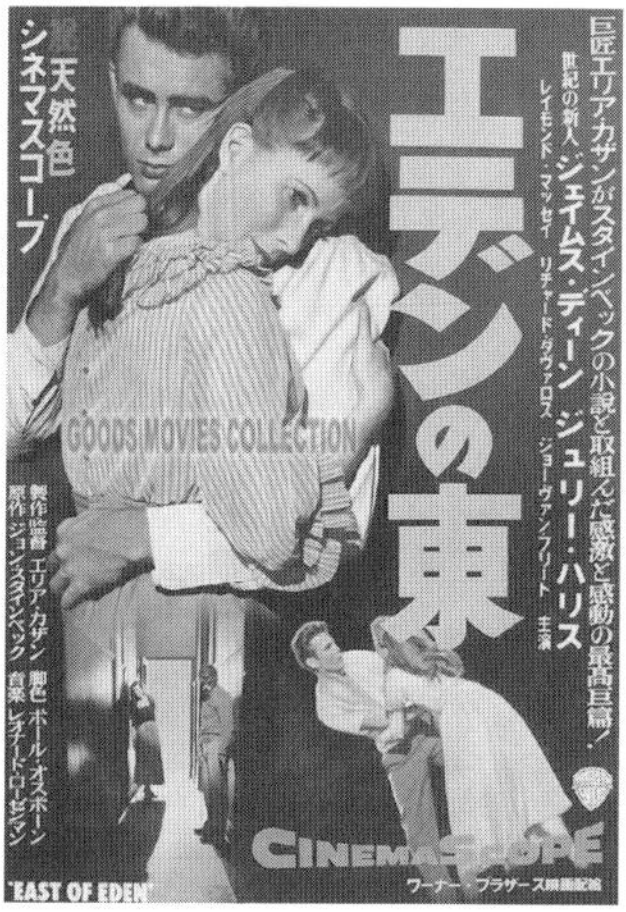

ジェームス・ディーン主演、映画史に名を残す『エデンの東』（1955、左）とＪ・スタージェス監督の名作『荒野の七人』（1960、右）

込んでいます。映画音楽は、映画が上映されて終わりではなく、ラジオでヒット曲ばかりを集めた番組でも流れるんですよね。

川本　「ユアヒットパレード」ですね。

池内　みんなが聴きたい曲をリクエストして、上位二十位くらいまでの曲を流す。それを毎週やっているわけですから、『エデンの東』なんて、もう何十回と聴きました。

――『エデンの東』は、たしか連続首位の記録を持っているはずです。

川本　われわれの世代にとって『エデンの東』はすごく大事な映画なのに、それを、あとになってエリア・カザンは赤狩りのときに転向したとんでもないヤツだなんて言い出す若い映画評論家がいるから頭に来るんです。そういう苦しみがあったからこそ、いい映画を撮っているのであって。

池内　それだけのことで評価するのは、さもしいし、貧弱です。あれは、いい映画ですよ。ぼくなんか十回以上観ています。

川本　私には、二日酔いの朝、景気づけに聴く映画音楽というのがあって、「荒野の七人」「大いなる西部」、もう一つが「アラビアのロレンス」。とくに、エルマー・バーンスタインの「荒野の七人」の主題曲を聴くと、「やるぞー!」という気になります（笑）。昔の日本映画でよく歌っていたのは、「カンカン娘」ですね。

池内　服部良一ですね。ぼくなんかは、服部良一の映画音楽を聞くと、ほとんどが記憶にあります。

川本　「青い山脈」なんかも、そうですものね。

池内　自分の音楽的記憶の何分の一かは、あの人が持ってしまっているんです。われわれの子供時代の音楽的記憶は、だいたい、五、六人の作曲家が負っている。だから逆に、新しいことへの関心は強かったです。

川本　「カンカン娘」は、歌は高峰秀子さんで。

——高峰さんは、追っかけをやるくらい笠置シヅ子さんのファンだったようですね。

川本　子役時代には笠置さんの家に、一緒に住んでいたくらいですから。

池内　笠置シヅ子は、あの歌い方、リズム感といい、天才だったと思います。「買物ブギ」の最後に「オッサンなんぼでなんぼがオッサン……」の後に、オッサンが「わしゃつんぼで聞こえまへん」という歌詞になっているんだけど、いまは「つんぼ」が差別用語だと言われてしまう。だから、

笠置シヅ子（1914－1985）。「東京ブギウギ」「大阪ブギウギ」「買物ブギ」などで知られ、「ブギの女王」と称された

最近のＣＤは「わしゃ（無音）聞こえまへん」と、「つんぼ」の部分を飛ばしてしまうんです。笠置シヅ子の代表的な歌を収録した決定版がそんなことをするなんて、めちゃくちゃです。彼女に対して失礼ですし、大切な日本語の声の記録なのですから。

川本　近年は、鉄道の駅ごとに発車メロディがあって、地下鉄の銀座は「カンカン娘」なんですね。山手線の恵比寿駅が「第三の男」なんです。なんでなんだろうと思ってＪＲの人に聞いたらエビスビールのテレビＣＭで「第三の男」が使われているからだと言っていました。あとは、高田馬場が「鉄腕アトム」で……。

池内　蒲田は「蒲田行進曲」。

――八王子は「夕焼け小焼け」。

川本　「夕焼け小焼け」は八王子の恩方とい

う町がモデルになっているといいますからね。ああいうふうに、駅ごとにテーマ音楽があるのは、いいですよね。

池内　思わず足がとまりますね。

――私などは『シェーン』のテーマ曲を聴くと、涙が出ます。

川本　歌は、雪村いづみですね。映画の中では演奏だけで、歌詞はないんですが、日本では雪村いづみが歌詞つきで「遥かなる山の呼び声」として歌ったら、大ヒットした。当時、雪村いづみのシングル盤が売れた枚数は、そのころ普及していたレコードプレーヤーの数より多かったといいます。みんな、プレーヤーはなくても歌詞カードがほしくて、それで買った人が多かったんですね。

――『シェーン』を観て、男はこうやって生きるんだと思いました。

池内　アメリカン浪花節ですね。ああいう映画は好きだなぁ。われわれは、画面にＭＧＭとか、メトロ・ゴールドウィン・メイヤーなんて出てくるだけで、全身がこう、沸きかえるような興奮を覚えたものです。

川本　とくに会社の音楽がよかったのは、20世紀フォックス。あのファンファーレを聴いただけでゾクゾクしました。あの曲はアルフレッド・ニューマンという作曲家が作ったんですが、映画音楽の最高峰じゃないかと思います。20世紀フォックスは、後にシネマスコープ社が入りますでしょう？　すると、シネマスコープのテーマソングと、それまでのフォックスのテーマソングが重なって、そのために長くなるんですね。

池内　ぼくは高校のときに、ジョシュア・ローガンの『ピクニック』（一九五五）という映画に出ていた、スーザン・ストラスバーグという女優さんが大好きでした。脇役なんですが、町の映画館へ毎日のように観に行って、会っていました。

——あのぅ、女優さんの話はお二人ともたくさんお持ちだと思いますので、いましてしまうと収録できずにモッタイナイです。

池内　そうですか、ではまた次の機会にたっぷりしましょう。

映画で歴史を読み直す

アウシュビッツを知らなかった？

川本　いま、医者から心臓の精密検査をしようと言われているんですが、怖いからイヤだイヤだと逃げ回っていて（笑）。

池内　三十年間かかりつけの医者がいて、ぼくより若いから「最期まで診てくださいね」と言っていたのに、その人が死んじゃった。先日わかったんです。心配はしていたんだけど、主治医が先に逝くなんて、サギにあったみたい（笑）。

川本　アメリカのコメディアンでジョージ・バーンズという人がいたんですけど、彼は九十過ぎまで現役バリバリで、得意のネタがあった。インタビューを受けると、ブランデーを飲みつつ、葉巻をプカプカ吸いながら、「女の子とも遊んでいる！」みたいなことを話す。インタビュアーはびっくりして、「そんな生活をしていて、主治医は何もおっしゃらないんですか？」と尋ねると、「主治医はとっくに死んだ」（笑）。

池内　いいギャグですね。

――川本さんにも、かかりつけ医がいるんですか？

川本　ええ。女医さんで、とてもよくしてくれるんですが、何でも大げさに言う。医者というのは最悪のケースを考えて、そこから逆算して話しているので、みんなそうなんですってね。血液検査の数値も必ず、悪いほうへ、悪いほうへと持ってゆく。

池内　正常と言われる値にも幅があるんだから、何とかなるものだと思うんですけどね。

今日は女優の話ということでしたが、ちょっとずれてもいいですか？　最近、もう三十年あまり前に翻訳した『罪と罰の彼岸』（ジャン・アメリー）という本を、別の出版社が新版として出すというので、解説に思案していたんですね。あるユダヤ人思想家の強制収容所での省察が書かれています。どういうふうに書き出したらいいか迷っているとき、『顔のないヒトラーたち』（二〇一四）のパンフレットに川本さんがお書きになった解説に、とても助けられたんです。

川本　あのドイツ映画は一九六三年にアウシュビッツ裁判が開かれるまでを実話に基づいて描いた作品ですが、観てびっくりしたのは、ドイツ人が戦後、アウシュビッツ強制収容所で何が起こったかを知らなかったということ。主人公の若い検事は、あるジャーナリストに言われるまで、アウシュビッツについてはまるで知らないし、周りの人間も、知ろうともしなかった。あれには心底、驚きました。

池内　アウシュビッツ裁判がどんなものだったかは、いまでは誰もが知るところだと思っていたんですが、川本さんの解説のおかげで、ドイツ人がアウシュビッツを知らない時代があったことにあらためて気づいて、そこから解説を書き始めることができました。

川本　それにしても、まったく知らなかったなんてことが、本当にあるんでしょうか。

池内　忘れているか、気づかなかったか、単に知らなかったのか。

川本　おそらく、誰も触れようとしなかったんでしょうね。不都合な真実ですから。

池内　アウシュビッツに関与したドイツ人は、ＳＳと呼ばれた親衛隊員だけでも八千人くらいいたようです。そこに絞って、しらみつぶしに調べ上げた結果があの裁判につながるんですが、収容所の関係者は学校の教師をやっていたり、公務員になっていたりして、誰もが何の咎めもなしに、市民生活を送っている。そして、誰もそのことを不思議に思わない。当のドイツ人が、大量虐殺はおろか、アウシュビッツという強制収容所があったことすら知らないのだからそれも当然でした。

川本　けれども、一九四五年のニュルンベルク裁判の時点で、ドイツの戦争犯罪は裁かれていたわけですし、収容所のこともわかっていたはずですよね。

池内　あのときは「人道に対する罪」という曖昧な一項を立てて、強制収容所を取り上げました。

川本　それで、収容所で虐殺があった事実なんかは、あまり広まらなかったわけですか。

池内　ナチスは隠していたし、戦後の政府は触れなかった。ドイツ人はニュルンベルク裁判で戦争犯罪の裁きは終わったと思っていました。

川本　だからこれ以上、過去は暴《あば》くなと。

池内　戦後になって、収容所で行なわれた暴挙を裏付ける資料は出たんですが、戦後のアデナウアー政権下では、とにかく国を再建しなければならないから、差し当たっては過去は問わないということで、ナチ党員もどんどん登用された。それから約二十年、彼らも過去をどんどん忘れるか、忘れたふりをする。戦後世代は、もちろん何も知らない——アウシュビッツ裁判が開かれる一九六三年までは、そんな状態でした。

　ですから、アウシュビッツ裁判は、検察に対して非難轟轟でした。過去をわざわざ掘り返して、若者たちに「自分の父親はもしかしたら殺人者かもしれない」と思わせて何の意味があるのかと、検事批判がすごかった。裁判は足かけ三年続いたんですが、それでもとにかくやり遂げたんです。

聖断下らず

池内　アデナウアーは一九四九年から六三年まで首相を務めたんですが、その間に奇跡の復興を果たすところは、日本とそっくりなんですよ。日本の場合は吉田茂ですけど、二人は顔がそっくり。どちらも強烈な個性の人で、指導力があって、政治の駆け引きの名人で。

川本　アデナウアー自身は、ナチには批判的だったんですよね。

池内　そうですね。彼の引退後は、池田勇人と同じように経済重視のエアハルトが首相になるんですが、アウシュビッツ裁判はその少し前、アデナウアーが辞めた直後の一瞬の隙をつくようにして開かれた。フリッツ・バウアーという当時の検事総長が、情勢をよく見ていたんでしょうね。彼は、裁判をすることによって罪を問いたいという以上に、過去をドイツ人に知らせたい、過去と対決してほしいと思っていたんでしょう。裁判が終わった後には、当初の非難轟轟は一変して、「過去を直視しなければならない」と流れが変わる。それは社会的な運動にもなって、ドイツやポーランド、フランスなどで共通の歴史教科書が作られるようになりました。ドイツがアウシュビッツ裁判で自らの罪を自らの手で裁いたころ、日本は所得倍増計画で高度成長に突っ走っていました。その一点が日本とドイツの大きな違いだと思います。

川本 『顔のないヒトラーたち』は西ドイツの話ですが、東ドイツにもナチはたくさんいましたよね。

池内 東ドイツでは、アウシュビッツ裁判は及びませんでした。

川本 でも、統一ドイツになったときには、東ドイツのナチの残党が表に出てきたのでは？

池内 そうなることがわかっていたから、「計画的で凶悪な犯罪」に対しては、時効を撤去してしまった。「計画的で凶悪な犯罪」というのはナチのことで、ナチに関与したものは、たとえ何歳になっていようと例外とはせず、逮捕して裁判にかけられるようにしたんです。

川本 そういえば、近年も、九十四歳になる元ナチが裁判で有罪になりましたね。

池内 一九七〇年、西ドイツのブラント首相が、ワルシャワのゲットーの記念碑の前で跪《ひざまず》いて謝罪したのです。あれは優れた政治家ブラントの考えで瞬間的に起こったことで、誰も予期せぬ出来事だったんですが、あれで西ドイツとポーランドの関係は劇的に変わりました。その後、ヴァイツゼッカー大統領は、国民に対して、「過去を見ない者は、現在も見えなくなる」と語りました。最近では、アウシュビッツの記念日にメルケル首相が「アウシュビッツを記憶することが、ドイツ人の義務である」と演説している。現代史に関しては、ドイツと日本は双子の兄弟みたいに似ているんだけど、ただ一点、自らの罪を裁いたかどうかが大きな違いになって出ていますね。

チイ) 昭和45年(1970年) 12月7日 (月曜日) 4版● (2)

対ポーランド条約批准後

国交、早々に実現

西独当局者が言明

【ワルシャワ七日塚本特派員】ゴムルカ・ポーランド統一労働者党第一書記とブラント西独首相は六日夜、チランケビッチ首相の同席で第一回の政治会談を行なった。会談はきわめてうちとけたふんい気で、両首脳は両国の関係の歴史的発展、特に両国の関係および欧州安保会議について意見を交換したが、西独政府スポークスマンはこのあとの記者会見で、西独、ポーランドの外交関係樹立は両国が同条約を批准したあとまもなく実現するだろうと語った。

この条約が樹立される条件については、ベルリン問題の満足すべき調整とは結びつけないとはしないから、政治的にはベルリン問題に関する実質的な進展に関連性があることを示唆し、その点ではあいまいであったが、批准の条件についてはむしろ国内の状況、特に連邦議会の状況にかかっていると述べた。

ポーランド・西独条約の批准問題については、一時シェール外相がベルリン問題の満足すべき解決を条件にすることを強調したが、その後西独政府はしだいにシェール発言を弱め、法律的にはベルリン問題の満足すべき解決と批准とを結び付けないとしながらも、政治的には無関係ではないことをほのめかしたわけである。

しかし最も重要なのは国内情勢であると西独政府スポークスマンは言明した。

批准までの過程がどうなるかは政治的な問題として、批准すれば外交関係が樹立されるという西独政府スポークスマンの発言は注目されている。

6日、ワルシャワに到着したブラント西独首相（左）を出迎えるチランケビッチ・ポーランド首相（UPI）

西独国歌吹奏し歓迎

ブラント首相迎えたワルシャワ

【ワルシャワ七日塚本特派員】七日の西独、ポーランド関係正常化に関する条約調印のためブラント西独首相は六日午後五時半（日本時間七日午前一時半）特別機で空路ワルシャワ入りした。ワルシャワの軍用飛行場にはチランケビッチ首相らポーランド政府首脳陣がブラント首相、シェール外相を出迎えた。西独首相がワルシャワ入りするのは第二次大戦後初めてであり、軍用飛行場には西独、ポーランドの国旗がならんで掲げられ、これも戦後初めて西独国歌がソ連以外の東欧圏内で吹奏された。

ついでポーランド軍の閲兵行進などによる歓迎式が行なわれたが、長い敵対関係の後の和解だけに、空港のふんい気は正式調印を手放しで喜ぶというよりは、重々しさと何か張りつめたような空気がただよっていた。

西独がオーデル＝ナイセ線をポーランドの西部国境とし、新しい協力関係を結ぶこの条約について、ポーランドの党、政府は一応、二十年の最大の重荷をおろしたと喜んでおり、六日のポーランド党機関紙トリブナ・ルドにはブラント首相の略歴についてかなり大きな記事が載った。

ブラント首相ワルシャワ訪問時の記事（毎日新聞1970年12月7日）

川本　日本の場合、極東国際軍事裁判、いわゆる東京裁判が、いつのまにか、アメリカに押しつけられた不当な裁判だと考えられるようになってしまいましたが、それなら、太平洋戦争を始めた政治家や軍人の責任は、誰が裁くんだという話になる。

池内　誰も責任を取らない状況に、日本はしてしまったんですね。いちばんの責任者である天皇を裁かず除外した途端に、東京裁判は、ずいぶん奇妙なものになってしまった。

川本　昨年（二〇一五）公開された映画『日本のいちばん長い日』で描かれたように、天皇は軍部に反対して平和をもたらした偉い人、という認識が広まっていますよね。

池内　戦争を終わらせるために天皇の「聖断下る」と言われることがありますが、まちがった言い方だと思います。実際は、アメリカ軍側から降伏の勧告を再三受けて、やっと終わったわけでしょう。資料にも残っていますが、アメリカ軍は天皇が何か判断を下すだろうと観察しながら空襲をかけていたので、決断が遅ければ遅いほど、空襲も長引いた。それであれだけ多くの都市が燃えてしまった。さらに二度の原爆ですから、本来は「聖断下らず」でしょう。

ニュルンベルク裁判では、ヒトラーもゲッペルスも自殺してしまっていましたが、誰かが特例的に裁きから除外されるなどということはなかった。東京裁判で第一責任者である天皇を除外したのが欺瞞の始まりだというのは、政治学者・丸山眞男が一九五〇年代に主張していたことですよね。

川本　丸山眞男の有名な論文（「軍国支配者の精神形態」）には、ニュルンベルク裁判におけるナチの高官は確信犯だったが、日本の軍部の責任者はみな責任を上へ上へと持ってゆくと書いています。

池内　でも、天皇までは持っていかない。

謎の男・ヒトラー

川本　私の世代がナチスによるユダヤ人虐殺を知ったのは、『アンネの日記』からなんですが、『アンネの日記』は、それこそ世界中で読まれたわけです。ドイツ人はそれも知らなかった？

池内　読んでいたでしょうけど、ユダヤ人を虐殺したのはナチであり、自分たちとは関係がないと思っていた。政府が音頭を取ってそう考えるように仕向けたとなれば、国民はそれに従いますよね。『顔のないヒトラーたち』のように、あらためてアウシュビッツのことを記憶に呼び戻すような映画の作り方は、うらやましい。ドイツ語の原題は『沈黙の迷宮』といいます。みんなが揃って口を閉じ、一切なかったことにしようとした過去を、当のドイツが暴いていく様子を表現したんだと思いますが、ああいう映画を作る企画力が、ぼくはいいと思います。

川本　日本の場合、戦争時には隣組の密告が怖かったといいますが、山田洋次さんの『母べえ』は、戦時中のそうした残酷さを描いた、珍しい映画でしたね。

池内　現役を離れて、郷里で威張っている軍人たちを、何といいましたっけ？

川本　在郷軍人会。あれはイヤですよね。

池内　戦場へ行く危険のない人間が、若い連中を叱り飛ばして戦場へ送り出していたわけでしょう？　ところが戦後になると、まるで他人ごとのようにして、くるっと変わっちゃう。その変わり方を描けば、いくらでも面白い映画ができる。でも、日本では作れないでしょうね。

川本　『ヒトラーの贋札』（二〇〇七）『ヒトラー暗殺、13分の誤算』（二〇一四）など、日本ではここ数年の間に、ナチに関する映画がかなり公開されています。映画界というのは、その歴史からいってジューイッシュの世界で、彼らは過去のことを決して忘れませんから、ハリウッドでも繰り返しナチが描かれるんですね。ここにきてまた急増していて、ドイツ映画ですが、『帰ってきたヒトラー』（二〇一五）は、日本でもわりと話題になっています。SF仕立てで、自殺したはずのヒトラーが、現代のベルリンにタイムスリップしてきて演説を始めるんですが、芸人と勘違いされて一躍人気者になるというコメディです。日本では題名に「ヒトラー」と入ると、観客が二、三割増えるんですって。思想といったこととは関係ないようですが、〝怖いもの見たさ〟みたいなところがあるのかもしれません。最大の悪ですから。

池内　喜劇になるのが正解でしょうね。独裁者にはコミカルなところがありますから。ヒトラーの声が出なくなってしまって、喉の矯正ができる学者を探し回ったところ、強制収容所にいるユダヤ人がそうだというので、ゲッペルスが急きょ官邸に連れてきて、発声や演説の仕方の教えを乞う、なんて映画を、二、三年前に観ました。

川本　それは、ノンフィクションですか？

池内　パロディではありますが、かなり事実に近いと思います。実際、ヒトラーは一九四三年から四四年にかけて、人前にまったく出てこなかった時期があります。喉にポリープができて、声が出なくなってしまったのが一つと、戦況が悪くなったことによる、いわば怯えですよね。「Web遊歩人」というところでヒトラーのことをずっと書いているんですけど、彼は非常に謎の多い人物です。

川本　手塚治虫の『アドルフに告ぐ』なんかに描かれていますが、ヒトラーはユダヤ人説もありますね。

池内　タイトルページに使っているのですが、かたわらにシェパードを座らせて、ものすごく威厳をつけて撮ったはずなのに、まるで何かに怯えたようになっている写真があります。ホフマンというお抱えの写真家が撮ったもので、彼はこれを永久保存しようとでもいうようにガラス絵にしているんですね。当然ヒトラーもナチの本部も破棄を命じたのが、なぜか残っている。怯えたような顔をした理由は、いまだにわかっていません。

川本　ワルキューレ作戦をはじめとして、ヒトラー暗殺計画は何度かありましたから、ほかならぬドイツ人の手によって殺されるかもしれないという危機感は持っていたでしょうね。

池内　だから、周囲の警備体制は、ものすごく整えていますよね。ある画家が大本営で目撃した顔が印象深かったんでしょう。すぐにスケッチを取って、しかも念のため、二点描いて隠して保存した。一九四一年ころの肖像で、戦後になって出てきたのですが、口が半開きで、目はまったく虚ろで、うつけたとしかいいようのない顔をしている。

川本　もうすぐ公開（二〇一六年十二月）のデンマーク映画『ヒトラーの忘れもの』で知ったんですが、戦争中、ドイツはデンマークの海岸線に、連合軍上陸を防ぐための地雷を大量に埋めていた。

それで、終戦を迎えて撤去しなければならなくなったときに、デンマークはドイツ人捕虜を使っていたんです。デンマークは戦時中にひどいことをされたから、ドイツをずいぶん恨んでいたとは思うんですが、その捕虜というのがみな、十代から二十代前半の子供みたいな兵隊で、それはもう悲惨な話でした。

池内　敗戦間際に出征させられたのは、みな十代でしたからね。小説家のギュンター・グラスも十六歳で兵士になって、しかも編入されたのが武装親衛隊だったからずいぶん叩かれたんだけど、当人は十代ですから……。

川本　責任は問えないですよね。

池内　連合軍上陸に対する防衛線として、ドイツはフランスなどの大西洋側の海岸に膨大な数のトーチカを作って、地雷も埋めていた。それを撤去するには、当然捕虜を使ったはずですから、その映画は、ほぼ原寸大の歴史でしょうね。

フランスはナチに対してレジスタンス一色だったという抵抗神話がありますが、実際はナチにずいぶん協力していた、といったように歴史を見直す流れになりましたよね。映画は歴史を新たに読みかえるときの、いちばんの先兵ですね。

川本　新しいものではありませんが、ルイ・マルの『ルシアンの青春』（一九七四）では、フランスの田舎町に住む貧乏な少年が、ドイツの占領下、ドイツ軍の手先になって威張り出し、貧乏人の倅《せがれ》と馬鹿にしてきた金持ち連中をやっつけようとする。あれを見ると、ナチに協力していたフランス人もいたんだなと思います。

池内　フランス国内でのユダヤ人の移送も、フランス側が手続きをしていたんですよね。

川本　ヴィシー政権なんて、完全にドイツ寄りでしたしね。フランスが、親独とレジスタンスで二分されていた。

第一次世界大戦は、なぜ起きた？

川本　去年、ＮＨＫのＢＳでやっていたイギリスのテレビドラマ『刑事フォイル』は、ミステリーとしてというよりも、歴史ものとして面白いドラマでした。第二次世界大戦中のイギリスが舞台で、戦争中でも日常的に起こる殺人事件を取り締まる刑事の話なんですけど、主人公のフォイルは戦争中に殺人事件なんて追っていていいのかと、いつも悩んでいる。ただ、フォイルは五十歳くらいで、あの時代ですから、第一次世界大戦に出征している。それで、「つまらない仕事ばかりやってないで、国防の仕事でもしろ！」と言われたときに、「俺は第一次大戦で負傷したのだ」と言うと、みんな黙ってしまう。第一次大戦を体験していることが、ある種の強みになっているんですね。

池内　ヨーロッパで「大きな戦争」というと、第二次よりも第一次のことを指します。第一次世界大戦では、死者ものすごく出ました。戦後、フランスはドイツにとんでもない額の賠償金を課したわけですが、そうやって戦後処理を誤ったから、ドイツでファシズムが台頭し、憎悪と憎悪がぶつかり合ってしまった。

川本 総力戦というのは、第一次大戦からですよね。それまでの戦争は、軍人同士が正面からぶつかって。

池内 そこで一応決着がついたら、外交で政治的に決着をつけるのが戦争だった。

川本 クラウゼヴィッツの「戦争とは異なる手段による政治の継続である」という言葉は、有名ですね。

池内 クラウゼヴィッツは『戦争論』の冒頭に、政治の手先である軍事が主人公になった場合、世界はとんでもないことになると書いています。第一次大戦ではそういう前提が吹っ飛んでしまったから、新しい兵器をどんどん導入して、総力戦を続けてしまった。

川本 毒ガス、戦車、飛行機、大砲、機関銃……新兵器がどんどん登場してくる。

——二十年くらい前にNHKが日米共同で作ったドキュメンタリー『映像の世紀』で、第一次大戦に出征する兵隊たちが意気揚々としている姿を見たんですが、それは、すぐに帰れるというような、ひと昔前の戦争をイメージしているからなんですね。

池内 前近代のイメージで熱狂して、戦争も近代に立ち入っていることを忘れていた。

川本 戦場での恐怖体験によって精神がおかしくなってしまうシェル・ショック、いわゆる戦争後遺症が出てくるのは、第一次大戦の後から。バージニア・ウルフの『ダロウェイ夫人』には、第一次大戦に出陣して精神を病んだ若者が出てきます。

池内　第一次大戦で、ヨーロッパの国々はみなどこか心に傷を負った。日本も少しあとに連合国として参戦しましたが、労せずして、青島や南洋諸島をドイツから奪っただけ。中国進出の足がかりを作った。日本は第一次大戦で心の傷を負わなかった例外国ですよね。

川本　それが、大きな間違いのもとだった。日本があの悲惨な戦場を見ていたら、そう簡単に太平洋戦争へ突き進もうとはしなかったのではないか。

池内　二十代の若いころに翻訳したカール・クラウスというウィーンの批評家の『人類最期の日々』という第一次大戦を描いた戯曲には、当時のヨーロッパの新聞でよく使われていた「聖なる戦い」「護国の柱」といった言葉がたくさん出てくるんですけど、それらはすべて、日本のジャーナリズムが太平洋戦争で使ったものと重なります。第一次大戦のとき、ドイツの皇帝は開戦の詔で「この戦いは我が望んだものではない」と言っている。これは太平洋戦争に際して天皇が述べた「豈朕《あにちん》カ志ナラムヤ」と、まったく同じ。だから『人類最期の日々』に出てくるドイツ皇帝の言葉を、ぼくは天皇の言葉で訳したんです。

川本　しかし、第一次大戦はなぜ起こったのかが、よくわかりません。そもそも、ボスニアの首都サラエボでオーストリア＝ハンガリー帝国の皇太子が殺されたのが、きっかけですよね。

池内　ボスニアは当時、オーストリア＝ハンガリー帝国の属国だったんですが、事件のせいでほかの属国も独立だなどと騒ぎ始めたので、みせしめとして懲らしめるために戦争を始めた。オーストリア＝ハンガリー帝国はこの戦争をあくまで自国内の事件として考えていたのですが、ボスニアがロシアと連携していたために、ロシアがボスニアを助けることになった。で、ドイツはロシアと敵対していたから、ロシアが出てくるのだったら先制したい。なおかつ、ロシアと同盟関係のフランスも敵になるだろうから、まずはフランスを叩き、一転してロシアを短期に制してという、シュリーフェン作戦という二正面作戦です。

川本　ヒトラーがやったことと同じですね。

池内　まったく同じです。シュリーフェン作戦では、ドイツがフランスを叩くためにオランダとベルギーを通って迂回していったんですが、どちらも中立国だから、イギリスが中立を侵したといって、ドイツに宣戦布告した。最初はちょっとした内戦だったのに、玉突きのような連鎖反応で、あっという間にヨーロッパの大半を巻き込む戦争になっちゃったうえに、四年も続いたんですから、戦争なんて、いかに馬鹿馬鹿しいことか。

川本　『チボー家の人々』では、戦場で毒ガスにやられるフランスの若者の話が出てきます。また、『エデンの東』は第一次大戦のころが舞台で、アメリカ国内のドイツ移民の家に石を投げるシーンがある。いつの時代も、移民は行く先々で標的にされるんですね。

池内　第一次大戦では、イギリス軍は戦車を「タンク」、つまり水を運ぶ車だとして戦場に持ち込んだんですね。それを見たときの、ドイツ兵の驚きといったらなかったと思います。戦車が五百台くらい横一列になって並んでいる。一台がすっと前へ出て旗を動かすとそれが進軍の合図で、いっせいに進んでくる。そうやって塹壕にいたドイツ兵を、何千人と押しつぶしていったんです。

川本　そのころのドイツは、まだ戦車を持っていなかったんですか？

池内　持ってないし、イギリス軍が持ち込んだのも、水を運ぶ、ただのタンクだと思い込んでいた。ところがそれが鉄の塊だったんですから、塹壕の人間はたまったものじゃない。奇跡的に生き残った兵士が「悪魔の軍団が地上に降り立ったとしか思えない」と回想しています。

川本　ブルーノ・ガンツは、『ヒトラー　最期の12日間』（二〇〇四）でヒトラーを演じているドイツの俳優ですが、彼の映画で〝Der Erfinder（発明家）〟という面白いものがありました。日本で公開されたかどうかはわからないんですが、第一次大戦中の話で、ガンツが演じるのは発明家でもあるというスイスの農民。彼は、雪解けのころになると泥沼ができて、車も馬車も動かなくなって困るので、何かいい方法がないかと考え、思いついたのがキャタピラだった。実験もうまくいったので、街に出て特許を取ろうとするんですけど、そこでたまたまニュース映画を観たら、第一次大戦の光景が出てきて、しかもそこには戦車が走っていた。それで「オレが考えたのは、とっくに戦争で使われているんだ！」とがっかりするんです。

池内　そういう意味では、戦争は新発明の宝庫ですね。地上には戦車、空には飛行機、海には潜水艦……。

川本　細菌兵器も。あれは酷《ひど》い。

池内　いまの戦争は、さらに苛烈ですね。ボタン一つで一国を吹き飛ばすことさえできるんですから。

『シン・ゴジラ』と『この世界の片隅に』

川本　『シン・ゴジラ』は、ご覧になりましたか？

――観てないんですが、面白いと評判ですね。

川本　たいがいの人はそうやって褒めるんですけど、私はどうも……。

池内　どういう映画なんですか？

川本　ゴジラが再び東京に現れて、それを自衛隊が迎え撃つ。自衛隊の大ＰＲ映画です。

池内　見え見えだ。

川本　それをみんなが絶賛するから、怖くなってしまいました。いま、地方の町を歩くと、あちこちに『シン・ゴジラ』のポスターが貼ってあるんですが、映画のものだと思いきや、実は自衛官募集なんです。

――近ごろは、貧しさを理由に自衛官になる若者がけっこういるので、経済的徴兵だと批判する声もありますね。

池内　差し当たっての就職口としては、安定していますからね。

川本　いまの防衛大臣など、以前、日本も核武装すべきなどと平気で言ってましたから、恐ろしくなります。

池内　無知ゆえに、そう言っているんでしょう。

川本　池内さんは、昭和二十年の八月十五日はどこにいらしたんですか？

池内　まだ子供でしたから、郷里の姫路にいました。

終戦直後、姫路駅周辺の風景（1945年10月撮影）

川本　姫路も空襲に遭ったんですか？

池内　ずいぶんやられました。郷里の人は楽天的なのか、アメリカ人はお城を大切にするから、姫路城のあるこの街には空襲はかけないとみんなが言っていた。たしかにお城は焼けなかったんだけど、町は全部焼けちゃった。

——『そして日本は焦土となった』というNHKのドキュメンタリーで初めて知ったんですが、当初、アメリカ空軍の主流は、空軍の仕事は軍需施設への戦略的爆撃だと考えていた。無差別爆撃は空軍の仕事ではない、と。しかし、日本が降伏しないので、空軍内のタカ派的な幹部が絨毯爆撃を持ち出す。非常に有効だと言って。有効さを説くのに持ち出した例が、日本軍が中国でやった無差別絨毯爆撃なんです。

川本　重慶爆撃ですね。

――無差別爆撃のルーツが日本軍だったなんてイヤになります。アメリカ空軍の標的は最初は七都市くらいだったんですが、エスカレートして、県庁所在地が軒並み狙われてしまった。

池内　それでも降伏しないから、中都市にもいった。

――そうした経緯を記した記録がアメリカで資料として存在するんですが、後から検証できるように資料を残す体質は、見習うべきだと思いました。

川本　今日、この対談の前に、戦争中の呉を舞台にした『この世界の片隅に』というアニメ映画を観てきたんです。原作はこうの史代という広島出身の女性漫画家なんですが、当時の呉はご存じのように軍港ですから、猛爆撃を受けた。アメリカ空軍は爆弾を落とすときに、時限爆弾も混ぜていたんですね。主人公も、空襲が終わったと思って防空壕から出てきて、姪と手をつなぎながら家に向かって歩いていたら、時限爆弾が爆発し、右腕を失った。姪は死んでしまう。おっかないことをするなぁと思いました。

池内　この間、小田原の旧市街を歩いたんですが、あそこは何にも残っていないですよね。なぜないのか説明があって、八月十五日に、戦争が終わっていたにもかかわらず、アメリカの爆撃機が帰り際に、機体を軽くするために爆弾を落としていったというんです。そのころは、命令系統も何もあったものじゃなかったんでしょうけど。

川本　秋田市の空襲は、八月十四日だったでしょうか。前にも言ったかと思いますが、地方を旅するたびに、この町は空襲に遭っているかと地元の人に聞いているんですけど、山形や盛岡は遭ってないと言っていました。京都は若干あっただけだし、いま小京都といわれているところは、たいてい爆弾が落ちなかったところですね。

池内 山形や盛岡は、町の規模がどうというより、軍需工場がなかったから空襲されなかった面もあるでしょうね。ぼくの故郷は、すぐ隣に軍需工場があった。

川本 姫路はマッチの工場が多かったと聞きました。

池内 たくさんありましたし、新日本製鉄（当時は日本製鉄）が海岸にずっとあって、あそこは標的だったでしょうね。

川本 今日は女優さんの話をするはずだったのに、シリアスな話になってしまいました。

―― それは、また次回ということで。

池内 え、そうですか？　せっかく恋人の写真を持ってきたのに（笑）。

川本 スーザン・ストラスバーグですね。『ピクニック』のときの写真だ。

池内 ジューン・アリソンなんかが載っている、古い雑誌もあるんですけど。

川本 お好きだったんですか？

池内 いや、ちょっとオバサン風だったから、あんまり。

―― 以前、ファンレターを出した女優さんがいたと、お聞きしたと思うんですが。

池内 それが、スーザン・ストラスバーグです。ぼく、女優さんの上の名前を言いますから、川本さんは下の名前を答えてください。エヴァ。
川本 ガードナー。
池内 ジェーン。
川本 マンスフィールド。
池内 ラナ。
川本 ターナー。
池内 グレースは、当然わかりますね？
川本 ケリー。
池内 ミッツィは？
川本 ゲイナー。
池内 全部、出てきますね。
川本 一応、映画評論家ですから（笑）。
池内 スーザンは？
川本 スーザン・ヘイワードとスーザン・ストラスバーグ。
池内 だいたいの人がヘイワードですけど、ぼくはストラスバーグです。
川本 残りは今度に取っておきましょう。

旅は列車に乗って

大きな損失

川本　最近、体調はいかがですか？
池内　ガタガタです。なんとなく、体力に自信がなくなりました。
川本　旅は、相変わらずされていますか？
池内　してはいるんですが、二泊三日がいいところで、三泊になると、ちょっと辛くなってきました。
　今度の大火で燃えてしまった糸魚川、あそこはいい町でした。もし、日本国内でもう一度行きたい町を五つ挙げよと言われたら、きっと入れるような町です。歩いていても、全然飽きない。
川本　そんなにいい町でしたか。だから逆に、古い家が多くて、火事に弱かったんでしょうね。今回、大火という言葉を、久しぶりに聞きました。私などの世代では、記憶にあるのは、鳥取の大火

（一九五二）と酒田の大火（一九七六）くらいでしょうか。

池内　酒田の大火は、今回の大火と条件がよく似ていましたね。

――どちらも、折からの強風が火勢を強めてしまったようですね。

池内　かつての北国街道沿いにいい町並みがあって、まさに町の心臓部だったんですが、そこが全部焼けてしまって。

川本　もったいないですね。あのへんは、漠然とコンビナートのイメージがあったんですが。

池内　郊外はそうなんですが、糸魚川は、古くからのいいものをなんとかして残そうと、町の人たちがいろいろな知恵を出し合っている町でした。古くから商売をしている店が、飴屋だったら昔の駄菓子、文房具屋だったら謄写版といった具合に、蔵の中から出してきた得意ダネを、それぞれのショーウィンドーに飾っていました。

川本　謄写版とは懐かしい。ガリ版ですね。

池内　江戸時代には宿場町ですから、いろいろなところに文学的素材があって、昔の川柳や俳句が、電信柱なんかにちょこんと貼ってあったりする。それが、なかなかいい。

川本　いい造り酒屋さんも、あったようですね。

池内　新潟でいちばん古い造り酒屋です。大通りには「滝の湯」という銭湯がありました。なにげなくノレンごしにのぞいたら、乱れ籠が積んであって、床もピカピカに磨いてあって、なんともいい感じなんです。風呂から出た後に「いまの時代に、銭湯に来る方はどれくらいいますか？」とご主人に聞いたら、「数は少ないんですが、郊外からも『温まりが違う』というので、お出でになる。その方がいらっしゃる限りは、やります」と。それもすべて燃えたのかと思うと、本当にガックリです。

川本 建物が密集していたんでしょうね。向島に橘銀座という商店街がありますが、あのあたりは東京の下町には珍しく、空襲の被害にあわずに、木造の古い町並みがいまでも残っている。でも、こうした町並みは火事に弱いからというので、どんどん再開発されてしまう。防災という観点から見るのと、われわれが歩いていい町だなと思うのとでは、全然違うんですね。

池内 東京の場合は、高層化することで、建物の間に空きをつくるのでしょう。そうすると、町並みは完全に変わってしまう。そのへんが難しいところです。

川本 今回の報道では、「古い木造家屋が密集していた」と書かれているくらいで、もともと糸魚川がどういう町だったのかという視点からの記事は、見かけなかったように思います。

池内 糸魚川は越中・越後のはざまにあり、信州への千国《ちくに》街道の分岐点でもあって、江戸幕府から重視されていたのでしょう。あそこの殿様は、参勤交代をしなくてよかったんです。余計な金を使わなくていい。その代わり、情報をきちんと中央に送る役割を担っていた。ですから、半ば独立した町だったんですが、それが、いま言ったような町づくりにも影響している。そういう文化的な部分も、もう少し書いたらいいと思います。この火事が、いかに大きな損失かがわかります。

川本 鉄道でも、北陸本線と大糸線が交わるところですね。北陸新幹線も通っています。

池内　風向きの関係で、鉄道には火災の影響はなかったんですが、ＪＲには悪いけど鉄道よりも、町は残ってほしかった。町は即席の替えがきかないですから。

もう一度行ってみたい町

川本　先ほどおっしゃっていた、もう一度行ってみたい町は、ほかにはどんなところがありますか？

池内　すぐに思い浮かぶのは、鳥取の智頭町《ちづ》ですね。

川本　材木の町ですね。私も、好きです。日活の映画監督に、智頭町出身の監督がいましたよね。名前は、何といったかな。

池内　何だったかな……記念館もあります。いわゆるエンターテインメントを撮った人。ただ、生まれは智頭町なんですけど、二歳くらいで、一家で東京に行ってしまったので、記憶は全然ないそうです。

――岡本喜八？

川本　いえ、そこまで有名な人ではなくて。吉永小百合や舟木一夫の映画を作った人なんですが、スマホで調べられますか？

――「智頭町」「映画監督」で検索したところ、西河克己と出てきました。

川本　そうです、そうです。智頭は、たしかにいい町でした。瓦屋根の家がずっと並んでいて、静かで。

池内　自然にそうなったのかというと、そうではなくて、町並みを残そうという考え方があった。山を一つ越えた向こうに、昭和三十年代に移住してできた村があって、智頭ではそれをそのまま残しているんです。いまも住んでいる人は、家の中は暮らしやすく変えてある。

川本　大分県の豊後高田は、開発から取り残されていた。ところが、あるときから、昭和三十年代をキーワードにして観光を始めたら、大人気になった。残っていたものを、とくに手を加えるわけでもなく、そのまま「昭和三十年代の町並み」ということで売り出したら、途端に人気が出てしまったといいます。

池内　それでいいのだと思います。イタリアなんかは全部それで、中世そのままの町並みに、余計な手を加えない。一方で、家の中には家電やパソコンをそろえて、暮らしやすくしている。

信州に、カール・ベンクスさんというドイツ人の建築家がいて、古民家の再生をしています。こんな素晴らしい建物をなぜ壊してしまうのかということで、日本に住みついて、ほったらかしになっている古民家に手を入れて、希望者に手渡す。ドイツでは、続けて三軒くらい家を建てるときには、様式を変えないといけないんですが、彼は日本で習得した古民家を応用して、ドイツでも生かしているそうですよ。

川本　住宅問題は首都圏だけのもので、地方は豪邸ばかり、といった印象があります。ただ、大邸宅に住んでも、掃除のことを考えると……。私などは、狭いマンションでさえ苦労しています。

池内　それなりに、整理はなさるんでしょう？

川本　いや、もう、ぐちゃぐちゃです（苦笑）。

池内　本の整理が、とくに大変なのでは？　どんどん送られてきますものね。

川本　そうなんです。よく、家のことはハウスキーパーさんに任せればいいと勧められるんですが、本の整理だけは、自分でやらなければどうしようもない。

池内　ぼくの友人が、北海道の上川町というところに住んでいるんですけどね。

川本　上川町も、いいところですよね。

池内　でも、本屋さんは全然ない。以前は、旭川まで来ればまだあったんですが、それもあやしくなってしまった。結局、札幌まで行くしかなくて、一日がかりで行かないと本が手に入らない。

川本　いまは、アマゾンなんかで本も宅配してもらえますけれども。

池内　そういうものはありますが、手に取って選ぶということができない。それで、二十年近く前から、上川町の彼のところへ本を送っています。すると、仲間が定期的に集まってきて、好きな本を、欲しい人が持っていく。「けっこう持っていく人がいて、動いてるよ」と言っています。

川本　福島県にある、水郡線沿線の小さな町の図書館は、全国に寄付を募って、贈られてきた本だけで図書館を作ったと聞きました。あっという間に本が集まったといいます。

池内　本については、個人では扱いかねている場合が多い。本好きだった父親が亡くなって、子供たちは本にまったく興味がない、というケースがたくさんある。

川本　たまにうちへ来てもらう古本屋の親父さんがよくこぼしているんですが、そういう子供たちは、全集がすごく高く売れると思い込んでいて、後生大事に漱石全集なんかを持ち込んでくる。でも、全集は、いまは二束三文ですから、値段を聞いてがっくりする。

池内　家へ来るチラシには、「古本買います。ただし、全集ものは不要」と書いてあります。あれは、全然売れないようですね。古本屋に並んでいるのを見たら、かわいそうなときがあります。二十巻以上あるものが、一冊三百円くらいのセット価格で売られているんですから。川本さんは、手元に置く本は、もう決まっているでしょう？

川本　それは、固定しています。

池内　それ以外のものが、積み上がっていく。

川本　そうなんですよね。

池内　積み上がっていくといえば、川本さんは、マイナンバーはどうなさいましたか？

川本　マイナンバーを送ってくれ、という手紙ですか？　束になるほど届いて、あれには閉口しています。

池内　われわれは一回限りの執筆の仕事が多いので、送れと言ってくる数も多いんですよね。あまりに多いから、表を作って分類してみました。

川本　ずいぶんマメにチェックなさったんですね。

池内　コラムに使えると思って（笑）。「マイナンバー」と大書したファイルに来たものをどんどん入れて、後でまとめて検査しました。最も簡単なのは、番号だけ書いて送れというもの。次が、通知番号のコピーを送れというもの。いちばん多いのは、通知番号のコピーと身分証明書のコピーを送れ、もしくは、マイナンバーカードを作っていたらカードの裏表両面のコピーを送れというものでした。送り方にもいろいろあって、まず普通便、それから簡易書留、特定記録、レターパックとある。

川本　そんなことをなさっている人はほかにはいないでしょうから、きっと貴重なデータになります（笑）。

北海道の町といえば、数年前に行った、旭川に近い東川町がいい町でした。

池内　北海道では、森町も、いい町だなと思います。

川本　函館から少し北へ行ったところにある町ですね。駅弁の「いか飯」が有名で、駅のホームのすぐ向こうが海で。

池内　通りがきちっと整備してあって、立ち並ぶ商店は、「創立○○年」というのを、得意げに書くのではなく、それぞれの特徴として入れている。すぐ東が駒ヶ岳で、わりと最近に噴火しました。建物の色なんかも明るい色を使っていて、あれには感心しました。いくつかの産業があって町支えをしているために余裕があるのだと思いますが、ナポリを手本にしているのだといいます。

地図に鉄道、旅の楽しみ

川本　そういえば、先日、秋田県の出版社の女性から、池内さんとの講演依頼の電話がありました。

池内　彼女は以前、東京で編集をなさっていた方なんですが、母親を看護しなくてはならないというので、十五、六年前に戻られて、秋田で文化的なことをいろいろやられているんです。

川本　お国に戻ってそういう活動をなさるのは、いいことですよね。

池内　「読書対談ということで、川本さんとの対談をお願いしたいのですが」と電話がかかってきて、「これで、秋田へ行ける！」と思ったから、二つ返事で引き受けました（150頁以下参照）。川本さんへも、秋田へ旅行するくらいのおつもりで、と連絡すれば、きっと受けてもらえると思いますよ、と言って。

川本　私も、池内さんとなら、と、すぐに返事しました。奥羽と越後を結ぶ羽越本線は、風景がいいですよね。新潟の新津から秋田駅まで、海岸沿いをずっと北上する。

池内　村上なんかを通って。あれは、いい線ですね。

川本　藤沢周平さんがエッセイに書いていましたが、あの方は故郷が鶴岡で、帰省するときには奥羽本線で山形に出るのではなく、羽越本線経由で帰る。そうすると、海沿いの景色がすごくいいと。

池内　今度の正月は、そうしようかな。

JR 羽越線（山形県鶴岡市）

川本　どこかへ行かれるんですか？

池内　まだ決めてはいないんですが、一つの線を始発から終点まで行って一、二泊してくるという旅を考えています。

川本　東北は、冬は雪景色になってしまうから、どこまで行っても車窓が真っ白で。

池内　そうすると、すぐ寝てしまうんですよね（笑）。富士山の後ろをぐるっと回っている線は、何と言いましたか？

川本　御殿場線です。

池内　さしあたり、その御殿場線を、国府津から沼津のほうへ出て、途中で一つ、二つ、駅を降りて一泊してくるのも考えています。

川本　この時期は、そのほうが暖かくていいかもしれませんね。御殿場線は、いいですよね。

池内　掛川から新所原を結ぶ、浜名湖の上を通る鉄道も、いいですね。

川本　浜名湖の北を通る鉄道ですね。何鉄道といいましたっけ……たしか掛川から乗った覚えがあるんですが。

池内　昔の姫街道に沿って、鉄道がずっと走っているんですよね。東海道だと浜名湖を船で渡らなければならなかったから、湖を迂回するかたちで通ったのが姫街道だった。遠州森なんて駅は、森の石松が生まれたところです。

川本　あの鉄道は、駅舎が古かったり、ターンテーブルが残っていたりと、昭和三十年代の風景が残っていると言われていて、「走る昭和三十年代」なんて言われ方もします。

池内　沿線に「引佐」と書いて「いなさ」という町があります。以前、タクシーの運ちゃんに「どうして、引くを『いな』と読むんですか？」と聞いたら「相撲で引くと『いなす』というでしょう。あれからじゃないですか？」と言われて、なるほどなぁと思ったことがあります。

川本　いま、地図を見てわかりました。天竜浜名湖鉄道、天浜線です。それと、先ほどの、寄贈された本で作られた図書館があるのは、福島の矢祭《やまつり》。町長さんがユニークで、町村合併に最後まで抵抗した町でもあります。

池内　川本さんは、旅で行きたいところは、見ればすぐにわかるように整理なさっているんですか？

川本　私の場合は、映画のロケ地になったところが一つの目安になります。『男はつらいよ』のロケ地は、ほとんど回りました。小説の舞台になっているところも、気になります。

池内　行きたいところを記した、自分だけの地図を作っておくと老後は楽しいです。ぼくは自分の好きなところの情報をコピーして、合わせて地図につけておきます。そうすると、ファイルに入れて、一つ一つ取り出せるでしょう。そこと関連している近くの地図を、また入れておいたりするので、コンビニへしょっちゅうコピーに行っています。

川本　コピー機は、お持ちではないんですか？

池内　ないです、すぐ近くのコンビニにあるから。コンビニの人も、よくわかっていて。

川本　あの人はコピーおじさんだと（笑）。

池内　また、コピーしたものをよく忘れるんです（笑）。自分で作る資料ですから使いやすいんですが、どこにしまったのかわからなくなって困りますね。わからなくならないようにするためのルールも作らないといけない。で、今度は、そのルールを忘れる。

川本　大事なものほど、特別な場所に入れてしまって、後でわからなくなるんですよね。

池内　なので、部屋の見取り図を描いて、A、B、Cと記号をつけて、何がどこに置いてあるのかを書いています。

川本　そうなんですか（笑）。いや、これは笑いごとじゃないかもしれない。歳を取ると、そういうことも必要かもしれませんね。

池内　それぐらいしないと、自分の記憶はもうダメです。でも、そうやっていろいろと分類して、書いていくのは面白いですよ。ときたま改訂版を作るんですが、これがまたマズイ。

―― 記憶が混乱しそうですね。

川本 池内さんは、それこそ日本中を回っておられるのではないですか？

池内 いやいや、そんなことはないです。

川本 まだ、行ったことのない県は？

池内 それはないですね。

川本 乗ったことのないＪＲの線はありますか？

池内 電車についてはマニアではないから、そんなに乗っていないです。

―― 川本さんは、ＪＲの線はすべてお乗りになったんですか？

川本 全線乗りました。私は、いわゆる「乗り鉄」のほうなんです。ただ、私鉄は無理ですね。関西にごまんとありますから。

池内 しかも、ちょろっとしたヒゲみたいな、短い線も山ほどある。

―― 関西では東京と違って相互乗り入れが発達していない分、おのおのの私鉄に独自の文化があるんだそうです。

池内 ぼくは阪神電車と阪急電車の間を走る国鉄の沿線に住んでいましたが、乗っただけで雰囲気が全然違う。阪神は、タイガースが負けるとオッサンたちがトゲトゲしくて、「監督、何やっとんねん！」と、当たり散らしていたりする。阪急は、「プロ野球なんて、そんなん、どこの国のことですか」という感じ。

――甲子園の駅長さんに聞いた話でも、阪神が負けると「お前ら、親会社やろ、ちゃんとやれゆうとけ！」なんてどやされると言っていました。

川本　根っからの鉄道ファンというのは、車両に興味を持ったり、終点まで行くと直ちに戻りの電車に乗ったりしますけど、私の場合は駅まで行ったら一旦降りて、町をぶらぶらして、居酒屋で酒を飲む。タレントで鉄道好きの六角精児さんが同じようなことをしているんですが、「飲み鉄」というんだそうです。六角さんは、次の列車まで一時間くらいあるとき、反対方向に列車が来ると、それに乗ってしまうんですって。そうすると、当初乗りたいと思っていた電車とどこかですれ違うので、そこで乗り換えたりするそうです。あと、何もないローカル駅に降り立つことが多いので、駅弁が買えるときに買っておいて、コップ酒も用意して、ホームにあるベンチで駅弁をつまみに酒を飲んだりする。この人は、私に近いなぁと思いました（笑）。

池内　それは、経験を積んだうえでの、列車の楽しみ方ですね。駅の周辺に店があるなんて、錯覚です。大多数は、ないんです。

川本　いま、どんどん減っていますし。駅前食堂というものが、まずなくなりましたでしょう？　根室の駅なんて「はるばる来たぜ」で一杯飲もうと思っても、駅前を見渡したところで食堂がまったくない。

池内　昭和三十年代の、われわれが学生のころは、北海道へ行くまでに二十時間くらいかかった、そんな遠方でした。「はるばる来たぜ」は、まさに実感でした。

川本　昭和三十二年の映画で原田康子原作の『挽歌』という作品がありますが、冒頭で久我美子が雌阿寒岳の近くを歩いているときに、タイトルで「最果ての国、北海道」と出るんです。

池内　〝最果て〟というところが、北海道の魅力でしたね。

鉄道と土地の記憶

池内　この間、留萌《るもい》本線のことをお書きになっていましたね。

川本　留萌本線（深川―増毛）は、二〇一六年末に一部廃線になった。終着駅の増毛駅がそうなんですが、北海道の鉄道で高倉健の映画の舞台になった駅が、どんどんなくなっています。『幸せの黄色いハンカチ』に出てきた池北《ちほく》線の陸別駅もなくなったし、『鉄道員（ぽっぽや）』の舞台になった根室本線の幾寅《いくとら》駅も、おそらく廃止になる。標津《しべつ》線もなくなって、留萌本線もなくなって……。北海道といえば、昭和三十年代は鉄道王国だったんですが。

池内　鉄道は、今後とも絶対に赤字です。鉄道で収益を上げるなんて不可能です。ただし、鉄道は単なる乗り物ではない。どうしても廃線になると土地の記憶がなくなってしまう。

川本　オリンピックの施設のために何億も使うより、そういうことにお金を使ってほしいです。

池内　比べてどうというわけではないんですが、ドイツでは、どんなにガラガラでも二、三時間に一本は、必ず走らせる。土地の歴史をなくすわけにいかないからでしょう。八時三分、十一時三分、十四時三分、といった具合に走らせているから、時刻表もいりません。

川本　札幌から新十津川まで行く札沼《さつしょう》線は、学園都市線という別名もあって、石狩当別という駅までは乗客もわりと多いんですが、その先はガラガラになる。そのために、終着駅の新十津川駅に発着する電車は、一日一本しかありません（二〇二〇年に北海道医療大学駅―新十津川駅間の運行が廃止された）。

池内　以前、新十津川に行こうと思って駅の人に聞いたら、「向こうにお泊まりなんですか？」と言われました。午前中の早い時間に行けば戻ってこられると思ったんですが、一日一本なんですね。結局、新十津川からタクシーに乗って、函館本線に乗って帰ってきた。

そんなに厄介ですが、いいことがありました。町を歩いていたら、「ヴルストよしだ」と書いた店がある。ヴルストはドイツ語でハム・ソーセージのことで、試食したら、これがうまい。地元の牛、それから鹿なんかをうまく使って、いい腸詰を作っている。それで一昨年、新十津川の隣の町で開かれた高校の図書館大会の基調演説をしたときに、冒頭で、「隣の町で吉田という男がハム・ソーセージを作っている。残念ながらパン屋がない。いい腸詰といいパンがあれば、それだけでごちそうになる。きっとやっていける」という話をしたんです。北海道の高校生にですね。「パン屋は作るだけでなく、売らなければならないから、一人ではできない。また、売るのは女性のほうがいい。だから、恋人同士でパン屋をやるといい」なんて話までして。それからやっと図書館に入りました（笑）。しばらくして、ある校長先生から「うちの卒業生がパン屋をやる」と聞きました。

JR 留萌線（北海道増毛町）

なんでも、教頭先生の息子さんなんだそうです。

川本　素晴らしい話ですね。何度も訪れる土地というのは、ありますか？

池内　好きなホテルがあって、そこへは何度か行きます。数はそれほど多くないですが、箱根、奥日光、谷川岳の北と、いくつかはあります。自分の行きつけのホテルになっています。

川本　池内さんは、ファイルがお好きなんですね。前にも意見が一致しましたが、別荘を持つより、行きつけのホテルを持つほうが、ずっといいですよね。別荘だと、行き先がそこに固定されてしまう。

池内　しかも、家事をするのは自分ですから、わざわざ掃除に行くようでバカバカしい。ぼくたちは、コックから支配人から、みんな雇っているようなもの。行きのタクシーが自分の車だと思えば、運転手も置いていることになります。

川本　行けば、喜んでもらえますし。

池内　固定資産税も、かからない。

――暑い時期に、しばらく涼しいところに滞在して執筆されたりはしますか？

川本　そうしようと、毎年考えるんです。北海道の倶知安《くっちゃん》の近くに、食べるコンブと書いて「昆布」という、本当に小さな駅があって、そこには町営のステーションホテルみたいなものがある。温泉はあるし、とてもいいところなので、「今年の夏こそは行くぞ！」と七月くらいまでは決めているんですが、だんだんと締め切りに追われて、「今年もダメだ……」となる。結局、まだ一度も実現していません。

池内　行ったら行ったで、全然仕事しないんですけどね（笑）。使う、使わないは別にして、土地の地名辞典があったり、歴史年表があったり、読みもしないけれど愛着のある本があったり、そういう環境がないとものは書けない。書く内容も決めて、必要な資料も全部用意して行けば、それ一つだけは書けますけども。

川本　映画評論家の淀川長治さんは、六本木の全日空ホテルの一室を仕事場にしていました。作家の野溝七生子さんも一時期、新橋の第一ホテルで暮らしていらっしゃった。イギリスなんかでは、ホテルを住居にしている人がけっこう多いですよね。

池内　ぼくが訳したオーストリアのヨーゼフ・ロートという作家は二十代からホテル住まいで、スペインだったらここ、フランスだったらここ、と、いくつか宿を決めていました。

川本　お金持ちだったんですか？

池内　いえ、本当にしがない文筆家。パリのホテルを訪ねて行きましたけど、一階が居酒屋の安ホテルでした。でも、あれで十分だったみたいです。ホテルによっては、エレベータで上がりきってから、さらに歩いて上る部屋もある。屋根裏部屋ですね。安いうえに屋根から星が見えます。展望もいいですよ。一度泊まって、いいなぁと思いました。

16.0

「もういいや」と「これだけは」

もう、歳？

川本　ちょうど二、三日前に、このへん（東京・中野駅付近）で新潮社の編集者と飲んでいたんです。大変な鉄道ファンで、ベストセラーになった『日本鉄道旅行地図帳』という本を作った人です。

池内　鉄道のことで、相談にみえたんですか？

川本　一応そうなんですが、当然ですけど向こうのほうが、はるかに知識がすごい。ＪＲ以外の私鉄も路面電車も、すべて乗っているそうです。あと二ヵ月ほどで定年退社なんですが、いまはたまった有給休暇を使って、各駅で降りて写真を撮る鉄道旅行をしているんですって。

池内　思いつきは楽しいですが、実際は大変でしょうね。すごい勢いで降りて、自動シャッターで撮影すると同時にダーッと電車に戻っていく人がたまにいますけど、忙しいですよ、あれは。

川本　よほど鉄道が好きでないとできない。

池内　そういえば、先日、桐生の大川美術館へ行かれたそうですね。あそこは、何線でしたか？

川本　両毛線です。大川美術館は地図を見ると桐生駅からすぐなので歩き始めたら坂があって、それがもう直角みたいな急坂で、途中でへばって何度も休憩していたら、後ろから来た車の気のいいオジサンがピックアップしてくれた。「よく乗せるんですよ」と言っていました（笑）。

池内　ずっと以前、茂田井武展をやったときに、ぼくも歩いて行ったんです。「タクシーに乗るんだった」と悔やみながら（笑）。当時はまだ元気でしたから、「なんだ、これくらいの坂」と思っていたんですが、川本さんは、どういうところでいちばん老いを感じられますか？

川本　やはり足ですが、このところ背中も痛くなっちゃって。前は鍼を打ってもらうといっぺんで治ったのに、なかなか治りにくくなりました。

池内　もしかしたら、椎間板じゃないですか？　背骨と背骨の間に椎間板というのが挟まっている。いわば、緩衝材です。それがあるから背骨が柔軟に動くんですが、だんだんすり減ってきて骨同士がくっついてしまうと、その間に神経が挟まって痛みが出る。ぼくもこの間、整形外科で診てもらったときに、くっついちゃっていると言われて、一応薬を飲んでいるんですけど、薬で治ることもある、という程度みたいです。

――背中が痛いと、原稿をお書きになるのも辛いのでは？

川本　私は手書きなので、腱鞘炎みたいに腕が痛くなってしまったときに病院へ行ったら「これはダメだ」と言われて、それで友人に鍼を紹介してもらったら、そのときは一発で治った。以来、その先生の信者になったんですが、今回はそう簡単に痛みが消えない。もう歳かな。

池内 背骨は、鍼ではムリかもしれませんね。なだめながらやるしかない。数年前までは歳なんて感じなかったのに、最近は足が疲れるし、坂だと体が嫌がるようになりました。

川本 「坂だと体が嫌がる」というのは、いい表現ですね。「もう、坂なんて歩くなよ」と体が言っているんですね。

池内 だから、階段だけのところへ来ると「エスカレータつけろよな」と思います（笑）。それから、最近は名詞が出てこない。

川本 固有名詞が出てこないのは、年寄りみんなに共通しています。

池内 固有名詞ではなく、普通名詞が出てこないんです。たとえば「サプリメント」と言おうとして、喉まで出かかっているのに、言葉にすることができない。それと、同じ名前でも、幼いころに覚えて一昔前まで使っていた言葉が先に出てしまって、今風の言葉が出てこない。「ほら、あの銀座の時計塔」とか、そういう感じになってしまう。言葉も緩やかに老化するんですね。

川本 でも、池内さん、若いですよ。三、四年前の、新潮文庫の会議のとき、矢来町の新潮社からの帰りに私と池内さんが東西線の神楽坂の駅まで歩いていくと、スタートは同じなんですが、池内さんのほうがどんどん先に進んでしまいましたよね。最後は、駅に着いた池内さんが振り返って「じゃ、お先に」（笑）。あのころの池内さんといまの私は同じくらいの年齢ですが、あんな元気は、私にはないです。

――当時は、まだ山歩きをされていたのでは?

池内　ちょうど最後に登ったくらいでしたね。人は人間だけが歳を取ると思っていますが、山だって、川だって、みんな歳を取ります。樹木なんかは典型ですけど、山の老いは足でわかります。若い山はグーンとせり上がっていて、登っても登っても頂上へ着かない。トシよりの山は尾根が痩せていて、谷が複雑に入り組んでいて、峰がドーンと下がって、上がって、また下がる。人間と同じような特徴を、自然も示します。

川本　五木寛之さんは、もう八十代だと思いますが、お元気ですね。テレビで「百寺巡礼」を見ていると、石段を平気で登っていきますし、住職とも正座で話している。いま放映しているのは再放送だと思いますが、それでもおそらく七十代のころでしょう。不規則な生活をされていると聞いたことがありますが、あれだけ元気ならいいですね。

――五木さんは、一九三二年生まれの八十五歳(二〇一七年時点)。若いころは、風呂にも入らず歯も磨かない原始人のような生活をしていたとおっしゃっていましたが、一時期、養生論や呼吸法にずいぶん凝っていたようです。

川本　太ってもいないし、とても健康そうに見えます。

池内　間食をしないとか、健康のための自分なりのルールがあるのではないですか? 間食は、本当はしないほうがいいんでしょうけど、ぼくはせんべいやおかきが好きで、おいしいものを我慢してまで長生きしてもね。

川本　最近、お酒は？

池内　毎日飲みますが、少なくなりました。缶ビール一つと水割り二杯くらいで、後は眠くなっちゃう。

――川本さんは、いかがですか？

川本　家では飲まなくなりましたね。外で飲むのも、週に一回あればいいほうです。

池内　外で飲むのは、お仕事の加減ですか？

川本　そうですね。編集者と飲むことが多いです。一人では、ほとんど飲まなくなりました。

池内　歳を取ると、交友というのはわりと限られてくるんですね。若い人とは、会っても話す共通性がない。女性は若いほうがいいなんて言う人もいるけど、二十代、三十代は子供みたいでしょう。世間話しても、すぐにタネが尽きる。それも歳の影響ですね。

史実に基づくヒトラー映画

川本　歳の話はやめましょう（笑）。今日は昼に『ヒトラーへの285枚の葉書』（二〇一七）という映画を試写で観てきたんです。プレスの解説を池内さんが書いておられますが、この作品は事実に基づいた話なんですね。

池内　映画もそうですが、原作も小説とはいえ、著者が見てきた事実とデータを絡ませて書いているので、ほぼ現実を描いています。原作者のハンス・ファラダは、作品は大変面白いんですが、トーマス・マンのような信条も私生活も立派な人に対して、彼はその逆を行くような、自堕落な私生活だった。反面、非常にしたたかで、ナチスの時代も、胸の内を悟られないようにして生き延びた人です。

川本　プレスに「戦争が終わった一九四五年にハンスは刑務所から出てきた」とあるんですが、反体制的な作家だということで、戦争中は逮捕されていたんでしょうか。

池内　その時点のことは知りませんが、麻薬を使うなどの軽犯罪で、過去には何度も逮捕されています。戦後すぐ、一九四六年に書き始めて、書き上げて三ヵ月後に死去しました。

川本　映画の舞台は戦時中、ナチス政権下のベルリン。息子が戦死したことにショックを受けた、まったく無名の労働者階級の中年夫婦が、ナチスに対して抵抗運動を始める。そうはいっても二人きりですから、組織的なレジスタンスをやるわけでもなく、ヒトラーを批判する匿名のハガキを書いて、街のあちらこちらに、人知れず置いてゆくんです。結果的にそれが二百八十五枚になるんですが、最終的には捕まってしまう。ナチス政権に対する非暴力の抵抗運動としては「白いバラ」が有名ですが、この事件については映画で初めて知りました。

池内　ドイツでは、夫婦の名前から「ハンペル事件」といいます。白バラが四三年で、ヒトラー暗殺未遂事件が四四年。ハンペル事件は四〇年と、もっとも早い。ヒトラーの権勢がまさにピークのころですから、ハガキを置いてもほとんど反応はなく、実質的には何の影響も与えなかったと思いますが、二人にとっては重要だった。少なくとも時代の共犯者ではなくいられる。良心の証ですね。

川本　日本でも『ベルリンに一人死す』（みすず書房）という題で翻訳が出ていたんですね。

池内　ドイツでは長らく忘れられていました。それが最近、英訳されてアメリカとイギリスで出た途端、すごく売れて、ドイツでも数十年ぶりに再刊されました。映画の中年夫婦が住んでいるアパートを見ると、ああいう夫婦もいれば、ナチスに密告する男や、こんな国はよくないと思いながらも口には出さずに我慢している人、いちばん上の階に隠れ住んでいるユダヤ人女性もいて、アパート自体がナチス国家の縮図みたいになっている。

川本　市電が走る場面が何度も出てきますが、ベルリンでは現在でもあんな感じなんですか？

池内　そうです。いいですよ。川本さんが行かれたら、きっと喜ばれると思います。どこへ行くにも、市電と地下鉄と鉄道に同じ切符で乗ることができます。

川本　切符を買わなくても乗れるけれど、臨時の検札で捕まると、ずいぶん高額な罰金を払わされるとか。ドイツ在住の作家、多和田葉子さんの小説で読んだ記憶があります。

池内　乗ると車内で、切符に日時のスタンプを押せるようになっているんです。改札もなく、誰に見せるわけでもないので、自分だけの問題です。検札はめったにないんですが、見つかると高額の罰金を取られます。『ヒトラーへの285枚の葉書』の夫婦は、「こんな行為に、何の意味があるのか」と思う瞬間がある。でも、そうしないではいられない。それと、ハガキを書くことによって、冷えていたお互いの愛情が、なんとなく戻ってくる。そこは、気持ちがよかったですね。

川本　でも、最後のギロチンは怖かった。映画『白バラの祈り　ゾフィー・ショル、最期の日々』（二〇〇六）の終わりもギロチンでしたね。

池内　民族裁判所というナチスお抱えの裁判所では、とくに総統を狙ったような重大事件の処刑には、ギロチンを使った。見せしめです。ヒトラーの歓心を買いたい官僚が、「こうすれば喜ぶだろう」ということをするんです。

川本　忖度するんですね。

池内　あれは、どこの国も同じですね。

川本　この映画は純粋なドイツ映画かと思いきや、そもそも作ろうと言い出したのが、ヴァンサン・ペレーズというフランス映画界で有名な俳優なんです。プレスで知ったんですが、彼の父親はスペイン人で、母親はドイツ人でヒトラーに追われて亡命し、父方の祖父はスペインの市民戦争に参加して命を落としている。ヴァンサン・ペレーズなんてただの優男かと思っていたら、骨のある人間なんですね。

池内　映画を作るとなると、ずいぶんお金がかかるでしょう？

川本　資金集めには、ずいぶん苦労したようです。

池内　最近のヨーロッパ映画は、たとえばドイツで作る場合でも、イタリアとフランスとドイツと、といった具合に、いろいろなところから資金を集めてくることが多いみたいですね。そのせいか、最後に流れるスタッフのクレジットが長くて、「トイレに行きたいのに」と思いながらなかなか終わらない（笑）。

川本　最近のクレジットは、ドライバーやケータリングの会社など「こんな人まで!?」という名前まで全部出るから、どんどん長くなってしまう。一つは、権利関係がうるさくなったため。それから、スタジオシステムが壊れてしまったために、すべてのスタッフが外部から来ているから、書かないわけにはいかなくなった。昔は、たとえば20世紀フォックスなら20世紀フォックスで、どういうスタッフが作っているかわかっていたし、自社の社員の名前だからわざわざ書く必要がなかったんですけどね。

亡命するか、しないか

川本　戦時中、ハンス・ファラダは亡命しなかった。ケストナーもしていないですよね。トーマス・マンはどうですか？

池内　ヒトラーが政権を取った直後の一九三三年に海外へ講演旅行に行って、それを待ち構えていたように、ナチスが帰国差し止めにしてしまった。ですから、当初は亡命するつもりではなく、身一つで戻れなくなった。ただ、スイスで過ごすなかで、三年して正式に亡命宣言を出しました。三年に海外へ出てひと月くらいしてから書き始めて、死ぬまでつけた膨大な日記があるんですが、いちばん心配していたのはドイツにいるときにつけていたそれまでの日記のことだったようです。

戸棚に鍵をかけて出てきた。あれがナチの手に渡ったらと考えると、夜も眠れなかったようです。

川本　ナチスへの批判が書いてあったんでしょうね。永井荷風も戦時中、同じように、権力に見つかることを考えて日記を隠した。でも、「そんな卑怯なことは、するべきじゃない」と思い直したという件が、『断腸亭日乗』に出てきます。

池内　荷風らしいですね。どこに隠したんですか？

川本　せいぜい下駄箱です。渡辺一夫も警戒して、日記をフランス語で書いたと言いますね。

池内　ケストナーは速記ができたんですが、従来通りではいくら速記でも読まれてしまうので、自分だけの速記に変えてしまった。本を作るときに使う、中は真っ白で外側はハードカバーになっている束見本というのがありますよね。あんなものに、鏡文字みたいな字で書いて、本棚に入れておいたりもした。背中から見れば普通の本に見えるわけで、ゲシュタポ（秘密警察）を出し抜いて記録を残すのには、知恵をしぼったようです。

川本　亡命した作家と、していない作家とでは、戦後のドイツで何か差があったりはしたんでしょうか。

池内　亡命先で、言葉が通じなかったり、困窮したり、生活上のいろいろな理由で追い詰められて自殺した人もたくさんいます。かろうじて生き残り帰国したとしても、残った人たちから見れば「安全なところにいたじゃないか」ということで、冷たく扱われる。トーマス・マンはBBC放送で五年くらいの間、毎月一回、ドイツ人向けに反ナチス放送をしていたんですが、いくら信念に基づいた正しいことを言っていても、ドイツ人からすれば「安全なところから勝手なことを言うな」となるから、折につけ批判され、結局、短期の旅行以外はドイツに帰国することはなかったのです。

川本　女優でいうと、マレーネ・ディートリッヒは国外にいて、自国を批判するどころか、連合軍に「リリー・マルレーン」なんかを歌っていたので、戦後ドイツではかなり評判が悪かった。帰国した際に、空港で卵をぶつけられたこともあります。一方、ヒルデガルド・ネフという女優は、十代のころにヒトラーユーゲントの女の子版みたいな組織に入って、銃を持って戦ったために、ドイツでは評判がいい。ドイツで成功したので、戦後になってハリウッドに招かれるんですが、ハリウッドはご存じのようにユダヤ人社会ですから、今度は逆に嫌われてしまい、結局、失意のうちにドイツに帰るんです。

池内　ネフは、ドイツではいい映画に出ていますけどね。ディートリッヒはナチス政権になる前からアメリカで仕事をしていて、ナチス幹部は最上の条件で帰国を促したのですが、断わった。なぜ帰らないのかと問われると、「私は、とんでもない国になってしまった祖国を軽蔑する。軽蔑する国には帰らない」と言っています。考えとしては正確だし、戦場でアメリカ兵に歌を歌うのも、彼女の考えからいえば筋が通っているんでしょうけれど、これもドイツ人からしたらね。

川本　どうしても、自分たちが苦労しているときに……となってしまいますよね。

池内　ナチスのような体制は、一度できあがってしまうとどうしようもないので、できつつあるときに止めないといけない。ケストナーが「雪の玉は小さいうちに潰さないといけない。雪崩になったらどうしようもない」と、うまい言い方をしています。

――早稲田のラグビー部を率い、日本代表の監督も務めた大西鐵之祐さんという方は、軍隊生活を経験しているんですが、著作の中で「昭和七年以降は、暴力が恐ろしくて、戦争に対する抵抗運動はできなかった」と書いています。

川本　昭和七年というと一九三二年ですから、五・一五事件が起きた年ですね。二・二六事件が四年後の昭和十一年で、二・二六の青年将校たちは、天皇が味方してくれると思ったら、その天皇に逆賊扱いされてしまった。それで一時的に鎮圧されるけれども、その後は軍国主義がどんどん高揚してしまう。これは近年気づいたことですが、あんなに軍隊が嫌いだった永井荷風が、『濹東綺譚』のあとがきの中で五・一五のことを「義挙」と言っている。これには、ちょっとびっくりしました。昭和史に詳しい筒井清忠先生に聞いたところ、五・一五は国民的な支持があって、すぐに発禁になったんですが、「五・一五音頭」というレコードまで発売されたそうです。おそらく荷風も、その流れの中にいたんじゃないかと思います。

池内　そのころの報道は、どうだったんですか?

川本　そろそろ報道の自由がなくなるころではないでしょうか。二・二六では「朝日新聞社」がターゲットにされましたから。そこで、軍に対する恐怖も一気に増したのではないでしょうか。

池内　五・一五と二・二六の間に、思想的に大きな変化があったんですね。二・二六以降は、軍部が治外法権になって、あらゆるものを超越した存在になった。ああなってしまうと善悪の基準がなくなって、結局は軍がやることが善になり、批評がまったく成り立たなくなってしまう。それが、いちばん怖いですね。

人生の納めどきに、何をするか

池内 このふた月くらいはまったく旅に出ず、仕事に集中していました。人生の納めどきだから、連載した後、寝かせていた原稿に手を入れたり、まとめたり、最近はそんなことをずっとやっています。思い残すことがないように、置き土産をきちんとしておこうと、今年になって決めたんです。

川本 そうでなくとも、池内さんの仕事量は超人的ですからね。そういえば、最近『私のつづりかた 銀座育ちのいま・むかし』（筑摩書房）という小沢信男さんの本の書評を書いたんですが、あれは、小沢さんが学校で書いてきた作文を全部残していた父親が偉かったと思います。小沢さんはお元気ですね。もう九十代でしょうか。

――一九二七年生まれですから、ちょうど九十歳ですね（二〇二一年に逝去）。

池内 ぼくも小沢さんの『ぼくの東京全集』（ちくま文庫）という分厚い文庫の解説を書きました。若いころの本に、都電に乗ってデートしているとき、お堀端で電車が急カーブで曲がる。そのとき二人でよろけて、彼女の胸に肘が当たったと。よけなかったのは、そういう気持ちがあるからだろうか……と小沢青年は悩むんです。

川本　かわいいことを書かれていますね（笑）。

――川本さんは、どんな筆記具で原稿を書かれているんですか？

川本　いまは鉛筆、シャープペンシル、消しゴムです。

池内　鉛筆の濃さは？

川本　2Bですが、2Bだと書いているときに原稿が汚れてしまうのが、ちょっと悩みのタネです。

――川本さんの字を見ると、腱鞘炎になりやすそうな字だと感じます。

川本　どういうことですか？

――一画一画とても丁寧に書かれているので、手に力が入るのではと思いまして。池内さんの字は、サインのように流れるような字で。

池内　ふにゃふにゃです。

――池内さんの筆記具は？

池内　人からもらった万年筆です。仕事の必要経費にお金がかからないですよね。税金の確定申告でも、申告のしようがないんです（笑）。

川本　また映画の話になりますが、最近公開されて、話題になっている『わたしは、ダニエル・ブレイク』（二〇一六）という映画があります。ケン・ローチというイギリス人監督が、一度リタイア宣言しながら、どうしてももう一度、というので作った作品です。奥さんに死なれて子供もいない一人暮らしの男の話で、大工さんだけれど職がなく、給付金をもらうのに役所へ手続きをしに行く。すると、黒澤明の『生きる』ではありませんが、いかにも官僚的な応対をされて、うんざりして帰ってくる。パソコンなんてできないのに、書類はパソコンで作れと言われて講習みたいなものを受けるんですが、六十過ぎでは、なかなか使えるようにならない。仕方がないから鉛筆で書いたものを持っていくと、窓口で跳ね返されてしまう。そういうことが積み重なって、最後はその主人公がついに怒り出すという。私なんかが観ると身につまされる映画でした。

池内　そういう怒りや哀しみはよくわかりますけど、同時に、日本人のせいなのか、「自分はこのままでいい」という、諦めのような気持ちになることが多いですね。法律でも行政でも、自分のことは除外してもらっていい。世間に対しては、どこか「手を打った」感じで、何があろうと「もういいや」という気持ちです。書くことだけは現役でやっていますから批評はきちっとしておきたいですけれど、そこには社会的な影響力をほとんど持たなくなった人間の、自分に対する自己責任があるだけです。

川本　私もいろいろな欲がなくなって、いまは、ただただ部屋を片付けたい。それだけです。これも五木寛之さんだったと思うんですが、「いまは、どうしても死ねない。あの汚い部屋を人に見られるのがイヤだ」とおっしゃっていて、「ああ、オレもそうだ」と思いました（笑）。それなのに、なかなかきれいにすることができない。

池内　計画してやってみてはどうですか？

川本　今日はこの一角だけを、といったふうに、少しずつやろうと思うのですが、それでもダメで……。送られてくる本に、とにかく苦労しています。

池内　最後の仕事として、トーマス・マンの亡命日記のことをまとめました。彼はアメリカでマッカーシズムの被害を受けて、七十五歳でスイスに移る。そのころ、マックス・ブロートというカフカの友人が、カフカの全集を手掛けていた。ちょうどカフカが世界的なブームになりそうなタイミングで、トーマス・マンに推薦状を頼むんですね。マンはそれ以前からカフカを知っていたんですが、そのとき初めてカフカをまとめて読んだ。「カフカが私を捉えて離さない」と日記に述べています。「奇妙で、謎めいて、滑稽で、子供のように純真で夢を見ている作家」というんです。これからはカフカこそが「現代の文学」になり、自分は過去の中で生きるしかないだろうということを予感していた感じがします。

川本　トーマス・マンがノーベル文学賞を受賞したのは、いつですか？

池内　一九二九年です。ノーベル賞作家ですから、亡命先のアメリカでも、どこに行っても、優遇された。その点は恵まれていたけれども、いずれは時代遅れとなり、別の作家に取って代わられることを予測していた気配があります。

『闘う文豪とナチス・ドイツ　トーマス・マンの亡命日記』（中公新書、2017）

川本　いつまでも過去にしがみついていないところが、素晴らしいですね。

池内　知性のすごさを感じました。日記には、情緒的なことは少しも書かない。日本で二・二六事件があった一九三六年二月、向こうの新聞も書き立てたんですが、そのころトーマス・マンの妻の兄弟が日本に来ていました。音楽家で上野の音楽学校（現・東京藝術大学）で教えていたんです。東京でそんなクーデターがあれば、「安否が心配だ」くらいのことは書きそうなのに、一言も書かない。二・二六はどういう事件で、イタリアのファシスト集団やスペインのフランコ政権と、どう似ていて、どこが違うか。当時のスイスの乏しい情報から推測して、正確に捉えようとしています。それから、彼は、日記を一日も休まなかった。一日でも休めば、時代の記録性が失われるからでしょう。

川本　妻の兄弟は、その後どうなったんですか？

池内　戦後も日本にいて、藝大の教授をやっていました。ドイツ人ですし、日本とドイツは同盟を結んでいたから、優遇とまではいかないまでも、排斥はされなかった。

川本　池内さんは、ご自身、日記を書いてらっしゃるんですか？

池内　メモ程度のことは記号入りで、カレンダーに書き込んでいます。ひと月ごとのものと、週ごとのものと、一日ごとのものと、三つ使って記録したり、計画を立てたりするんですが、だいたい実行できません（笑）。

――梯《かけはし》久美子さんの『狂うひと』（新潮社）で読んだんですが、島尾敏雄は自らの日記を人に見せるために書いていたようですね。

川本　奥さんの目に触れるように、浮気相手のことを書いて、机の上にわざと広げていたと梯さんは書いていますね。

――長逗留した旅館でも、気に入った女中さんが見るように、同じようなことをしています。

池内　作家島尾敏雄からすると、大いにあり得るケースですね。

川本　まさに『瘋癲老人日記』ですね。

池内　日記自体が、非常に私小説的というか、日本的だという感じがします。

それで思い出しましたが、『死の棘』は、島尾さんが神戸にいたころに出した本ではないですか？　ぼくは最初に赴任したのが神戸で、同僚の小島輝正というフランス文学者が島尾さんと親しかった。あるとき、酔っぱらって小島さんに「島尾さんのサイン入りのあの本、欲しいなぁ」と言ったら、「小島が池内にこれを贈る」と書いて譲ってくれた。それから、また酔っぱらって、同じように一筆書いてそれを学生にやっちゃった。その学生が古本屋に持ち込んだら、古本屋のオヤジが「最後の、池内ナンタラの書き込みがなければいいんですけどね」と言って、うんと安くなっちゃったと、学生が報告に来ました（笑）。日記というのは面白い表現ですよね。ぼくも、何人か読んだことがあります。

川本　どうしても読んでしまう何かがありますよね。荷風は無論のこと、高見順や伊藤整、山田風太郎……。

池内　切迫した時代のほうが、日記も面白い。高見順なんかは、書くという使命感があったようですね。小説は古びましたが、日記は新しい。

立派な顔の大人がいたころ

高峰秀子という人

池内　今日は、川本さんにお聞きしたいことがあるんです。川本さんは大女優たちと対談して聞き書きをまとめておられますね（『君美わしく　戦後日本映画女優讃』、文藝春秋）。その中の一人でもある高峰秀子さんのことです。

川本　なぜ、高峰さんのことをお知りになりたいんですか？

池内　ぼくには、その人の少年時代、少女時代にすでに、その人の一生がだいたい予測されるという仮説があります。そんな思いから柳田国男や手塚治虫、向田邦子といった人たちの子供時代を見てきました。後の仕事なり考え方がよくわかる。そのことを、「みんな昔は子供だった」というタイトルでまとめてみたいと思っているんです。高峰さんは、育ちが数奇というか、母親が養い親で、しかもお金に執心があって、娘を一種のお金を稼ぐ機械のように利用した部分もある。しかしながら、彼女のエッセイを読んだ限りでは、母親に対して嫌だなぁと思いながら、いわく言い難い愛情も持っていたように見えます。

川本　高峰さんは名女優であるにもかかわらず、自分が女優であることが嫌でしょうがなかった人で、映画界に染まることなく、また、染まらないようにもしていた。いろいろなことをクールに見ていましたし、お金に関してもシビアで、子役のころから大変大人だったと思います。時代もあるとは思うのですが、子役でありながらそこらの大人より稼ぎがいいわけですから、どうしても親類が寄ってくる。高峰さんは、これがいちばん辛かったと言っていました。いまはどうかわかりませんが、あのころインタビューした女優さんの多くはお金の問題で親類に悩まされていた人が多かったようです。高峰さんは、山田五十鈴さんが「自分には貯金がない」と嘆くと、「あなた、借金がないだけいいわよ」と言ったそうです。

池内　金づるみたいな目で見られるのは、高峰秀子一人に限らないんですね。役者というのは、子役はもちろん、十代、二十代で消えてしまう人がほとんどですが、女優高峰秀子は、子役をやり、十代を演じ、二十代を過ごして、三十代後半から四十代で大女優になり、五十代初めに引退した。

川本　人生の後半は、エッセイストに転身しました。あっぱれとしか言いようがない。

池内　『わたしの渡世日記』（朝日新聞社／新潮文庫など）では、映画界を退いてから、母親とも距離を持ちつつ、自分の生い立ちを書いていますが、かつての話の中に、現在の話が入れ子になって出てくる。映画で、画面が一瞬で過去に戻って、しばらくして現在のシーンに戻る技法がありますが、あれをペンで自然にやっているのには感心しました。

川本　後半の出演作はほとんどが木下恵介か成瀬巳喜男の映画で、後に結婚する松山善三は木下恵介のお弟子さんでしたから、仕事がしやすかったということもあるのでしょう。成瀬巳喜男は私の大好きな映画監督ですが、およそ映画監督らしからぬ人で、スケジュールと予算をきちんと守り、撮影は九時から始まり五時にピタリと終え、仕事が終わればさっと帰り、みんなでワイワイ飲むようなことは一切しなかった。普通、映画の現場は、仕事はいつ終わるかわからないし、映画監督には親分肌の人が多いので、撮影が終わればしょっちゅうみんなで飲みに行く。それが好きな俳優さんもいるとは思いますが、嫌な人もいる。高峰さんは後者の代表で、だから成瀬との仕事は本当にやりやすかったと言います。

『わたしの渡世日記』(新潮文庫)

池内　一九五〇年代の初めには、単身パリへ向かいます。日本円がほとんど通用しないような時代に一人でパリに行ったのは、日本からの逃亡でしょうね。

川本　やはり、映画界に染まりたくなかったのだと思います。

池内　パリでの暮らし方がまた、実にうまい。何にもしないでぶらぶらしている。あのころの日本人が海外へ行ったら、名所といわれるところを血眼になって見て回るのが普通です。

川本　あの方は、贅沢が嫌いなんです。木下惠介に結婚相手として最初に紹介されたのは川頭義郎（映画監督）という金持ちの息子だったんですが、それを「お金持ちは嫌いだから」と断って、貧乏だった松山と結婚したという人ですから。あの二人は、映画界を引退してからは老夫婦が二人で住むにふさわしい小さな家に住み、車の運転手も持たず、たくさんいた女中さんも少なくして、生活のサイズを小さくしていった。いまふうに言えば、断捨離をしたんですね。あの引き際は、きれいでした。

池内　高峰さんの文章は、呼吸がいいですね。

川本　ただ、あのダジャレだけは、ちょっと……。夫のことを、「おっとどっこい」という（笑）。

池内　そういうことを、無邪気におっしゃるんですか？

川本　いえ、文章の中だけです。

池内　あの人の子供時代を、小さな聖女みたいな目で書きたいと思っているんです。

川本　大物に可愛がられた人でしたね。梅原龍三郎が高峰さんの絵を描いているし、作家たちにも愛されました。

池内　川口松太郎と親子のように話している。

川本　昔の映画を上映する神保町シアターという名画座が十年くらい前にできたんですが、この間、いままでに上映したさまざまな特集の観客入場数のランキングをやっていて、堂々第一位が高峰秀子特集。監督特集ではうれしいことに、成瀬特集のほうが小津特集より上でした。

究極の権力とは

池内　ぼくは政治問題なんて書く柄ではないんですが、最近書いたばかりのコラムでは、朝鮮戦争に触れました。南北朝鮮が朝鮮戦争をやめたときに結んだのは休戦協定で、そのあとに続くはずの講和条約を結んでいないんですよね。私のふるさとの姫路は、昔でいう日鉄の大きな工場が海岸沿いにある町ですが、戦後はＧＨＱに営業停止を命じられて、火が消えたみたいにひっそりしていた。それが、朝鮮戦争が始まった途端、溶鉱炉に火が入り、下請けの小さな工場や流通業者まで、町がいっぺんに活気づいたものだから、休戦になったときには、「もうちょっと、やってくれんかいな」「いずれ、またやるんやろ。もうちょっとの辛抱や」なんて言う人がいましてね。休戦について、日本人はあまり知らないですけど、戦争を続けてほしいなんて大人は不思議なことを言うものだと子供ながらに思ったものですから、鮮明に覚えているんです。

――川本さんは、朝鮮特需を実感されたことはありますか？

川本　私の記憶にあるのは、朝鮮戦争が始まり、鉄が高く売れるということがわかった阿佐ヶ谷の子供たちが、街を歩くときには磁石を引きずって、釘や何かを集めては屑屋さんに持っていっていたという、いま思えば浅ましい話です。朝鮮戦争が始まった一九五〇年当時、私は小学生でした。

そのころから映画が好きだったんですが、映画館では本編の前に必ずニュース映画をやっていて、朝鮮戦争やビキニ環礁での原爆実験、エジプトのほうで開戦したことを告げるニュースなど、戦争の話ばかり。それが嫌で、ニュース映画の時間だけは、いつも外へ出ていました。

池内 繊細な少年でしたね。

川本 いやいや、繊細というより、怖かったんです。私より二歳上になる京須偕充さんという落語評論家の方もそんなことを書いていて、ああ、やっぱり同じ人がいるんだなぁと思いました。

池内 磁石で鉄屑を集めるのは、ぼくらもやりました。戦争で放ったらかしになった廃屋のお風呂の底に使われている〝赤〟を引っぺがしたり。〝赤〟というのは、おそらく銅でしょうけど、あれがすごい値段なんです。とにかく大人もせっせと、そういうものを探していました。子供は、大人がそういうことをしているのを見ていました。

川本 日本でも、日中戦争のときには軍需景気だった。ドイツでも、あれだけヒトラーが支持されたのは、職を与えたからですよね。

池内 ナチスがやったような超急テンポの経済成長を始めると、戦争をしないことにはあとが続かない。戦争というのは一大公共事業で、利権に絡んでさえいれば、絶対に儲かる。幼いころ、「戦争は儲かる」という言葉を最初に聞いたのが、朝鮮戦争でした。

川本 獅子文六の『大番』という株屋の話なんかを読むと、ギューちゃんという相場師の主人公は戦争に対する反省などはまったくなく、戦争で株が上がって儲かったみたいなことばかり言っている。そういえば、池内さんが訳されて、贈ってくださった『罪と罰の彼岸』、あれはとてもいい本ですね。レジスタンスに参加して捕らえられ、アウシュビッツに入れられながらも奇跡的に生き残った人の手記です。

池内　あれを訳したとき、自分がドイツ語をやった意味があったと初めて思いました。著者のジャン・アメリーという名前はフランス人のようですが、本当はマイヤーというドイツ名のユダヤ人で、綴りのMayerを並べ替えるとアメリー（Améry）になる。アナグラムなんですね。

川本　前回、『ヒトラーへの285通の手紙』の話をしましたが、今度は『ハイドリヒを撃て！「ナチの野獣」暗殺作戦』（二〇一六）というヒトラーものが来ます。チェコを牛耳ったハイドリヒという、ナチ親衛隊の司令長官が暗殺された事件を描いた映画です。『ハイドリヒを撃て！』を観ると、報復がいかに恐ろしいかがわかります。チェコを支配していたハイドリヒが、レジスタンスによって暗殺される。そこまではよかったんですが、ナチは報復のために、レジスタンスとは何の関係もない村を勝手に選んで、男は殺し、女子供は収容所へ送り、村をすべて焼き尽くす。そのやり方が、残酷極まりない。

池内　たとえば、ナチのあるエリアの支部長くらいが殺されたとしても、千人単位で報復する。見せしめです。それで暗殺がなくなるかといえば、むしろ余計に増えるのですが。

川本　これは池内さんのほうがお詳しいと思いますが、ワルキューレ作戦と呼ばれるヒトラーの暗殺事件が失敗に終わったとき、関係した将軍たちが、逮捕され、拷問にあった場合に、仲間の名前を漏らしてしまうのを恐れて、次々に自殺してゆく。フランスのレジスタンスでも必ず青酸カリを持っていて、逮捕されたときにはそれで自殺したといいます。アメリーの『罪と罰の彼岸』にも、拷問がいかに酷いかが語られています。

池内　アメリーの場合、仲間の名前を言わずに拷問を耐え忍ぶ自信はない。けれども、幸いにも自分はレジスタンスの本当に下っ端だったために、ほとんど秘密を明かされていなかったと言っています。ときには、苦し紛れに人や土地の名前を言ったりしたけれど、それはまったくのフィクションで、それでも拷問するほうは一応調べてみるために、いったん拷問を中止する。その中止がわずかな救いだった。責任ある立場であればあるほど、拷問で仲間の名前を自白してしまうのでは、という恐れはあったと思います。

川本　日本でも、戦前には特高がやっていましたが、拷問というのは究極の権力だと、最近実感しました。

池内　『罪と罰の彼岸』には、「拷問」という章があります。拷問は、ナチズムを支えた大きな要素です。

川本　レジスタンスをやるというのは、本当に勇気があった人たちだと思います。フランスのレジスタンスは、一九四二年くらいになるとだんだん増えてくるんですが、当初は数百人の単位だったたんだそうですね。捕まってしまえば、拷問はされるわ、殺されるわ……。

池内　近親者も必ず殺されます。

川本　フランスのレジスタンスを描いた傑作といわれているジャン＝ピエール・メルヴィルの映画『影の軍隊』（一九六九）では、捕まったレジスタンスの仲間をなんとか助けようとするんですが、鉄壁の守りでどうやっても助けられない。そこで、彼のことを思う仲間の一人が何をするかというと、自分を密告して自ら逮捕され、一緒の牢獄に入り、拷問で痛めつけられ苦しんでいる仲間に青酸カリを渡すんです。そうやって苦しみから解放するために自分も牢獄に入るというのですから、震撼しました。

池内　その行動の源は、究極の精神力ですね。根っこに個人の信仰や信念といった精神的な何かがなければできない。日本人にいちばん欠けているものです。

川本　終戦後、米軍主導の連合軍の占領下になったとき、あれだけ鬼畜米英と言っていたのに、日本にレジスタンスはいなかった。半藤一利さんの『日本のいちばん長い日』（文藝春秋／文春文庫）にあるように、ポツダム宣言受諾に反対する動きは軍部の一部にあったけれども、民衆はまったく立ち上がらなかった。大日本帝国がいかに信頼されていなかったかがわかりますよね。

池内　拷問といえば、江戸時代、幕府が犯罪者に対して仲間の名前を吐かせたりする際には、かなりシステマティックな拷問をしています。ただ、日本の場合は、拷問に美学がある。吊り下げるのだったら、こういう括り方にして、こういう状態を保つとか、様式を整えて苦しめるんですね。

川本　しかし、キリシタンに対する拷問は酷いですね。遠藤周作原作で、マーティン・スコセッシが監督の『沈黙』（二〇一六）で見たキリシタンへの弾圧は、本当に残酷だった。

―― 池波正太郎さんの『鬼平犯科帳』には、自白させるために焼いた火箸を爪の間に押し込む拷問シーンが出てきます。

川本 池波さんのシリーズの中で『鬼平犯科帳』だけはなかなか好きになれないのはそこで、犯人捜しが推理によらないから。日本の探偵小説の歴史を見ると、戦前は探偵小説より、むしろ江戸川乱歩のような幻想小説が発展した。理由ははっきりしていて、日本の警察が拷問に頼ってきちんとした捜査をしなかったためで、イギリスでは早くから民主的な捜査をやったから、ちゃんとしたミステリーが生まれたのと対照的です。

池内 『鬼平犯科帳』は、高度成長の始まりのころに連載が始まり、バブルが崩壊するころに連載が終わるんですが、バブルのころに書かれたものは、盗む金額が大きく、相手を皆殺しにしたりして盗み方が荒っぽい。泥棒たちも、連載初期の大物は、お金をきちんと貯めておいてさっと足を洗うのに対し、バブルのころは、足を洗ったようなふりをしてまた儲ける。書かれた時代に応じて、そんな特徴があるように思います。池波さん本人は気がついていなかったかもしれませんが、自分が生きている時代がおのずと入り込んでしまうという意味では、時代小説も結局は現代小説なんですね。

愛三岐と荷風

池内　この間、山形の田舎に用があって、それから一週間くらい旅行したときに、新庄から大曲まで、奥羽本線に乗ったんですが、あれはいい線ですね。新庄は山形新幹線、大曲は秋田新幹線が停まるんですけど、奥羽本線はまったくの在来線で、産業資本が入り込んでいないから広告がない。それから、日本に独特の美しい集落が残っていて、うっとり見とれていました。

川本　イザベラ・バードが、開化期の日本を旅した記録『日本奥地紀行』の中で、会津の村や、新潟、山形、黒石（青森）などの町の美しさを絶賛していますね。

池内　美濃の長良川沿いも美しいですね。独特の白壁と黒い瓦屋根。それと長屋門といって、豊かな農家の門は両側が長く伸びている。そういう立派な門がある庄屋さん的な家の周りに、分家のような家々が並んでいる。集落には本来、地域ごとにぴしっとした様式があるんですよね。農政学者の中尾佐助は、関西から東南アジア一帯に同じ樹林帯があるという照葉樹林文化論を提唱した人ですが、その中尾さんが、「日本の旧来の農家と、その周りの集落は、農村風景として世界的にも優れている」とおっしゃっていました。

川本　池内さんがおっしゃるような風景は、いま、どんどん消えていっていますよね。美濃で思い出しました。六月号（『望星』二〇一七年六月号）の「愛三岐」の特集、面白かったですね。あの言葉は、どなたが考えたんですか？

―― 十数年前、日本経済新聞の日曜版で連載されていた「食の方言地図」が発端です。読者から各地方の食にまつわる思い出を募る企画だったんですが、なぜか愛知・三重・岐阜という東海三県に関するものが多く、それらを表す言葉として愛三岐が使われていたんです。ただ、地元では、そういう言い方はしないようです。人口の多さでは愛知・岐阜・三重の順だし、天気予報でも必ずその順だといいます。

川本 「愛岐三」よりは「愛三岐」のほうが、語呂はいいですよね。それにしても、名古屋って、どうしてあんなに嫌われるんでしょう？ カミさんが名古屋の産なんですが、「名古屋の男とは絶対結婚しない！」と言っていました（笑）。

池内 今度、岐阜市で講演して、市長と対談することになっているんですが、岐阜は県都なのに人口が減り続けている。名古屋へ出てしまうんですね。これは、岐阜からすると、悔しくてしょうがない。仕方がないので、岐阜市役所に定住促進課というのも作ったそうです。対談では、どうすれば定住してくれるのかについて話してくれと言われているんですが……。

川本 それは、責任重大だ。

池内 種村季弘さんがよく「ひとつめ小町」と言っていましたよね。大きな町のひとつ隣にこそ、いい町があるということですが、「ひとつめ小町」の理論でいけば、岐阜の人から見ると、岐阜は名古屋の一つ隣なんです。そんな話を聞いたからって定住しないと思いますけど（笑）、岐阜と名古屋は電車でわずか二十分ですから、仕事は名古屋で、住むのは岐阜にしたら、静かで快適に暮らせるし、家賃も安くていいと思うのに、どうして出ていくのでしょうね。

川本　作家の堀江敏幸さん、さかのぼると、坪内逍遥、森田草平、瀧井孝作がたしか岐阜県出身だったと思います。

池内　たしか藝大の日比野克彦さんも、そうですね。

川本　しかし、岐阜も東海地方だというのが、どうも腑に落ちない。

池内　でも、関西というわけでもないし、東海に入れないと岐阜は入る場所がない。東海といったら、ぼくなんかは静岡のほうが、東海性が強い気がします。

――東海地方の中核が愛知県の名古屋だというと、静岡の人が怒るみたいです。なのに静岡でも神奈川寄りになると、最近は関東甲信越静という言い方をするようになっている。

川本　難しいなぁ。永井荷風は東京のことしか書かなかったから東京の人間だと思われるんですが、永井家はそもそも、父親のほうは尾張の武将の血筋ですし、母親のほうは鷲津家といって名古屋の儒学者の家系ですから、名古屋に非常に縁がある。ところが、名古屋の人は、荷風のことを全然論じないから、なんでなんだろうなと思うんです。

池内　荷風自体は、名古屋のことについて何か書いているんですか？

川本　あまりないですね。でも、あれだけ薩長のことが嫌いなのは、やはり旧幕側の名古屋にルーツがあるからではないかと思います。

永井荷風（1870－1959）。市川市の自宅にて（1958年撮影）

池内　川本さんの『老いの荷風』（白水社）を読むまで、荷風にあれほど老いを見つめた作品があるとは知りませんでした。荷風は、老いの問題を非常に正確に捉えていますね。

――千葉・市川の菅野に、荷風が戦後すぐに移り住んだ住まいがありましたけど、あそこに残っていた遺品などは、どうなったのでしょうか。

川本　いまは市川市が所蔵しています。『断腸亭日乗』の原本を保管しているのも市川市です。市ではいま、一生懸命に荷風の顕彰をしていて、十一月には何度目かの荷風展もやります。『断腸亭日乗』は大正六年の九月に書き始められていて、今年は起筆百年にあたるんです。荷風の読者というのは、夏目漱石や谷崎に比べると数は少ないんですけど、なぜかみんなマニアックになる。先日初めて知った方は、学者でも何でもない市井の人なんですが、荷風コレクターで、荷風と名のつくもの、荷風と書いてあるものは全部集めている。それを、自分はもう八十代で、死んだら奥さんが全部売ってしまうだろうというので、すべて市に寄贈した。贈られるほうも大変だとは思うんですが（笑）、いま、頑張って整理しているようです。

池内　それは素晴らしいコレクションですね。三顧の礼でも、なかなか見つかるものではない。冨田均さんという方が一九七〇年代に出した『東京徘徊』（少年社）という本は、荷風が『日和下駄』でつけた目次とほとんど同じなんですね。路地、地図、寺、水とたどりながら、自分が少年時代を過ごした風景を探していくという、独特な作品です。もともと冨田さんが二十代で書いたものですが、少年性と年寄り性が混じった、非常に不思議な本でもある。これは、荷風マニアがやった、一種の究極のかたちではないかと思います。散歩の本を選んだときにそれを使って何かしたかったんですが、『『日和下駄』の後日譚」の後日譚になってしまうので、残念ながら見送りました。いい文章ですし、荷風の後日譚とすればよくできているので、いまだに心残りなんですけどね。

消えた日本人の顔

――前回の対談では日記についての話をいろいろとうかがいましたが、先日、たまたま笠智衆も日記をつけていたのだと聞きました。笠智衆といえば生真面目な人でしたから、日記もきちんとしていたのではないかと思うのですが。

池内　いや、わかりませんよ。若いころはけっこう色男で、恋愛ものの映画にも出ていましたから。

川本　悪役なんかもしたことがありましたし、最初から、あんなおじいさんだったわけではないんですよね。とはいえ、『東京物語』に出演したときには四十九歳だったんですから、驚きです。しかし、日本人の顔もずいぶん変わりましたね。

池内　ああいう顔は、なくなりましたね。

川本　昔の映画を観ると、月形龍之介や片岡千恵蔵なんて、本当にいい顔をしている。この間、テレビをつけたらたまたま片岡千恵蔵が出ている東映の『忠臣蔵』をやっていて、思わず見てしまいました。山村聰や佐分利信みたいな顔もなくなった。ああいう顔は、立派な顔というのでしょうか。女性でなくなったのは、小暮実千代や高峰三枝子、この間亡くなった月丘夢路のようなマダム顔。いまはみんな、吉永小百合さんのようなかわいい顔ですよね。山田五十鈴のような浮世絵美人もいなくなってしまったし……。

池内　よく行く山形の岩根沢には月山の神社がある郷で、そこには宿屋の主人をしながら先達《せんだつ》をしてきた家、つまり山の案内人の家系があります。そこのご主人は、顔も鼻も大きく、全体がしっかりしていて、ものすごい立派な顔。風土が生んだ顔でしょうね。惚れ惚れと見とれます。それから『六週間の父、グアムに戦死す』（明石書店）という本を書かれた木村雄次さんという人も、立派な顔でした。彼は一九四三年の九月に生まれたんですが、父親が十一月に出征して、グアムで戦死してしまい、結局、父子は六週間しか一緒にいられなかった。それで、まったく知らない父親の生涯を再現したいと思い立ち、父親の遺品や、母親の日記や家計簿、グアムから帰ってきた人たちの話なんかを元にして、ありえた父親の肖像を描いたのが『六週間の父』です。

川本　その方は、作家ですか？

池内　荻窪駅の北口で花屋さんをしていて、『六週間の父』を書いている途中で、たまたま知り合いました。書くなら、なるべく詳しいほうがいい。こんな話は余計だからと思うようなものが貴重なんだから、とにかく厚く厚く、書きたいだけ書くのがいいと勧めました。六年かかって立派な本ができ、明石書店という出版社から出ています。先日、急逝されましたが、顔だけでなく、体も大きくて立派でした。

佐分利信（1909－1982）

――小津安二郎も立派な顔ですね。

川本　立派です。成瀬巳喜男だって、いい顔している。小津は六十、成瀬も六十三、四で亡くなっても、あの顔でしょう。佐分利信だって、私より若くても立派な顔だし、嫌になってしまう。こちらは馬齢を重ねているだけで……。

――一九六四年の東京オリンピック前に小津が亡くなり、オリンピック後に成瀬が亡くなる。

日本映画がテレビに押されていった時期に、二人の監督が相次いで亡くなったという感じがします。

池内　日本の町並みが非常に酷くなったのは、六〇年代の高度成長からです。重厚な様式を持った建物をいっせいに取り壊して、合板とプラスチックの安っぽい建築に建て替えた。古い家並みや町は文明に遅れていると言われましたね。

川本　ただ、トイレが水洗になったときには、「これが文明だ！」と思いました。

池内　確かにね。地域が持っている美しさは共同の財産だから、外は残して、中は住みよいように自由に変えるという考え方があればよかったのにと思います。

川本　江戸時代の豊かさや文化度、技術レベルからすればできそうなものなのに、水洗トイレを考えつかなかったこと、それからビールを考えつかなかったのは、日本文化の欠点だと思います（笑）。偉い人は、厠を川の上に作ったといいますが。

池内　それでも、水洗自体はわりと新しいものですよね。ゲーテのころは、外で勝手にやっていて、二階だと下りて行くのが面倒だから容器で済ませて、朝、窓から捨てる。だから、朝、道を通るのに、つばの広い帽子みたいなものをよくかぶっていたんですが、あれは糞尿除けです。ゲーテが行政官だったころの法律に「家から小便を投げ捨てるな」という項目が入っています。見つかれば罰金を取られた。

川本　開化期に日本に来た西洋人は日本のちり紙に驚いたらしいですね。ヨーロッパにはちり紙というものがなくて、鼻をかむにも、よくてハンカチで、普通は腕で拭いてしまうので、袖がテカテ力になってしまうとか。

池内　ハンカチも、何度も何度も使うから、鼻をかむ前に広げてみて、かめそうなところを探すんです。

――日本では、人糞は重要な肥やしだったのでしょうが、江戸のような都市では水洗のアイデアが出てもよかったように思います。あ、江戸の糞尿も、周囲の農家が買いに来ていたんでした。

川本　肥料として役に立つものだから、水に流してしまうなんてもったいないという考えだったんでしょうね。それで水洗トイレができなかったかな。

池内　大阪などでは「しょうべんしょー、しょべんしょー」なんていって、天秤棒の前には野菜、後ろには小便の入った桶をかついだ小便屋さんがいました。それで、小便を野菜と交換していたんです。

川本　戦前までは、東京でも、お百姓さんが市中まで来て汲み取りをすると、お礼に野菜を渡していたんです。それがあるときから逆転して、汲み取りに来てもらうほうがお金を払うようになった。戦時中は汲み取りに来る人が少なくなってしまったために、糞尿の問題が大変深刻になってしまったと、永井荷風が日記に書いています。今日は拷問の話から汲み取りの話まで、なんだかすごいですね。

池内　なんとか手を入れて、つないでください。

――いつもどおり、そのまま書きますよ（笑）。

本は愉快な友だち

◆この章は二〇一七年十月に秋田市文化会館で行われた対談を収録（司会は出版社・書肆フローラ主宰・遠藤知子氏）

書物は友人

――本日は雨の中ご来場くださり、ありがとうございます。池内さん、川本さんの自由なお話を、会場のみなさんと一緒に、楽しく拝聴したいと思います。

お二人にはこれまでの人生で、本にまつわるたくさんの思い出があるかと思います。また、デジタルメディアがこれだけ発達した時代ですから、本そのものについていろいろお考えになる機会も多いのではないかと。そういったところからお話しいただけますか？

池内　まず、今日は敬愛する川本さんとこういう会ができるのが、非常にうれしいです。それから、みなさん、今日はよくいらっしゃいました。天気は悪いし、選挙という何だか余計なものも入って気の重い一日ですが、どうぞ、われわれの話を楽しんでください。

私にとって、書物は親しい友人です。どこで知り合ったのかは覚えていないけれども、いつの間にかそこにいる。困っていたら、知恵と救いを与えてくれる。辛抱強くて、枕にしても踏み台にしても絶対に怒らない。電子機器は、いちいち呼び立てたり、けたたましく音を立てたり、騒がしいものですが、本は静かで、手に取るときまでじっと待っていてくれる。電子機器に納められているものはあくまで情報で、ボタン一つで即座に消えかねない情報は、いくら積み重ねても知識にならないと、ぼくは思っています。「これからは電子書籍の時代で、紙の本はメインではなくなる」とおっしゃる方もいますけど、その方はこれまで本当に紙の本に親しんだことがないのだろうと思います。本が好きな方はご存じのとおり、本はただ中身がよければいいというものではない。装丁や活字の組み方、どこに空きを作り、どんなカットを入れるか。それは著者と編集者との楽しい作業で、工夫のアンサンブルで、初めて一冊の本ができる。電子書籍のような文字の羅列とは、わけが違うのです。

本がなければいまの自分はありえないし、ぼくの人生はもっともっと退屈だったろうと思います。今日は、そんな友人について話すつもりです。

川本　私は池内さんより四つ下で、昭和十九年の生まれです。戦後、貧しい時代に育ちましたので、子供のころは周りに本はほとんどなかった。小学校の図書室らしきものにも、わずかな本しか置いていなかったので、そのころは熱心に本を読んだ記憶はありません。せいぜい覚えているのは、池内さんも翻訳されているドイツ文学者エーリヒ・ケストナーの『飛ぶ教室』で、親が買ってくれたものを何度も繰り返し読んでいました。

E・ケストナー著、池内紀訳『飛ぶ教室』（新潮文庫）

中学校では図書部に入りました。図書部のいいところは、夏休みに図書室を利用できること。がらんとした図書室で、一人で本を読めるのが、とても楽しかった。そのころ、ニューヨークのブルックリンで暮らす貧しい家族の絆を描いた、エリア・カザン監督の『ブルックリン横丁』（一九四七）という映画を観ました。当時の私と同じ年代の女の子が出てきて、彼女は本好きなんですが、やはり私と同じように家が貧しくて、思うように本が読めない。そんなとき、街に図書館があることを知り、借りに行く。すると女性の司書が、こんな難しい本を借りるのかと驚く。『憂鬱の解剖』という精神医学の本だったんですが、女の子はとにかく本の題名がアルファベットのAから始まる順に読んでいこうと思い、その「Anatomy」（解剖）から始まる本を手に取ったというわけです。私も真似をして、片っ端から本を読んでやろうと思いました。幸い、中高一貫校で、高校受験に時間を取られなかったので、たくさん読んだ記憶があります。それが、本との最初の出会いでしょうか。

池内　貧しさについてはぼくも同じで、子供の本がある家なんて、周りにもほとんどなかった。ぼくの小学校にも小さな図書室があって、五年生にならないと入れないんですが、初めて入った図書室には、世界文学全集や日本文学全集が、箱に入って並んでいる。ぼくは目を丸くして、それからはほとんど毎日行っていました。ある日の午後、『鉄仮面』という話を読んでいて、ふと気づいたら、窓が燃えるように赤くなっていた。司書のおばさんが、あまり熱中して読んでいるから閉めるのを待っていてくれたんですね。このときの読書体験で、熱中して物語の中へ入っていく楽しさを知りました。物語の中にいる間は、母親が学校の費用に頭を悩ませていることも、これから家がどうなるのかなんて心配も、忘れていられた。

川本　文芸評論家の大先輩である平野謙さんが、面白い小説には、身につまされる話と、我を忘れさせてくれる話と、二つのタイプがあるとおっしゃっています。子供は人生経験がまだそれほどないので、身につまされる小説はよくわからない。それよりも、いま池内さんがお話しされた『鉄仮面』のように、我を忘れさせてくれるもののほうが好きですよね。いまの子供がハリー・ポッターに夢中になるのと同じようなことだと思います。

私が中学生のころに夢中になったのは、シャーロック・ホームズです。この間、ある出版社の社長が、図書館で文庫を貸し出さないようにと言っていましたけど、子供にとって文庫はいちばん手に取りやすい本で、新潮文庫のシャーロック・ホームズは全部で十冊くらいあったでしょうか。あれを、一つひとつ読んでいくのが楽しみでした。ホームズの次に夢中になったのは、アガサ・クリスティ。昭和三十年代の初めくらいに早川書房がハヤカワポケットミステリという、当時としては非常におしゃれな翻訳ミステリーのシリーズを出し始めたんです。江戸川乱歩もそうですが、子供のころは、ああいう謎解きやミステリーに魅かれますね。同じころ、貸本屋がブームになり、ネオ書房という、いまのブックオフのような感じの貸本屋さんができた。それが、家の近所にもできた。

池内　貸本屋で思い出しましたが、あるとき、友達が読みたい本が入ったと教えてくれて貸本屋へ行ったら、本はあるけど、おじさんがいなかった。それで、そーっと抜き出して、家に帰って急いで読んで、またそーっと戻してきた。結局はバレたんですが、普段はそんなに怒らないおふくろが、そのときは烈火のごとく怒りました。いま思えば、本が好きな子供に本を買ってやれない自分が情けなくて泣いていたんでしょうね。それが後になってよくわかったので、貸本屋の想い出というとついそこへいってしまうんですけど、貸本屋は、われわれにとっては大切な施設でしたね。

川本　お互い貸本少年だったというのは、やはり世代的に共通していますね。あれは、本当にいいシステムでした。ほかにも回覧雑誌というのでしょうか、雑誌をたくさん揃えて、それを各家庭に貸しに来る。そういうものも、ありましたね。

池内　とにかく活字に飢えていましたから、家にあるものは、何でも読んでいました。『大菩薩峠』の三巻目とか（笑）。いきなり三巻目じゃ全然わからないんですけど、それしかないものですから。

身につまされる話の大切さ

池内　たまに買ってもらった自分の本というのがあるでしょう。それを並べて、自分だけの書棚を作るのが、また楽しいんです。夢中になった本は前に寄せるとか、繰り返し読みたい本は特等席に入れるとか、そういう配慮をしながらね。こういうのを、ドイツ語ではビブリオテークといいます。図書館という意味ですが、小さい子供が持っているほんの数冊の本でもビブリオテークで、これは子供の宝物です。

川本　少年時代には、大人になるための通過儀礼として読まなくてはならない本があって、それは世代によって変わってくると思うんですが、われわれの世代にとってはそれが『チボー家の人々』（ロジェ・マルタン・デュ・ガール）でした。小津安二郎監督の映画『麦秋』（一九五一）に、ヒロインの原節子が男やもめの二本柳寛に「『チボー家の人々』、何巻までお読みになって？」と尋ねる有名なシーンがあります。あの時代は、『チボー家の人々』を読むのが、一種の教養の証しだったのでしょう。白水社から出ていた山内義雄訳は五巻にわたる大著でしたから、すべて読むのは中学生にとっては大仕事で、読み終えた後には達成感がありました。

同じころ、同級生たちみんなで夢中になったのが、松本清張の『点と線』です。個人的な思い出では、当時、私は杉並区の阿佐ヶ谷というところに住んでいたんですが、犯人が住んでいる場所が阿佐ヶ谷だったんです（笑）。『点と線』では、東京駅での空白の四分間というトリックがあり、本当にそんなことがあるのか、実際に東京駅へ確かめに行ったりもしました。

池内　ぼくはスポーツ少年で、走ったり泳いだりもそれなりにできたほうなんですが、中学二年が終わるくらいに、スポーツの世界では、天性のバネを持っている仲間にはどんなに努力しても勝てないと気づいた。そしたら、スポーツがだんだんつまらなくなって、本でも読もうかなぁと思っていたときに、国語の授業で先生に菊池寛の「入り札」という短編を朗読してもらったんです。

国定忠治が国を捨てて逃げる峠で、子分を二人連れて行きたいが、自分が選ぶのはまずいから、子分たちで入札――要するに選挙で選んでくれという。その中に九郎助という初老の男がいて、彼は最古参でありながら自分が選ばれないのはカッコ悪いと、自分で自分の名前を書いて投票する。結局、九郎助は選ばれなかった。親分と別れた後、残った何人かが散り散りになるときに、若いのがやって来て、自分はいちばん古くからの子分である九郎助に票を入れていたという。九郎助は、心の中では「この野郎！」と思いつつ、自分で自分に入れたことはもっとひどいことだと思いながら去っていく――。この話を聞いたとき、十四、五歳の少年でも、九郎助の、社会的弱者としての中年男の哀しみというのがわかったんです。一方で、ぼくの前にいた柳という靴屋の倅《せがれ》は、口を開けてグーグー寝ていた。おかげで、文学というのは、個人の資質によって興味を持つか持たないかが変わってくることもわかり、自分はもう少し文学というものを読んでみたいと思うきっかけになりました。

川本　先ほど、小説の面白さには二つあると言いましたが、成長するにつれ、身につまされる小説が増えてくるんですね。池内さんが三年ほど前に新訳で出されたケストナーの『飛ぶ教室』は、ドイツのギムナジウムという、日本でいうと中学・高校生くらいの寄宿学校の男の子たちの物語なんですが、クリスマスの時期になるとみんな家に帰るのに、主人公の少年一人、家が貧しいために、帰省のための電車の切符代が送られてこない。仕方がなく、クリスマス休暇も学校に残ることになり、誰もいなくなった学校で、本当は泣きたいのを我慢している。すると、非常に優しい先生が「君、どうして家に帰らないんだい？　もしかして、旅費がないのかね？」と尋ねてきて、その途端に、少年はワーッと泣き出してしまう。結局、先生が切符代を出してくれたおかげで少年は家に帰れる。子供は大人に叱られても案外泣かないんですよね。ところが、泣いちゃいけないと我慢しているときに優しい言葉をかけられて、この大人の前でなら泣いてもいいんだと思った瞬間に泣いてしまう。

いま話していてもなんとなく涙が出てきてしまうんですが、十代で読んだときも身につまされました。子供は読書体験によって、こういう哀しみは自分だけのものではない、みんなも同じように哀しんでいるんだということを理解し、だんだん成長していくのだと思います。

先ほど『チボー家の人々』を挙げましたが、ヘルマン・ヘッセの『車輪の下』も、昭和三十年代の中学生によく読まれた小説ではないかと思います。主人公は日本の中学生くらいの男の子で、受験勉強を一生懸命するんですが、徐々に思春期の悩みが増えてきて、その悩みに忠実だったために勉強がおろそかになり、最後は自殺してしまう。中学生はみんな、受験勉強のことは頭にありましたから、あの小説もすごく身につまされました。当時は〝ヘッセの時代〟だった気がするんですが、池内さんは何がきっかけでドイツ文学をおやりになろうと思ったんですか？

池内　あまり大した理由はないんです。若いころは外国に憧れていて、どこか遠くに行きたいとなんとなく思っていた。その遠くはヨーロッパあたりかなと、これもなんとなく思っていた。大学を受けるときに、学部を考えるにあたって、同じヨーロッパでも、たとえばフランスやイギリスは第二次世界大戦の戦勝国のせいもあって、非常に華やいだ感じがする。ああいう感じよりも、自分の柄には地味な、裏手のほうが合っているから、ドイツあたりがいいんじゃないかと。そう言うとドイツ人が怒りますが、理由といってもそれくらいです。ドイツの作家や思想家の本を読んで感銘を受けたというわけでもない。

川本 当時、ドイツ文学は、フランス文学や英米文学に比べると地味な文学だとされていたんですか？

池内 まぁ、本当はそんなこともないんですけど、日本に入ってきているイメージがそうだったんです。ドイツ文学者なんて、そんな人とは付き合いたくないなぁと、そんな雰囲気がありました(笑)。

読書し、旅し、ぶらつく

川本 歳を取ると、若いころはどこがいいんだろうと思っていた小説も、違う目で見られるようになる気がします。私なんかは、若いころは時代小説というものをあまり読んでいなかったんですが、四十代になったある日、藤沢周平を読んでみて、この人は時代小説というよりは人の哀しみを書いていると思い、面白くなって、それからはよく読むようになりました。藤沢周平は貧しい庶民や、侍でも下級武士や浪人など、下積みの人ばかりを描いている。そのせいか、歳を取るほど、だんだんよくなるんです。

池内　川本さんは、十代、二十代は、もっぱら映画だったのではないですか？

川本　映画も大好きでした。子供のころは、それこそ我を忘れるものが好きでしたから、チャンバラや西部劇ばかり観ていましたけども、大人になってからは渋いものも観るようになりました。

池内　映画で思い出しましたけど、高校二年か三年くらいに観たフランス映画で『ヘッドライト』（一九五六）という映画がありました。

川本　主演女優は、フランソワーズ・アルヌール。

池内　あの映画で彼女のファンになった人も多いですよね。男優はジャン・ギャバンというフランスの名優。長距離トラックの運転手の話で、簡単に言ってしまえば初老の男が若い娘を引っかけて、関係を結びながら、娘は最後に死んでしまうという、小説だったらなんとも安っぽい話です。でも、この映画は非常に哀切で、初老の男が若い女を愛するときのセツなさが、十代でもよくわかった。同時に、たったこれだけのストーリーでこんな映画が作れるのが驚異でした。文字でしか表せない文学の世界があるのと同じように、映像でないと表せない世界があるんですね。

川本　映画評論家の大先輩である双葉十三郎さんが、ブリジット・バルドーが太陽の下の女優とすれば、フランソワーズ・アルヌールは月光の下の女優だとうまい表現をされましたけど、彼女はどこか寂しげなんですよね。『ヘッドライト』も、家庭のある中年男に恋をして、結局は死んでゆくという、非常に哀しいヒロインです。フランソワーズ・アルヌールのもう一つの代表作である『過去をもつ愛情』（一九五五）も、やはり悲恋の物語なんですが、不幸を演ずれば演ずるほど女優は美しくなるというのが私の持論で、どこかに陰りがあるからこそ、美しい。秋田美人も、陰りが大事なのではないかと思います（笑）。

『ヘッドライト』と『過去をもつ愛情』、どちらもとてもいいタイトルだと思いませんか？　フランス語の原題はそれぞれ別にあるんですが、昔の映画会社の人たちは、実にうまいタイトルをつけていたなぁと思います。本の題名も大事で、うまいといわれたのが石川達三。彼は、秋田の出身ですね。『風にそよぐ葦』『四十八歳の抵抗』『人間の壁』……『厭がらせの年齢』は、丹羽文雄だったかな。有吉佐和子さんの『恍惚の人』は、流行語にもなりました。

池内　あれは、素晴らしい作品でした。あんなに早い時期に、認知症というものをしっかりと捉えていた。

　また若いころの話に戻りますが、ぼくは高校のときに、啄木なら何でも読むという時期がありました。図書室の司書の方が「啄木は書簡集もあるから、読むといい」「これには、渋民村のことが書いてある」「啄木の研究家が作った写真集があるから、これも」といった具合に、一人の作家を総合的に読むことを教えてくれた。あれは、いい経験でしたね。啄木については、彼が放浪した函館から釧路までの道をたどったり、岩手の渋谷村を出た後の足跡を自分でうろついてみたりもして。啄木の後を追いかけることではなく、そうやってただうろつくのが楽しくて、それはこの歳になってもいまだに残る習性になりました。

川本　小説、それから映画の舞台になったところを歩くのは、私の趣味の一つでもあります。自著に、永井荷風のことを書いた『荷風と東京』（都市出版／岩波現代文庫）がありますが、荷風はいまみたいに街歩きや散歩のよさがいわれていない時代に、東京散歩をした人なんです。しかも、当時の東京の中ではあまり人が行かないような、隅っこにある小さな街を歩くのが好きだった。『荷風と東京』を書くときには、荷風が歩いたところを自分でもよく歩きました。実際にその土地を歩いてみるとみないとでは、荷風の文章に対する理解度が違う。もちろん、時代が変わっているので、街の雰囲気も変わっているんでしょうけれど。

池内　荷風よりちょっと古い人に、幸田露伴がいます。露伴は釣りが好きだったんですが、「幻談」という短編も釣りの話で、夕方、ある人が船頭と大川（隅田川）へ釣りに行った。すると、川面に釣り竿が立っていて、ぴくぴく動いている。不思議に思って近づいてみると、水死した人が釣り竿を握ったまま沈んでいる。その人が竿を握っている死体の指をポキンと折って、これを引き抜く。船頭と二人で「いい竿が手に入った」なんて言いながら帰りまして、あくる日、その竿を持ってまた同じように釣りに出かけた。昨日と同じような頃合いに、釣り竿が川面でぴくぴくしている。船頭は何か強がりを言うんだけど、旦那は竿を水で洗い、念仏を唱えて川に流す――そういう小説です。

露伴は『水の東京』という、隅田川の考証ともいえる本も書いている。隅田川は東京でいちばん

幸田露伴（1867－1947）

大きな川ですが、西から流れてきた川が九十度近く曲がって南に下っていく、その曲がり角のあたりを鐘ヶ淵といいます。有名なお寺の鐘が沈められたからこの名がついたというのが定説なんだけど、露伴は『水の東京』で、本当は曲尺《かねじゃく》（大工が持つL字に曲がったものさし）に由来すると言っている。直角部分は水があふれやすく、川辺は湿地帯のようになっていて、水死した人の死体はだいたいそこに流れ着くので、昔は人間の骨がたくさんあったようです。落語の「野ざらし」でも、このへんで釣りをして骨を釣り上げるところから話が進みます。

鐘ヶ淵は、明治になって埋め立てられ、その後、紡績工場がたくさんできるのですが、カネボウ（鐘紡）という会社は、鐘ヶ淵に紡績工場をたくさん作って大きくなった会社です。なぜ儲かったかというと、日清・日露戦争で出征していく兵士のメリヤスの下着が、ことごとく鐘ヶ淵の工場でできたものだったから。日清・日露戦争では膨大な戦死者が出て、非常に多くの骨が日本に戻ってきた。文学には、土地の記憶を記録するという一つの役割があるんですが、独特な地形、水死体の骨、日本の近代化に伴う大躍進、そこから生まれた下着を着た膨大な死者……「鐘ヶ淵」をキーワードにすると、何かしら見えてくるものがある。そういう意味で、露伴の著作は、意味深い土地の歴史を伝えている。こういった世界の広がりは紙の本ならではで、コンピューターが絶対に持ちえないような深みを持っていると、ぼくは思います。

川本　幸田露伴には、すごく好きな短編があるんですが、タイトルは何といったか、ちょっと思い出せなくて……やはり「幻談」のように釣りの話です（後記＝この短編は「蘆声《ろせい》」）。ある男が、隅田川の支流の中川に、釣りに出かける。よく釣れる場所があって、その日もそこへ出かけて行くんですが、すでに少年がそこで釣りをしていた。最初は黙って見ていたけれど、だんだん腹が立ってきて、ここは自分の場所なのでどいてくれないかと言う。でも、悲しそうな顔をするばかりでどかない。問わず語りに少年がぽつりぽつりと話すところでは、家が貧しいために、夕ごはんのおかずの魚を獲りに来ていて、釣れないと、義理の母親にいじめられるという。男は、自分は遊び半分で釣りに来ていたのに、子供にどけと言ってしまったことを心苦しく思って、少年に場所を譲って帰り、中川には二度と足を運ばなくなった。これもまた、身につまされる小説なんですが、露伴を読んだのは、実は「幻談」とこれっきり。何度か挑戦するんですけど、文章が漢文交じりで、何が書いてあるのかわからない。こんな苦しい読書をするならやめようと、つい投げ出してしまいました。古典とはいつか読もうと思いながら一生読めない本だ、という定義もありますけど、私にとって幸田露伴は、そういう意味での古典です。

池内 同じ釣りでも井伏鱒二は読めるし、これがまた、いいんですよね。勝手に太宰治は、自分の師匠は井伏鱒二だと決めて、書いたのを持って行く。まだ太宰が学生のころですが、井伏鱒二は読んで、何も言わずに返す。また別のものを持ってきて、また何も言わずに返す。その後、二人で近くの川へ釣りに行くんです。近代文学の中の印象深いシーンで、素晴らしいお師匠さんと弟子の関係だと思います。

川本 太宰治は、戦後の混乱期を生きて、戦争未亡人と心中自殺をするわけですが、そういう作家は、いまはおそらくいないと思います。

昔は無頼派といって、作家というと、飲んだくれて、女と遊んで、原稿の締め切りには遅れて、とにかくひどい暮らしをしているイメージが強かったのですが、近年、作家は非常に健康的になりました。作家のあり方を変えたのは、村上春樹さんではないかと私は思っています。彼はマラソンをしたり、トライアスロンにまで挑戦するくらいにスポーティーで、規則正しい健康的な生活を送っている。無頼派的な生き方のほうが、いいものが書けるのか。判を押したように規則正しい生活をしているほうが、いいものが書けるのか。そこはまったくわかりませんが、作家個人の私生活と作品とはまったく違うということだけは、はっきり言えると思います。

池内　作家の変化と同じように、読み手にも変化があります。これは時代ではなく個人の問題ですが、歳を取ると、ものものしい思想論や勢いのいい論者の本は、こけおどしだと感じて信用しなくなります。そういう論は、十年すればたいがい変わってしまう。ズボンの幅やスカートの丈が流行によって変わっていくのと同じです。ベストセラーも、読まなくていい。あれも、半年もすればゾッキ本になっているから。ぼくの体験では、いい本というのはそんなに目立たない、静かなものです。なんとなく気になるから読んでいて、ふと気づいたら読み終わっている。そして、いつまでも手元に置きたいと思う。そんな本です。

川本　池内さんの著書に『二列目の人生』という本がありますね。あれもタイトルがうまいなぁと思うんですが、最前列ではなく二列目くらいがちょうどいい。『二列目の人生』は、そういう二列目的な生き方をした人について書かれた本です。先ほどの、地味だったからドイツ文学を選ばれたというお話から考えても、池内さんは一貫していますね。

地味といえば、私もまったくそのとおりですが、地味であることは、実は大事なことなのではないかと思います。藤沢周平さんは一貫して地味な作家というイメージが強いにもかかわらず、亡くなってから二十年以上経ったいまでも多くの人に読み継がれ、売れ続けている。それは、地味だからこそ、その謹厳実直さに魅かれて支持されているという面があるのではないでしょうか。

本がなければ生きていけない

――本のお話から始まって、映画や旅、散歩、それから人生のお話まで、滅多にお聞きできないようなお話がたくさんありました。このままいつまでも聞いていたいくらいですが、時間が来たようですので、質疑応答の時間に移りたいと思います。

Aさん 私は六十二歳で会社から解放されて十年くらい経つんですが、本が好きで、退職以来、毎日のように本を読んでいます。ところが、「本を読んだって、何の足しにもならない」といった言葉を、これも毎日のように家族から浴びせられます。その中をかいくぐってなんとか生き延びているんですが、お二人もこのような問題にぶつかられたことはあるでしょうか？

池内 幼いころも含めて、家庭内で、本を読んだからといって何になるんだと言われたことは、私はないですね。本を読んで考えたりすることはとても大切なことだという考え方は、幼いころから常識としてあったように思います。

Aさん 別世界の方だと（笑）、いまあらためて思いました。

池内 そんなこともないと思いますが、川本さんはどうですか？

川本 私もいまお話を聞いてびっくりしましたけれども、それは家庭内での父親の地位によるのではないでしょうか？　もう少し威張ってみてもいいような気がします（笑）。

Aさん　ありがとうございました。うかがってみるものだなぁと思いました。

Bさん　お二人は映画の影響をとても受けていらっしゃるんだなぁと思いました。いまの情報化社会では、なかなか文化が蓄積されないというのが池内さんのお話だったと思うのですが、アニメや動画、ゲームなど、デジタルコンテンツで我を忘れる経験をしている世代もいるのではないかと思います。また、そうした作品の中には、優れた映画や小説の影響を受けているものも、ひょっとしたらあるのではないかと思います。私も紙の本がいいと思うほうですが、ひょっとしたら、質のいいデジタル文化というものもあるのではないでしょうか？

池内　質問の趣旨とは少しずれるかもしれませんが、人間の歴史は〝記憶〟であり、それが何重にも積み重なって文明というものができる。電子情報はキー一つで一瞬にしてゼロに変わる可能性があるわけで、どんなに蓄積されようとも〝記憶〟にはならない、歴史にならないというのがぼくの考えです。

　それと、本はどんなに古くなっても文明を汚さない。パソコンやスマホは、ほんの数年で機種が古くなったといって捨てられる。それが、どんなに地球を汚しているか。文明の所産であるものが、文明を汚しているわけです。本の場合は、全部ではありませんが、古くなればなるほど値打ちが出たりする。それだけでも、過去の記憶を蓄積するものとしては、非常に優れた、有効な手段です。

川本　おっしゃるように、私たちは映画の影響を強く受けて成長してきましたから、私たちよりもっと上の世代からは活字離れしていると批判されていたのかもしれません。同じように、いまのアニメやゲームに夢中になっている世代に対して、もっと本を読むように言うつもりはまったくありません。実際、昨年公開されたアニメ映画『この世界の片隅に』や『君の名は。』を観たときには私も感動しましたし、そうした優れた作品がいくつもあることは知っています。ただ、私たち世代としては、この先、残された人生、いままで親しんできた本と映画、それに旅を楽しんで終わってゆくのではないかと思います。

昔、深夜のテレビで、私にとってはたいへん恐ろしい映画が放映されたことがありました。たしか「世にも怪奇な物語」というタイトルだったと思います。第三次世界大戦が起こり、核兵器によって世界中が滅んでしまう中、シェルターにいるメガネをかけた男一人が助かる。シェルターには、一生困らないくらいの食料と、たくさんの本がある。それを見ながら、死ぬまで本を読んで暮らせれば、自分は幸せだと思った。しかし、そう思った瞬間、メガネを落として割ってしまう——。こんな怖い話は、いままでほかにありません。逆説的に言えば、本というものがいかに生きるためのよすがになっているかということを、よく表している映画だと思います。私たちは、結局、本がなければ生きていけないのではないでしょうか。

あこがれの女優たち

謎の旅行家・菅江真澄

池内　先日の秋田での川本さんとの対談（前章参照）、とても楽しかったです。ありがとうございました。

川本　こちらこそ楽しかったです。ありがとうございました。

池内　江戸時代後期の旅行家に菅江真澄という人がいますね。ぼくは昔、あの人の絵入りの旅日記にずいぶん凝って、本や資料を集めていたんです。以後、二十年くらい忘れていたんですが、秋田へ行ってふと思い出しましてね。彼は三河の出身で、それが信州へ行き、さらに下北まで北上して北海道に渡ろうとする。でも、神社でおみくじを引いたら「三年待て」と出たものだからと、いろんなところをぐるぐるして、三年経って船で渡った北海道では四年間滞在しています。戻ってきてからは陸奥と津軽に九年。それから秋田でやっと定住に近いかたちになって、三河を出てから一度もふるさとへは帰ることなく、最後は秋田で亡くなりました。

川本　秋田市内には、菅江真澄の記念館のようなものがありませんでしたか？

池内　歴史博物館に行かれたら資料があると言われました。それから、東京に帰って久しぶりに本を取り出してみたら、これが面白い。手元にあるものは、ほとんど読みつくしました。いまと昔とでは、関心を持つところがずいぶん違いますね。

川本　菅江真澄の旅は、仕事だったのでしょうか。

池内　目的は、特になし。自分では、神社・仏閣、珍しいものを見て回りたいとだけ述べています。

川本　俗な質問ですが、旅費はいったいどうしていたのでしょうね。

池内　お金のことは、いちばんわからないところですね。

川本　先々で、豊かな商人とか、豪商の世話になったんでしょうか。藩の仕事もしたのかもしれない。あるいは、お金持ちの子だったのか。

池内　あのころは藩によって藩札がありましてね。日常は小銭でしょうが、担いでいくわけにもいかない。

川本　各地に両替商みたいなものはもうあったんでしょうか。

池内　真澄は両替商があるような大きな町、城下町や寺町といったところにはほとんど寄りつかなかった。当時は地図や旅行者のための情報があるわけでもないし、よくあんな大旅行ができたものですね。そのへんも含めて彼には謎が多い。生地もはっきり書き残していないし、菅江真澄も本名ではなくて、本当は白井某です。菅江真澄を世に出したのは柳田国男ですが、彼でさえ生まれ故郷を間違えていたくらい、本人に関する資料は少なかった。

川本　隠密のようなスパイだった可能性は？　当時は、ある藩から他の藩に入ると、強く警戒されましたよね。

池内　そんなに政治性のある人でもなかったようです。

川本　芭蕉の場合は、各地にお弟子さんのような人たちがいて、そこで俳句を教えたり、書を書いたりして旅費をつくっていたようですが、それはむしろ例外的で、昔の人は旅のお金はどうしていたんだろうと不思議になります。

池内　しかも、「どうぞ」と言われると、平気で長々とみこしを据える。それをおかしいとは、誰も思わなかったみたいですね。

川本　森まゆみさんの『子規の音』（新潮社）という本には、正岡子規がいかに全国を旅していたかが書いてあるんですが、さすがは「調べて書く」ことで定評のある森さんで、お金はいったいどうしていたのかと調べている。子規も少禄とはいえども松山藩の武士の倅で、侍の身分を捨てるときにいくらかお金をもらっていて、それを旅ですべて使いつぶしたんだそうです。

池内　和歌や絵を商売にして旅をするということは、あったようですね。子規も庄屋さんに居候して歌をつくり、和歌の手習いの先生みたいなこともしていたようですね。

川本　昔のほうが、地方にそういう趣味人がいたのかもしれません。

池内　泊まり合わせた家の主人が、次の行き先を案内することもあった。
川本　きっと、和歌とか、俳句の文化人どうしのネットワークがあったんでしょうね。
――菅江真澄は、何歳くらいから旅に出たのですか？
池内　ちょうど三十歳から。亡くなったのが七十六歳なので、四十数年間は旅先という人生です。
川本　七十六歳といったら、当時としては長寿ですよね。ずっと歩いて旅をしていたために、体が丈夫だったのかもしれない。

菅江真澄（1754－1829）

池内　菅江真澄は十八世紀の半ばから十九世紀の人ですけど、ゲーテと生没年がほぼ同じで、ゲーテのイタリア紀行と同じように小さな町々を旅している。ぼくにとっては、そこも面白いんです。
川本　ゲーテの時代のヨーロッパには、馬車がありますよね。日本では、なぜか馬車が発達しなかった。
池内　馬に乗っても馬子と一緒にトコトコ行くから、結局歩くのと速さは変わらない。旅人は、馬子の話を聞いて情報源にしたんでしょう。菅江真澄のころは、子供がよく道案内をしてくれるんですが、隣村との境まで来ると、そこで帰ってしまう。

川本　次の村では、また別の子供が案内をしてくれる。その境目でバトンタッチするわけですね。

池内　それと、旅人は夜になると、各地のおとぎ話を子供にしてやる。最後は「とっぴんぱらり」で終わるんですけど、子供に本を読んでやるとき、ぼくもよく「とっぴんぱらりのぷー」と言って終わりにしていました。その「とっぴんぱらり」をやると子供がなつくから、道案内でもいろんな話をしてくれる。話を終えるとき特有の言い方は、ドイツにもあります。

この間は菅江真澄が三河を出た後、一年あまり滞在していた信州へ行って、彼が住んでいたお寺の離れのようなものを見てきました。本洗馬《もとせば》（長野県塩尻市）という古い集落にある歴史資料館の館長さんにいろいろな話を聞いたんですが、このあたりはもともと松本藩でしたが、二代将軍秀忠がわが子を高遠藩に養子に出して、養育費のつもりか、松本の石高をへつって、高遠藩に五十石加増するんですね。それが本洗馬あたりで、藩の飛び地になった。飛び地は管理が手薄だった。だから、歌人や俳人、旅の芸人のようなヨソモノがわりと自由に往き来していたそうです。菅江真澄もその一人で、なぜそんな連中が集まるのか、その理由は行ってみなければわからなかったですね。あの時代は、そういう管理の緩い土地がいくつかあって、彼はそのことをよく知っていたんじゃないでしょうか。

川本　井上井月《せいげつ》という放浪の俳人がいますが、彼も最後は信州の伊那谷にいたんじゃないかと思います。本洗馬とは、ちょっと離れていますが。

池内　でも、似たような暮らし方ですよね。菅江真澄は和歌の技能者であり、それから薬草に詳しかったようです。新しい町に来ると、必ず医師を訪ねていきます。

川本　そういう特殊な知識を持っていたんですね。おそらく、それを生業としていたんじゃないでしょうか。

池内　そうだと思います。彼の旅日記はパスポートみたいなもので、「私はこういう者です」といって逗留先の庄屋さんなんかにあげてしまうんですけど、相手にとってはすごい情報なんですね。その日記を誰かが写し、それをまた誰かがコピーして、百年後に蔵から出てきたりする。

川本　菅江真澄を評価した柳田国男は彼を「遊歴文人」と評しましたが、旅をし続けるという点では『男はつらいよ』の寅さんの大先輩ですね。

池内　そうですね。菅江真澄も寅さんも、じっとしていられないタイプの人間。ぼくなんかは自分にそういう要素があるから、よくわかるんです。ずっとじっとしていると、死んだみたいな状態になる。そのうち真澄を訪ねて、また秋田へ行こうと思っています。これも、川本さんと秋田へ行かれたおかげです。老後の楽しみに、こんなにいい素材を見つけることができて幸せです。

「夢の殿堂」の俳優たち

池内　『ふらんす』という雑誌のおしまいに、季節に一回「墓碑銘」というページを書いているんですが、毎稿われわれが知っている映画俳優が亡くなるんです。ミシェル・モルガン、ダニエル・

ダリュー……。

川本　その下の世代ですが、ジャンヌ・モローも、二〇一七年の夏に亡くなりました。

池内　スクリーンを通して、ずっと憧れ続けた人ばかり。映画というと、ぼくたちの時代には「夢の殿堂」なんていわれましたが、貧しい高校生時代に殿堂に座って夢に見ていたような人たちは、いまごろがちょうど亡くなる時期のようです。人間、十代のころの影響がいちばん大きいのか、そのころから好みはほとんど変わらない気がします。映画俳優には、美人だけれど自分には合わない人がいる。とてもすてきなのに、自分にはこっちの人がいい。その「こっちの人」を選ぶ、特別な理由はないんです。

川本　以前、若いころ、スーザン・ストラスバーグがお好きだったとおっしゃっていましたね。

池内　写真まで大切に持っています。ほら……。

川本　これは『ピクニック』のときの写真ですね。

池内　きれいなほうは、キム・ノヴァク。

川本　このときのスーザン・ストラスバーグは、美しい姉にコンプレックスを抱く妹役でした。

池内　スーザン・ストラスバーグのお父さんが、有名な演出家でしたね。

川本　リー・ストラスバーグですね。

池内　親が演出家ですから、役者としてはいいポジションなのに、女優としてはあまり恵まれなかった。

池内さん秘蔵の写真より、『ピクニック』のスーザン・ストラスバーグ（右）

川本　十代で舞台の『アンネの日記』でデビューし、その同じ年に『ピクニック』に出ているんですが、このときがあまりにかわいすぎて、しかし年齢を重ねるほどダメになってしまい、後半は作品に恵まれなかったようです。結局、アメリカからヨーロッパに出稼ぎに行って『姉妹』というレズビアン映画に出たり、『ゼロ地帯』（一九六一）という映画ではナチの収容所に入れられる役で坊主頭になったり、六〇年代半ばには『プレイボーイ』でヌードになったこともありました。おまけに、クリストファー・ジョーンズという当時の二枚目俳優と結婚したんですけど、暴力亭主で離婚もしています。

池内　ぼくにとってはほとんど『ピクニック』一作限りの人で、それ以後は自分のイメージに固定していました。

川本　『女優志願（STAGE STRUCK）』（一九五八）はご覧になっていますか？　スーザン・ストラスバーグは、あれの演劇少女役でも話題になりました。

池内　彼女の映画で観たのは、そこまでです。ぼくはスーザン・ストラスバーグにラブレターを書いたんですが、ポストに入れたときにした〝ポトン〟という音まで、いまでも覚えています。純真なものでしたね。

川本　当時はファンレターの宛先が、映画雑誌の最後に必ず載っていましたね。ほとんどは俳優の自宅ではなく、撮影所気付でしたが。

池内　宛先が載っているのは、黄色いページでね。コンサイスを引きながら書いたものです。返事は、だいたい秘書の人がサイン入りのブロマイドを入れて送ってくる。

川本　谷崎潤一郎の『台所太平記』で、ベン・ジョンソンという地味な俳優を好きになる女中さんがいて、やはりファンレターを出すんです。そうしたらサイン入りのブロマイドと手紙が送られてきた。あれもきっと秘書が送っていたんでしょうけど、ちゃんと返事が来るだけいいですよね。

池内　ぼくのは「To Osami」となっていました。それを学校で見せ回って。そんな生徒は勉強できないですよね（笑）。もう一枚、いつも飾っている写真があるんですが、川本さんはもちろん誰だかおわかりですね。

川本　ジーン・セバーグですね。

池内　『勝手にしやがれ』のときの写真で、こっちがジャン＝ポール・ベルモンド。これを見ると、

こちらも池内さん秘蔵の写真より。『勝手にしやがれ』のジーン・セバーグ（右）とジャン＝ポール・ベルモンド（左）

いつも自分の若かったころを思い出します。ジャン＝ポール・ベルモンドは安物の背広を着て、両手をポケットにつっこみながら、くわえタバコでカッコつけている。そのタバコの吸い方なんかもよく真似して、咳き込んだりしていました（笑）。

川本　ジーン・セバーグは、セシルカットといわれた超ショートカットで有名になった女優です。日本には来なかったんですが、『勝手にしやがれ』の前にあった彼女のデビュー作での役どころがジャンヌ・ダルクだったために髪を短くしていて、そのまま『勝手にしやがれ』に出たら評判になり、ヒロインの役名を取ったセシルカットが大流行した。ただ、この人も最後は不幸で、パリの路上にあった車内で死体が発見されています。六〇年代に黒人解放闘争を展開していたブラックパンサーなんかに関わったとされＦＢＩに狙われて、ＦＢＩに殺されたのではないかという説まで出るくらい不可解な死でした。まだまだ若かったのに……。

ジーン・セバーグは何度か結婚しているんですが、有名な作家と結婚していたこともあります。ロマン・ギャリはご存じでしょうか？　外交官でありながら小説も書いていたという人物で、『ペルーの鳥』など、日本でも翻訳が二、三冊出ています。ロマン・ギャリは自分の小説を映画化し、監督も務めて、『ペルーの鳥』ではジーン・セバーグを起用していたんですけど、奥さんの変死を追うようにして拳銃自殺してしまう。かわいそうな話です。池内さんは、不幸になる女性がお好きなんですね。

女優のすごさ、美しさ

池内　女優の美しさというのはせいぜい三、四年で、その後、美は消えていくわけだから、それでもなお女優を続けていくのはとても大変なことでしょうね。失ったものよりなお余りあるものを、自分で作っていかなくてはならない。大女優といわれる人たちは、日本で思い浮かぶ人は、年齢とともに姿を変えていますね。

川本　その代表は、田中絹代ではないでしょうか。あんなにかわいらしい少女でデビューした彼女が、晩年の『サンダカン八番娼館　望郷』（一九七四）では元娼婦の老婆ですからね。よく、あんな役をやったと思います。

池内　高峰秀子なんかも、変わった。

川本　高峰さんは『笛吹川』で老婆になりましたが、あれは年代記だったから。

池内　『恍惚の人』のときは、まあまあ歳がいっていた記憶があるんですが。

川本　高峰さんは介護する女性の役でした。田中絹代は五、六〇年代に、自分が監督した映画が五、六本ある。それもすごいことだと思います。

池内　田中絹代が監督した映画は、あまりヒットはしなかった？

川本　ヒットはしませんでしたが、大きな話題にはなりましたね。奈良を舞台にした姉妹の物語『月は上りぬ』（一九五五）、満州国の愛新覚羅浩の生涯を描いた『流転の王妃』（一九六〇）など、コンスタントに作りましたから、中にはいい作品もあります。

――渋谷が舞台の『恋文』（一九五三）なんて、とてもいい映画だったと思います。

川本　田中絹代の監督としてのデビュー作で、渋谷にあった恋文横丁が映画の名の由来です。

――主役は森雅之。ヒロインは誰だったかな？

川本　久我美子です。原作は丹羽文雄。田中絹代は戦前からの大スターですから、彼女が映画をつくるとなると小津安二郎や成瀬巳喜男といった大監督が、「絶対失敗させるな」ということで、陰で必死になってサポートしたそうです。

――『恋文』は、木下恵介がずいぶん協力したようですね。名前は出ていませんでしたが、小津安二郎もかなりサポートしていたようです。田中絹代といえば、日米親善大使として渡ったアメリカから帰国したときのパレードで、いわゆる「投げキッス事件」がありました。

川本　帰国後に行なわれた銀座でのパレードで、投げキッスを連発したんですよね。あれでメディアから「アメション」などと大バッシングされて、一時は自殺を考えるくらいのダメージだった。

田中絹代（左）と溝口健二（右）。1954年撮影

それを溝口健二や成瀬巳喜男がみんなで応援して、なんとかカムバックさせようと尽力したんです。

子供のころ、私は田中絹代が大好きで、成瀬巳喜男の『おかあさん』（一九五二）なんかは、とても感動しました。小学六年生くらいのとき、母に「田中絹代に似ているね」と言ったら、えらい喜びようで、大変かわいがってもらいました（笑）。

池内　田中絹代は、高校生なんかから見ると、ちょっとスター性に乏しいというのかな。

川本　私のころはもう、母親を演じていましたから。戦前の少女時代はいまでいうアイドルだったと思いますが。

——サイレントのころの田中絹代は、本当にかわいい。

川本　あの女ったらしの溝口健二が田中絹代に

恋をして、彼女の前に出るとしゃべれなくなってしまうというんですから。愛人か何かに包丁で背中を切られた男がですよ（笑）。

池内　日本人でいちばん好きな女優を一人挙げろと言われたら、ぼくは淡島千景に限ると言います。イメージとして、よく気がついて、「アホなことして」なんて言いながらも尽くす女性というのが、持ち味というような気がします。『夫婦善哉』（一九五五）のお蝶さんなんかが、うってつけ。

川本　あれは当たり役でしたね。私が子供のころは、『自由学校』（一九五一）という映画で「とんでもハップン」というのが流行りました。

池内　歳を取っても、しわを引っ張って伸ばしたりしなかった。しわくちゃの顔で仕事をしたというのは、えらいですね。

川本　淡島千景は、声がまたよくて。私がインタビューして、歳を取ってもなんてきれいな人だろうと思った女優さんは、池内淳子さん。当時すでに七十過ぎだったと思いますが、派手なお化粧もしていないし、年相応の美しさというのでしょうか。その夜はたまたま久世光彦さんとお会いする用事があって、「池内淳子さんにお会いしてきたんですが、なんて素晴らしい人なんでしょう」と伝えたら、「いまごろ、何言ってんだよ！」と笑われました。

池内　業界内では、みんなが思っていたことなんですね。その美しさは、内面から出てくる美しさとでもいうもので、その点では香川京子さんもそうだったと思います。たまたま仕事でご一緒したとき、ああ、きれいな人だなぁと感じました。

川本　言葉もきれいですし。あの方は大女優であると同時に、ごく普通の奥さんであり、ごく普通のお母さんでもある。

――大女優というと、私生活に挫折や悲劇を抱えていなければならないものだと感じてしまうんですが。

池内　不幸なエピソードを持っているのは大女優の特徴ではあったりしますけど、香川京子さんは、そういうものはまったく必要としなかったようですね。

川本　旦那さんは読売新聞の記者だったのかな？　その旦那さんの仕事で、一時期ニューヨークに住むんですが、そのときは完全に映画界から離れて、ただの奥さんとして現地の日本人社会のなかに溶け込んでいた。そんな感じで、万事が普通の方でしたね。それなのに、黒澤明の『赤ひげ』（一九六五）みたいな色狂いの役をやるんですから、すごい。

池内　どこかの映画会社の専属になると、自分の意に沿わない仕事でもやらなくてはならない？

川本　そのとおりで、その問題は大きいですね。

池内　それで、叔父か誰かにアドバイスをしてもらっていたそうですね。

川本　その叔父さん、永島一朗がプロデューサーで、彼の力で早い時期にフリーになったんです。早い時期にフリーになったといえば高峰秀子もそうで、あの二人は自分が出たい映画に出ているという意味で、駄作が少ない。高峰さんは、特にそうだと思います。

池内　台本も監督も自分で選ぶというのは女優にはなかなかできないことでしょうし、そのうえで自分の持ち味を維持していくのは大変でしょうね。とにかく、大女優といわれる人たちは、人間的にも素晴らしい。

川本　広辞苑をつくった新村出の孫が書いた『広辞苑はなぜ生まれたか』（世界思想社）の最後の章で読んだんですが、新村出は七十過ぎまで映画なんて観たことがなかったのに、ある日、高峰秀子の映画を観に行ってすっかりファンになり、部屋中にありとあらゆる高峰秀子の写真を貼りめぐらせていたといいます。さすがに高峰さんは、きちんとご挨拶に行ったようです。

池内　あの大先生がと思うと、いい話です。遅まきながらの青春とでもいうのでしょうか。そこまで歳を取ってから入れあげるというのも、悪くないですね。

川本　高峰さんは、梅原龍三郎や谷崎潤一郎にもかわいがられましたね。

池内　義理の母親からは、ある意味搾取されていながら、「収支決算すると、私のほうが儲かっている。あの人がいたおかげで、ムダなこともしなかったし、女優になることもできたし、悪いことばかりじゃなかった」という見方をしている。お金に関しては、特に想像を絶するようなお母さんだったみたいですけどね。

川本　「大スターなんて、なるもんじゃない。女優でいちばんいいのは、脇役。いまいちばん幸福な女優は誰かっていうと、沢村貞子さん。あの方はたくさんの映画に出ているから、出演料はいっぱいもらっているし、大スターじゃないから出費も少ない。ああいう人が、実はいちばんお金を持っているのよ」と、高峰さんはしみじみと言っていました。

池内　沢村さんは地味でおとなしいけれど、芯がしっかりしているという感じでしたね。

川本　戦時中、マルクス主義者として逮捕されたくらいですから。たしか芸人一家で、浅草出身でしたよね。

池内　言葉遣いが段違いにきれいだったという印象があります。「ちょっとお待ちくださいね」なんて、ちょっとしたことを言ってもピタッと決まる。着物姿がまたきれいで、どんなに動いても裾が乱れず、動きにムダがない。ああいう人が、一つの女優のかたちだと思います。

――料理もお上手だったから、献立の本も出されていた。半生記がＮＨＫの連続テレビ小説『おていちゃん』（一九七八）にもなりました。

池内　沢村さんは、とてもいいエッセイ集がありますね。ああいう人がいるかいないかでは、業界の重みが違います。最近は、女優さんが脱皮して大女優になるというコースを誰も用意しないし、育てないし、使い捨てがごく当たり前のようになっていますね。

――そういう意味では、高峰秀子さんはうまく成長されたという感じがします。子役時代から売れっ子で、二十代はとてもきれいで、その後も年齢ごとに自分らしい美しさを獲得していった。ご自身では、自分はちっともきれいじゃないと書いておられますが。

池内　あんなに自分に幻想を抱かなかった女優さんも、珍しいですね。

――五所平之助監督の『朝の波紋』（一九五二）の高峰さんなんかは、本当にきれいだなぁと感じたものですが。

川本　原作が高見順の映画ですね。あのころは山田五十鈴のようなうりざね顔が日本美人といわれていましたから、その点では丸顔でコンプレックスがあったかもしれません。あるいは、岸恵子とか……。

池内　山本富士子とか、絵に描いたような顔がよしとされていましたね。

年寄りがいいんだ！

池内　俳優といえば、昔は味のある、独特な脇役がいました。中村是好とか、左卜全《ぼくぜん》とか、多々良純とか。

――女優だと、原泉や……。

川本　中野重治の奥さんですね。

――おばあさん役でよく出ていた飯田蝶子も、印象に残っています。北林谷栄なんかは、本当に若いうちからおばあちゃん役をやっていて、何十年おばあさんなんだろうと思いました。

池内　中北千枝子さんもおばあさん役でしたが、お化粧を落として、自分のお化粧で帰るときは、パリッとしてとてもきれいだったそうですね。

川本　北林谷栄さんは、銀座生まれ。明治時代からある商店の娘で、面白い銀座回想記を書いています。歳を取ってからの趣味は古本屋をめぐり歩くことで、店の前に出ている百円均一なんかのワ

飯田蝶子（左上）、北林谷栄（右上）、笠智衆（左下）、多々良純（右下）

ゴンを見るのが楽しみだと書いていました。いい趣味だなぁと思いましたね。

池内　北林さんとミヤコ蝶々さんのおばあさん役二人が、入っている寮を抜け出して……。

川本　今井正監督の映画『喜劇　にっぽんのお婆あちゃん』（一九六二）ですね。

池内　あれは、いま思うと、非常に先見性のある映画でした。

川本　あの時代に老人問題を取り上げていたんですものね。でも、当時のあの二人は、それほどの歳ではなかったと思います。

池内　せいぜい五十代というところでしょうか。

川本　それでいえば、『東京物語』（一九五三）の笠智衆なんて、五十歳ゆくかいっていないかでしょう？　奥さん役の東山千栄子も、六十そこそこじゃないでしょうか。それで立派なおじいさん、おばあさんでした。

池内　あのころは五十歳くらいでもう年寄りというイメージでしたし、周りにいる年寄りをよく観察していたんでしょうね。

川本　佐分利信なんて、貫禄ありましたよね。

池内　いまは、歳を取らない年寄りばかりになってきました。

川本　あるときから若いということが価値になってしまった。それまでは、第一次産業の社会というのは技を伝える社会だったので、歳を取ることが尊重されて、年季を積んだ年寄りから若者がいろいろなことを学んでいった。ところがコンピューター社会になると、ネットを駆使できる若者のほうが知識はあるから、価値観がどうしても変わってきますよね。池内さんは、ここのところずいぶん「年寄りがいいんだ」ということをお書きになっていますけど。

池内　自分なりの年寄りの楽しみ方をずっと考えて、実践しているものですから。年寄りになるのも面白いなと思うんですけど、いちばんの大敵は、なんでもかんでも億劫になること。これは、予想していませんでした。億劫というのは「したくない、大儀だ」ということなんですが、それだけではない。「これ、億劫だなぁ」と思うのは、なんとも物憂い、非常に根源的なものだと思います。ときどきものすごく億劫になって、「このまま縁側で日向ぼっこしているだけでいいよなぁ」。で、気がつくと、二時間、三時間経っている。

川本　池内さんのような勤勉な方が、そんなことをおっしゃるなんて。この間は、信州へ行かれたんでしょう？　全然億劫じゃないじゃないですか。

池内　ああいうのは、自分が好きなことだから。川本さんも、いまいちばんの楽しみは旅でしょう？

川本　そうですね。旅というほど大げさなものではありませんが、先日は広島県の三次《みよし》と島根県の江津《ごうつ》とを結ぶ三江線が二〇一八年の三月末で廃線になるというので、乗りに行ってきました。ただ、行ったはいいんですが、ガラガラかと思いきや、いわゆる「乗り鉄」といわれる人たちが殺到していて、たった二両しかないために超満員。おまけに旅行会社が「ありがとう三江線」なんてツアーを組んでいるんです。いままで、さんざんほったらかしにしておいたのに、廃線になるとわかったら急にそんなことを始めて。

池内　別れるとなったら急に親切になる男みたい（笑）。三江線は、途中下車しようと思ってもできないんですよね。

川本　一日に三本くらいしか走っていませんから。途中に石見川本《いわみかわもと》という駅があって、その周辺は川本町というんですが、たまたま同じ名前だというだけの縁で、いままで三度行っているんです。最初に行ったのはいまから二十年くらい前で、そのときの人口が八千人くらい。二度目に行ったのが十五年くらい前で、四千人になってしまった。今度行ったら、三千九百人。寂しいですね。

池内　三江線は、周りの景色がいい。惚れ惚れするくらいです。あのあたりは石見瓦といって、赤い瓦が使われている家がぽつぽつある。

川本　池内さんは、三次のことをお書きになっていませんでしたか？　三次は、お化けで有名な町なんですよね。

池内　三次のあたりが舞台のお化けの絵巻があるんです。武士の体験談なんだといいます。

川本　種村（季弘）さんも、晩年の旅のエッセイで三次に行った話をお書きになっていましたね。やはりお化けの話を。

池内　あのあたりは非常に不便なので、なかなか人が行かないからいいんです。だのに三江線が満員なんて……。

いい町にはいい喫茶店がある

家の外にある応接間

池内　今日は、喫茶店の話ということでしたね。ぼくの好きな話題です。もし喫茶店がなかったら、生活は貧しい。生活どころか、人生が貧しいだろうと思います。川本さんは、行きつけの喫茶店はありますか？

川本　だんだん減ってきてはいるんですが、たとえば新宿だと、打ち合わせで利用する店は、ビックロの裏の通りにある「ローレル」と「中村屋」。

池内　ご自宅の近くは、どうですか？

川本　もう、ほとんどなくなってしまいました。近所のドトールには毎朝のように行きますが、あそこで打ち合わせはムリですね。いま、編集者と物書きの打ち合わせは大半が喫茶店で、自宅に編集者を呼ぶのは、よほどの豪邸に住んでいるようなベストセラー作家しかいないといいます。ところが喫茶店がだんだん減って、チェーンのコーヒーショップが増えている。チェーン店は、打ち合わせの場所としてはどうしても不向きなんですよね。だから、書き手も編集者も打ち合わせ場所に困っている。

池内　ぼくは三鷹になじみの喫茶店があって、もう三十年以上通っています。はじめは娘さんが三人でやっていて、いまは元娘さんが三人（笑）。亡くなった文化人類学者で言語学者の西江雅之さんもおなじみで、たまたま二人が行きついたのが、その「しもおれ」というお店だったんです。

川本　場所は、どのあたりですか？

池内　三鷹駅の、すぐ近くです。

川本　駅前の書店の上に喫茶店がありましたよね。

池内　なくなりましたが、「第九」です。「しもおれ」で西江さんと会うのが楽しみで、よくバカ話をしていました。駅前開発で移転しなければならないというときには、及ばずながら、われわれが用心棒として力になりましょうと申し出て、こういう計画で、ここに移ってほしいという話を聞いて、「いいんじゃないですか？」なんて言ったら、店の女性たちが、「あんなのダメ！　一見よさそうだけど、ああいうところは人が来ないのよ！」と言って、結局、彼女たちが直接交渉して、用心棒はまったくの役立たずでした（笑）。

川本　日本で喫茶店文化がこんなに盛んになったのは、日本の住宅事情がよくないことの反映だといいますね。自宅に書斎や応接間を持つ余裕がないから、喫茶店で本を読んだり、人と会ったりする。つまり、プライベートな空間として使っているわけで、お茶を飲むという用途だけではなく、家の延長のような機能を果たしているんですね。

昭和四年に大流行した歌『東京行進曲』には、「シネマ見ましょかお茶のみましょか」とある。もうこの時代から喫茶店がデートの場になっている。

池内 ぼくには「しもおれ」はほとんど自分の応接間みたいなもので、勝手に案内地図なんかも作っています。先日お会いした女性から、「池内さんが経営なさっているんですか?」と聞かれました。最近は、駅の中にチェーン系の喫茶店ができることで、駅前の喫茶店はけっこう影響を受けているようです。

川本 個人経営の店が減るのは、寂しいですね。

池内 「しもおれ」では、それで四割くらいお客さんが減ったといいます。先日、店をやっている女性たちが、もう我慢したくないということで、全面禁煙になりました。「店内禁煙」なんていうのは野暮だから、鼻をヒモでくくっている絵を描いて、額に入れて入り口にぶら下げています。

川本 携帯電話が普及していないころは、座席から電話がかけられるようになっている喫茶店や、ずらりと並んだロッカーを私書箱のように使える店もあった。狭い家に住んでいるからこそ、そういう店が出てきたのでしょう。こうした喫茶店の使い方は、日本独特のものではないでしょうか。欧米のカフェ文化とは、またちょっと違う気がします。

池内 ウィーンなんかのカフェ文化が栄えたのも、住宅事情の悪さが一つの理由でした。もっともそれは百年くらい前の話で、冬場は家で暖房を使うとお金がかかるから、カフェを使っていました。

お目当ては……

池内　ぼくにとっての喫茶店は、居眠りするところ、書斎代わり、応接間代わりです。若いころは、一人でいたいんだけれど、下宿で一人は寂しい。他人と一緒にいるけど、一人になれる――そんな場所でした。あとは、そこへ行くとかわいい子がいるから（笑）。早稲田にあった「あらえびす」がひいきでした。ぼくはわかりもしないのに、サルトルを持っていって読んでいるふりをしていました（笑）。

川本　昭和三十年代は美人喫茶、深夜喫茶、それからアベック喫茶なんていうものもありましたが、世間的に印象のいい場所ではなかった。小津安二郎の『東京暮色』（一九五七）には、刑事の宮口精二が喫茶店に張り込んで、夜遅くまでいる女性、有馬稲子を補導している場面がある。それでもわかるように、喫茶店へ行くというのは、あまりいいイメージではなかったんですね。

――何々喫茶といえば、ジャズ喫茶もあります。

池内　それから、歌声喫茶。

――そういったいろいろな喫茶店があったからこそ、純喫茶が出てきたんでしょうね。

池内　あれは、どういう意味ですか？

川本　いかがわしいところではない、純粋にお茶を飲むための店、といったところでしょうか。最近出版された野口孝一さんの『銀座カフェー興亡史』（平凡社）という、日本のカフェの歴史をたどった本があります。よくいわれるように、最近は銀座のカフェーのカフェーパウリスタやプランタンが出てくる。関東大震災後、銀座の復興と同時に、そうした店によってカフェ文化がつくられていくんですが、最初のカフェはやはりメイド姿の女性目当てで、その後、純喫茶のような店が枝分かれしてくる。ブラジルコーヒーを出すパウリスタは、永井荷風が通っていた店でもありました。

――パウリスタでは、「銀ブラ」の語源は銀座に来てパウリスタでブラジルコーヒーを飲むことだといっています。

川本　「ぶらぶら歩く」のブラではなく「ブラジル」のブラだと。それは初めて聞きました。

池内　「生涯で何度も読み返す本を三冊見つけることが大切だ」なんて言う教師がいますが、ぼくが教師をやっているときには「若いころは、本はどうでもいい。東京の町を歩いて、自分の喫茶店を三軒見つけなさい」と話した記憶があります。そうすれば、うんと生活が面白くなる。それは自分がやっているからで、彼らのことを考えているわけではないんですけどね。

川本　新宿の三越裏には、かつて「青蛾《せいが》」という有名な喫茶店があり、たしか本も出ていました。山小屋風で、作家や文化人たちが多く集った喫茶店は、敷居の高い店で若いころは入れなかった。それで学生時代、青蛾の斜め前くらいにあった喫茶店でボーイのアルバイトをしていたことがあるんですが、「おまえは働かないからダメだ」なんて言われて、給料がもらえなくて。後で知ったら、けっこう悪いヤツがやっていたようでした。いちばんイヤだったのは、注文を聞くときに跪《ひざまず》けというんです。

池内　そんなの、冗談じゃないよねぇ。

川本　池内さんは、喫茶店で原稿を書くことはありますか？

池内　ぼくは、できないです。やろうとしたことはありますが、どうしても気が散って、ダメでした。

――川本さんは、いかがですか？

川本　私もめったにやらないです。原稿書きができるような店も、なくなってしまいましたし。劇作家の別役実さんは、いつも原稿を書いていた喫茶店がなくなってからはファミリーレストランを利用していると、どこかに書かれていました。評論家の鈴木邦男さんは大変な読書家で、本は喫茶店で読むとおっしゃっていましたね。

池内　ぼくは地方から来た人間ですから、東京をうろうろするのに気安く休める場所が欲しいんです。公園のベンチでは寂しいから、やっぱり自分の喫茶店を持ちたい。御茶ノ水だったら「穂高」、銀座だったら「凮月堂」、浅草だったら「アンヂェラス」。その土地土地に、行きつけを用意しておく。二、三回行けば、だいたい雰囲気がわかって、座るところも決まってくる。そうすると、安らぐんです。そうやってなじみになった喫茶店に、いまは「生きてますよ」と顔を出しに行っている感じです。新宿の「スカラ座」は、もうないかな？

新宿「スカラ座」（2002年撮影）

川本　スカラ座は、名曲喫茶ですよね。

池内　そうです。あそこで、恋人とずっとデートをしていました。若いころは、喫茶店で会って、デートして、しゃべって、もうそれでお金がなくなって、帰りは今川焼か何かを食べながら歩いて帰る。そんな感じでした。ですから、いまの人たちより一つか二つ、工程が少ないぶん、喫茶店の比重が高かった。

川本　名曲喫茶は、個性的なところが多い気がします。銀座のソニービルの裏にあった「らんぶる」には、いつも楽譜を開いて指揮をしながら音楽を聴いている名物おじさんがいました（笑）。「らんぶる」は渋谷など、ほかにもいろんなところにあって、新宿には昔の凮月堂の前あたりにまだありますよね。

池内　中野には、「クラシック」がありました。

川本　「クラシック」については、五木寛之さんが『風に吹かれて』というエッセイ集でお書きになっていますね。名曲喫茶といえば、おしゃべりすると「シーッ」と注意されるところもあったりして。

池内　渋谷の「ライオン」なんかが、そうでしたね。名曲喫茶は、自分で曲をリクエストできる。待っている人が三、四人いると、その間は堂々と居られますから、そういう意味で寒い冬は楽でした。

川本　名曲喫茶は、昭和の初めにはもうできているんです。電蓄やレコードが高価で個人ではなかなか買えなかったために、喫茶店に行って聴くのが当たり前だったといいます。女の子がレコードを取り換えるんですが、その子たちのことはレコードガールといわれていました。あの時代は、若い女性の社会進出が始まり、ガールの時代といわれて、ガソリンガール、デパートガール、マネキンガールなど、たくさんのガールがいた。ほかのガールもそうですが、レコードガールは男子学生たちのお目当てになっていたようです。

池内　そういうところの女の子とは、大手を振ってしゃべれますものね（笑）。

さまざまな人間関係

川本　ジャズ喫茶は、まだ健在ですか？

——　東京よりも地方都市に残っているのではないでしょうか。一関の「ベイシー」などは有名ですし、金沢にも有名店が何軒かあったと思います。

川本 新宿の紀伊國屋本店裏にある「DUG」は、まだありますか？

—— ありますね。横浜の桜木町には、多くのジャズメンに愛された「ちぐさ」があります。一度は惜しまれて閉店したんですが、「桜木町にはちぐさがないと」という声が多く、いまは有志が営業しているようです。

池内 そういう店があるかないかで、町自体が呼吸しているかどうかがわかりますね。

川本 俳優で歌手の荒木一郎さんが一九八四年に河出書房新社から出した『ありんこアフター・ダーク』という小説があります。「ありんこ」というのは渋谷の百軒店にあったジャズ喫茶で、そこをたまり場にしている十代の若者たちを描いているんですが、とてもいい小説でした。そのころはまだ一九六四年の東京オリンピック前でしたから、ジャズ喫茶に行くのは不良だというイメージが強い時代です。

池内 歌声喫茶は、ものすごく好きで行く人と、一回行ってその後は……という人に分かれますよね。

川本 あれは、肩を組んで歌ったりするのが、ちょっと恥ずかしかったですね。

池内 歌も民青系のものが多くて、ぼくは一回で懲りました。

川本 いま手元に、新宿の「どん底」の歌集があるんですが、なんと三島由紀夫が序文を書いているんです。「何んとも言えぬハリ切った健康な享楽場である」と褒めている。意外ですよね。

横浜「ちぐさ」（上、1982年撮影）と新宿「どん底」（下、2012年撮影）

――同じ新宿の「ともしび」はいまも健在で、先日取材をしたばかりです。
川本　いまは、どんな歌を歌っているんですか？
――新しい曲も入れているそうですが、ロシア労働歌など、昔とそれほど変わらないと思います。店主によると、最近では、歌声喫茶を公民館などへ出前してくれというリクエストが多いそうです。
川本　歌声喫茶というと、きまって伴奏はアコーディオンでしたね。
池内　ベレー帽を被ってね。山の上で歌ったりする、あれも気恥ずかしい。
川本　山登りにも、「雪山讃歌」など、歌がつきものの時代がありましたね。
池内　あれは、お金がなくてカッコつけているという感じで、自分にはまあ合わないなと思いました。でも、ああいうところで出会って結婚している人、けっこう多いんですよ。地方から東京に出てくる場合、みんなそれぞれ、ジャズ、歌声、名曲と、行く喫茶店が違うんです。お寺の息子がジャズ喫茶に行ったり、それまでの生活とはまったく違ったジャンルに走ることは、けっこう多い。どこを選ぶかによって、その人の将来の個性が決まってくる。その影響は、わりと大きかったと思います。そういう意味で、喫茶店は大きな人生勉強をするところでもありました。
――寺山修司さんがまだ「天井桟敷」で活躍しているころ、友人がアルバイトをしていた同伴喫茶によく来ていたと言っていました。結局、周りをのぞきに来るんですね。あまりにのぞき込むので、注意しなければならないほどだったといいます。
池内　あの人は青森の人だから、ああいう場所でしか観察できない人間の生態に飢えていたんじゃないでしょうか。

川本　深夜喫茶を舞台にした山川方夫の短編に、「赤い手帖」という、とてもいい小説がありました。山川方夫ですからショートショートで必ずオチがついているんですが、テレビか何かの仕事をしている男が、残業で遅くなった夜中に喫茶店へ行く。すると、向かいの席で十七、八歳の男女が身を寄せ合って、話をしている。男が向かいに座ったので、二人を見ていると、女の子の手帖で筆談を始める。朝、男が目を覚ますと、二人はいない。男は店を出るとき、二人が机の上に忘れていった手帖を取る。午後、仕事が一段落した後、手帖を思い出し読んでみる。甘ったるい言葉が交わされる。馬鹿らしくなる。ところが、その夕方、新聞を読むと、あの二人が心中したという記事があり、男は衝撃を受ける――。喫茶店は、そうしたさまざまな人生模様が見え隠れする場所でもあるんですよね。

池内　思いもかけないドラマに出くわすことがあります。三鷹の、「しもおれ」とは別の喫茶店でしたが、男と女が別れ話をしているんですけど、お互い、明らかに未練がある。けど、このままではどうしようもない。でも、やっぱり未練があって……そういう話し合いを、延々としている。

川本　なんだか、口を挟みたくなってしまいますね（笑）。あ、いま思い出しましたが、妻は大学時代、渋谷の喫茶店でアルバイトをしていたんです。ジァン・ジァンの前あたりにあった店です。

――お二人の出会いはそのお店だったんですか？

川本　そうです。

――出会いに別れ、人生勉強に人間観察……喫茶店というのは、なかなか偉大な存在に思えてきました（笑）。

池内 決して大げさではなく、そうだと思いますよ。

川本 ジァン・ジァンは、まだありますか？

池内 もうないですね。

――あのへんもずいぶん変わって、喫茶店も少なくなりました。

池内 街が変わると、資本的に弱い存在である喫茶店が、まずなくなっていく。でも喫茶店って、コーヒーを飲みに行っても、その味は案外覚えていないものですね。

――私の印象では、名曲喫茶とジャズ喫茶のコーヒーは、あまり期待しないほうがいいと思います。

川本 喫茶よりも、音楽のほうに力を入れているからかもしれませんね。

池内 みんな長っ尻ですから、そこでコストを抑えているのではないでしょうか。

自分に合う店、合わない店

川本 先日読んだ中島京子さんの『樽とタタン』（新潮社）という小説は、三十年以上前の東京郊外にある個人経営の喫茶店が舞台でした。著者の子供時代がモデルらしい小学生の女の子は、団地住まい。両親が共働きの鍵っ子であるために、母親が子供を喫茶店に預けている。学校から帰ってくると店で遊んで、お手伝いなんかもしている間に、いろんなお客が来る。その様子をスケッチしていく小説でした。あのころまでは、そういった個人経営のいい喫茶店が、まだけっこうあったんですよね。

池内 旅行に出ると、駅に着いて、差し当たって腰を下ろしたいときがある。そういうときには表通りではなく、中心から少し離れた裏手のあたりに、だいたいいい喫茶店があります。古い看板が出ていて、窓のカーテンが少し日焼けしている。ドアを開けるとギィと音がして、ズボン吊りをしたマスターがいる。店のロゴが古風で。そういう店があると、なんだかうれしくなります。かつては美人だったんじゃないかという人が、流行らない店をやっていたりするのに出くわすのも、うれしい。ただ、そういう店もいつまで続くのかなという気が、いつもします。

川本 先ほどの新宿の「青蛾」はだいぶ前になくなったと思っていたら、昨年（二〇一七年）、店主の娘さんが東中野に、新たにオープンしたと聞きました。

池内 東中野のような、大きな街に挟まれたエアポケットみたいな町の喫茶店は、いいですね。喫茶店をやる人は、自分の理想の店を持つのが夢だったというような人が多いのではないですか？

川本 女の子の夢といえば喫茶店、という時代がありましたね。「小さな喫茶店」という昭和の歌謡曲もありました。〽二人はただだまってむき合っていたっけね……。黒澤明の、戦後すぐの青春映画『素晴らしき日曜日』（一九四七）は、貧しい若い男女が東京の街を歩く一日の話ですが、焼け跡で喫茶店を持ちたいと夢を語る。おいしいコーヒーを安く売る、恋人用の小さなテーブルを用意する、と。

池内　そういう夢を持つ気持ちは、時代の共通感覚でわかりますね。

川本　そのとき二人が思い描くのは、チェーン店ではない、自分たちのお店としての喫茶店なんですよね。チェーン店といえば、私が毎朝ドトールで食べるのはBモーニングと決まっていて、タラモサンドイッチというんです。何のことなのかと聞いたら、タラコとジャガイモをミックスしている。いかにも日本人向けのメニューだと思いました。モーニングというと、名古屋の喫茶店がすごいですよね。なぜあそこまでいろいろとついてくるのでしょうか。

――地元の人によると、名古屋人はお得感があるものに弱い。それで、いろんなものがセットになっているんだそうです。

川本　東京に進出した名古屋のコメダ珈琲はこちらでも大人気で、よく店の前で客が行列しているのを見かけます。

池内　それだけ盛りがいいと、お客の回転率を上げないとダメでしょう?

――地元民の話では、名古屋のほうの喫茶店はつねに混んでいるといいます。打ち合わせから読書、世間話まで、とにかく何でも喫茶店でやるんだそうです。あのへんは車社会ですから、駐車場も完備されているみたいですね。

川本　車だとお酒も飲めないから、喫茶店がちょうどいいのかもしれませんね。

――ちなみに、モーニングのてんこ盛り具合は、岐阜に行くほどエスカレートするらしい。モーニングを頼むと、トーストやコーヒー、サラダなどに加えて茶碗蒸しまでついてくる店もあるそうですから。

池内 そこまですごいと、こちらが恐縮しますね。

川本 そういえば、ドトールにかわいい女の子の店員さんがいて、顔なじみになってよくあいさつもしていたんですが、先日、公務員試験に受かったのでお店をやめると言われたんです。最後の日に、いつものようにBモーニングを食べて出ようとしたら、わざわざ出口のところまで来て、「お元気で」と見送りまでしてくれて。

池内 それは、とてもいい話ですね。うれしいですね。

川本 向こうは名札をしているから名前がわかるんですが、こちらはどこの誰とも知れませんから、暇そうなおじさんだなぁと思われていたかもしれません。それだけが、ちょっと残念です（笑）。

池内 そういう出会いも、喫茶店のいいところですね。

――チェーン系でいうと、スターバックスには、熱心なファンがいるようですね。

川本 スターバックスは、ああいう店のなかでは単価が高いほうですし、シアトル発ということで、ファンのライフスタイルがなんとなくわかるといわれていますね。

――最近はコンビニで、安くてそこそこおいしいコーヒーが飲めるというので、喫茶系の店にとっては脅威になっているようです。ブレンドのSサイズなんて、百円ですから。

川本　そんなに安いんですか。それだけ、日本人が日常的にコーヒーを飲んでいるということですよね。喫茶店やカフェに入ることより、コーヒーを飲むことそのものが好きという感じがします。私としては、少し意外なんですが。

池内　近所のスーパーにあるコーヒー・コーナーではシニアサービスがあって、おかわりができる。そうすると、シニアばっかりが常連になるので、年寄りのサロンになっています。そこにまじって見ていると、面白いですよ。世の中に文句を言う人は、何にでも文句を言っていますね。

川本　喫茶店は居酒屋と同じで、波長の合わない常連がいるところは敬遠してしまいます。目つきの悪い、荒っぽい人が多かったりすると、ちょっと……。

――新宿なんかでも、店ごとにカラーが全然違う。ガラの悪い人が集まる店は、一定数ありますよね。

川本　居酒屋もそうですが、こちらが入りにくいと思うように、逆に店側にも私のような人間に入って来てもらっては困るという空気を感じることもある。自分たちのテリトリーにはそぐわない人間だと、向こうでもなんとなくわかるのでしょう。

池内　ある程度しっかりしたお客さんが来ていると、そういう連中は居づらいのか、あまり来なくなる。ですから、客が店をつくるということはありますね。喫茶店は、いわゆる喫茶だけだと、なかなかやっていけない。だから焼きそばやカレーなど、食べ物のメニューをやるといいんだけど、そうすると客層が変わってきてしまう。そこが難しいといいます。

ついこの間、芥川賞をもらった女性が二人いたでしょう？　若いほうの女性は、ぼくが昔、よく知っていた小菅陽子（ペンネームは石井遊佳）という人なんです。両親が大阪で喫茶店をやっていて、いろんな面白い話をしてくれました。大阪だと、普通の勤め人はあまり来ないような時間帯に来ているオジサン。ああいう人の話を聞くのが、面白いですね。「安倍（首相）も、アカンな」とポツンとつぶやいたかと思うと、いきなり（店主の妹さんらしい）「ヨシ子、どうしてる？」（笑）。独特の話術があります。

ピンチのときも喫茶店!?

川本　そういえば、喫茶店を事務所代わりにしている人もいましたね。ですから、その人あてに電話がかかってきたりすることもあった。

――　ノンフィクション作家の吉田司さんは、新宿の「談話室　滝沢」が仕事場で、十円玉を百円単位で用意して、そこで電話取材もしていたそうです。

池内　滝沢は、御茶ノ水の地下にもありましたね。

川本　新宿の滝沢は、まだありますか？

――　もうないです。経営者は店を花嫁修業の場所だと考えていて、地方出身の女の子が行儀見習いのような感じで寮生活をしながら働いていたんですが、「いい子が集まらない」と言ってやめたそうです。

川本　そういうところで働きたいという女の子のほうも、いなくなりましたね。今日対談しているこの中野の「ルノアール」はいろいろなところで健在ですが、わりと昔の喫茶店のスタイルを残していると思います。

池内　御茶ノ水の滝沢で思い出したけど、あの近くにあるニコライ堂の人に原稿を頼まれていたときに、滝沢で打ち合わせをしたんです。そうしたら、尼さんが二人来て、なんだかヘンな感じでした（笑）。

川本　池内さんは、打ち合わせのときはだいたい喫茶店ですか？

池内　そうですね。いまは、ほとんど「しもおれ」です。店の人は見知らぬ人が来ると、感じで編集者とわかるから、案内します。といっても、テーブルが四つしかなくて、ぼくはいつもいちばん奥の席に座ります。夕方に編集者と会うと、その後お酒を飲みに行くと知っているから、もったいないからといって水だけで、コーヒーは出さない。ありがたいですね。

――　川本さんには、以前、渋谷のBunkamuraにあるロビーラウンジで、映画館についていろいろとお話をうかがったことがありますが、あそこで人とお会いになることは多いのでは？

川本　多いですね。あのお店はあまり色がついていないというか、ニュートラルな感じがいいんです。

池内　ああいう感じの店は、なかなかない。ぼくも、あそこでよく休みます。

川本　あの取材のときには、映画館で流れる「前の座席を蹴らないでください」というアナウンスが不思議だという話になりましたね。最近はそれが当たり前になっていますが、あれがいちばんの客どうしのケンカの原因になっているらしい。近ごろ、試写室からはめっきり足が遠のいて、映画はもっぱら映画館で観るんですが、問題はトイレ。最近の映画は二時間半くらい当たり前ですから、席はトイレに立ちやすい通路側を選ぶようにしています。

そうそう、トイレを借りるために喫茶店に入ることもありますね。何年か前に、福島県立美術館へ行ったときのこと。駅から向かう途中で急にトイレに行きたくなって困ったときに、たまたま喫茶店があったんです。でも、美術館のそばだから、きれいなお店で、働いている人もおしゃれで、入った途端にトイレには行きづらくて苦労しました（笑）。でも、ああいうときに、喫茶店は本当にありがたいです。

池内　トイレで喫茶店に助けられたことは、ぼくも何度もあります。

川本　最近は、公衆トイレが劇的にきれいになっていますね。昭和三十年代の公衆トイレや駅のトイレなんて、みんなひどかった。

――その汚さに度肝を抜かれたことが、一度ならずあります。

川本　ところがいまは、ローカル線のトイレにもウォシュレットがついていたりする。

池内　新潟の辺鄙なところですが、トイレのドアが自動で、清潔で、とても気の利いたトイレのある小さな宿があります。女将さんに聞いたところ、女将夫婦が旅行したときに嫌だなと思ったことを排除していったらこういうトイレになったと言っていました。

川本　知人が一九七〇年代に青山で焼き鳥屋を始めたんですが、東京の居酒屋はどこもトイレが汚すぎるから、自分の店ではトイレをきれいにするところから始めると言ったんです。あれは、目からウロコでした。そうしたら見事に成功して、いまは店が三軒くらいに増えている。

池内　山小屋も、以前は気の遠くなるようなにおいがするトイレがありましたが、近ごろはさすがにきれいになりました。

――バイオトイレの普及は、大きかったですね。

池内　以前、オランダを旅行したとき、駅のトイレに入ったら鍵が壊れていたことがあります。内側から、一生懸命引っ張っていました。セツなかったです（笑）。

川本　先日は駅のトイレで、大きいほうのドアが開いたと思ったら「おじさん、紙貸してください！」と坊やが言ってきて、あれにはびっくりしました。

トイレの話で意外に盛り上がりましたね。次回の対談は、トイレがテーマでもいいかもしれませんね（笑）。

COFFEE
HOUSE

雑誌あればこそ

台湾への旅

池内　川本さんは、台湾へ行っていらしたそうですね。暑かったのでしょう?

川本　台湾は三月、四月くらいに行くのが気候的には最適なんですが、六月になるとやはり暑さと湿気がすごい。台湾が夜型社会なのがよくわかりました。夜にならないと涼しくならない。池内さんは、台湾にいらしたことはありますか?

池内　一週間くらい滞在したことがあります。台湾の人は、夏になるとシャツの裾をクルクルめくり、お腹を出した状態で洗濯ばさみで留めて、木陰で昼寝するんです(笑)。あれは、涼しそうだと感心しました。

川本　台湾の人に『男はつらいよ』を見てもらうと、寅さんの腹巻を見て「何ですか、あれ?」と驚きます。寒さからお腹を守るなんて発想が、ないんでしょうね。

――お二人は、アジアを旅行することもけっこうあるんですか？

川本 台湾には、ここ四年ほど、毎年行っています。

池内 ぼくは、台湾、香港、マカオの三ヵ所に行っただけです。

川本 今回の台湾は、行っている間の六日間はなんとか乗り切ったんですが、帰ってきてからは一週間以上ぐったりしてしまって、海外旅行も今回で最後かな、という感じがしました。池内さんは、最近も海外へは行かれますか？

池内 去年から行かなくなりました。成田へ行くだけでも大変ですから。いまは、一生分行ったからもういいかなと思っています。

川本 ロシアへサッカーを観に行く人は、よくそれだけのお金と時間と体力があるなぁと思います。ロシアのワールドカップといえば、台湾の人たちが日本のユニフォームを着て応援しているのが、話題になりましたよね。台湾のチームは出場していないので、代わりに日本を応援してくれたようです。台湾の人は日本には非常に好意的で、かつての統治国なのになぜこんなに好いてくれるのか、本当に不思議です。

池内 日本の軍人はひどかったけれど、文化人には非常に優秀な先生たちがいた。戦後の台湾で活躍した人々は、日本人に学んだ人が多かった。

川本 年輩の台湾人は日本語が話せますし、若い人たちは勉強している。私の本を出してくれている台湾の出版社の人たちは、だいたい日本語が話せます。しかも、ここ三、四年で習得している。

池内　母語が漢字ですから、覚えるのも速いのでしょうね。
川本　日本のアニメやポップスの影響も大きくて、そういうものに、日常的に触れているようです。

千五百人ものユダヤ人が生き残った

川本　そうだ、池内さんにお聞きしたいことがあったんです。ついこの間、試写で『ヒトラーを欺いた黄色い星』（二〇一八）というドイツ映画を観たんですが、原題の『DIE UNSICHTBAREN』は、どういう意味ですか？
池内　直訳すれば「見えざる者たち」ですが、「（心理的に）見えないものたち」とも読めますね。
川本　ナチス政権下のベルリンにはユダヤ人が隠れていて、最終的には千五百人ものユダヤ人が生き残ったというんですが、この映画は、そのうちの四人の物語なんです。
池内　それなら、「潜伏していた人たち」くらいが正確かもしれません。
川本　この映画を観るまで、千五百人ものユダヤ人が生き残った事実を、私はまったく知らなかったんですが、ドイツでは有名な話なんですか？
池内　ある程度は知られています。戦後、伝説のように語られた時期もありました。これから公開される映画ですか？
川本　七月末（二〇一八年）に公開されました。これだけのユダヤ人が生き延びたということは、その何倍もの人が助ける側に回っていたということですよね。見つかったら大変なことになりますから、よくやったなぁと思います。しかも、レジスタンスが助けたわけではない。

池内 助けたのは、一般の市民が多かったようです。それは、反ナチスのためではなく、人として純粋な感情から出た行動だったのでしょう。

川本 ユダヤ人自身は、こんなにひどいことになるなんて予想していなかったようですね。移送と称して強制収容所へ連行されるときも、何かがおかしいと感じながら、集合場所でトランプをやったりもしている。

池内 ユダヤ人といっても、すでにユダヤ教徒でもなく、何代にもわたるドイツ市民で、第一次大戦で功績を上げている人間もいる。それなのに、ユダヤ人にならざるを得ないというヘンな状況で、まさかまさかと思っている間に、とんでもないことになってしまった。ウェブの連載で「ヒトラーの時代」というのを、一冊にできるくらいの量は書いたんですが、これだけ書いても、なぜドイツ国民があそこまでヒトラーに熱狂したのかはわからないという感じです。

川本 生き残った人のうち、いまでも健在な人が映画の中でインタビューに答えているんですが、「自分たちユダヤ人を憎む気持ちはわかる。しかし、ガス室に送るという行為はいまだに理解できない」と言っています。なぜなのか、本当にわからない。

この映画には、驚くべき事実がたくさん描かれていました。たとえば、助かったユダヤ人のある女性は、ナチの将校の家のメイドとして働いていたんです。しかもその将校は、彼女がユダヤ人だと知りながら雇っている。そこが謎で、将校はユダヤ人に同情していたのか、自分の権力を誇るためにあえて働かせていたのか、そこは、映画を観ていてもよくわかりませんでした。それと、生き延びた四人のユダヤ人の一人が黒髪の女性なんですが、ドイツ人のふりをするために金髪に染めているんです。定期的に染める必要があるため、美容院へ行くお金と手間に苦労するんですが、ベルリン陥落でソ連が侵攻してきたときに、金髪であるためにドイツ人だと疑われ、今度はユダヤ人であることを証明しなければならなくなる。何とも言えない悲劇ですよね。

雑誌のおかげで物書きになれた

川本　話がずいぶんずれてしまいましたが、今日のテーマは雑誌でしたね。

――最近は雑誌が売れなくて、出版不況は雑誌のせいだなんて言われることもあるので、ここはひとつ、お二人にエールを送っていただきたいと思いまして。

川本　雑誌としては売りたくても売れないわけで、いまの出版不況を雑誌のせいにされてしまうのはかわいそうですね。

池内　川本さんもそうだと思うんですが、ぼくなんかは雑誌があってはじめて物書きになれたと思っています。雑誌の編集者がいてくれたおかげで、ものを書くことができ、仕事も広がった。ものを書いていくうえで、編集者が知的な動力になってくれた部分が非常に大きいんです。

川本　おっしゃるとおりで、私がフリーの物書きになったのは一九七五年くらいですが、このころは雑誌が次々と創刊されていた時期だったために、駆け出しで、しかもマイナスからスタートしている私のような人間でも、どんどん原稿依頼が来たんです。それらの雑誌も、ほとんどはとっくになくなってしまっていますが、当時はとにかく書く場所がいっぱいあった。いま振り返ると、恵まれた世代だなと思いますね。最近の若い物書きに聞くと、まず書く場所がない。あっても枚数が少なく、継続して書かせてもらうのも難しい。しかも、電子メディアの原稿料は本当に安いらしく、フリーの物書きというものが成立しなくなっていると嘆いています。

――お若いころ、「一度はあそこで書いてみたい」と思うような、憧れの雑誌などはありましたか？

池内　『ユリイカ』なんかは、そうでしたね。いまとは少しテイストが違いましたが。

川本　『ユリイカ』は、いい雑誌でしたね。映画の雑誌では『キネマ旬報』。あと、特定の雑誌ではないんですが、映画のパンフレットに書けたらいいなぁと思っていました。

池内　ぼくが書き始めたのは川本さんと同じか、ちょっと遅いくらいなんですけど、そのころは関西にいましたから、東京から注文が来るなんてことはまずない。それでいいやくらいに思っていたんですが、一九七〇年代の初めにウィーン幻想的リアリズムという、なかなか面白い、新しい美術運動がありましてね。美術雑誌としてはそれを取り上げたいんだけれど、書き手がいない。そんなときに、たまたまウィーンから帰ってきた池内という男が神戸にいるから頼んでみようというので、

『みずゑ』という美術雑誌から依頼が来たんです。その運動をしていた画家たちはみんな同じ世代で、ビンボー同士、ちょっと知っていたものですから、喜んで書きました。雑誌の仕事は、あれが初めてです。

先日、雲野《くもの》さんという当時の編集者から、何十年かぶりに「お預かりしている原稿をお返ししたい」と電話がかかってきたんです。雲野さんは八十代で、もう先がないからと連絡をくださったのでしょう。編集者の赤字の入った手書きの原稿が、三十年ぶりくらいに戻ってきました。

川本 それは、活字になっているんですか？

池内 なったものと、ならなかったものと、両方あります。

川本 池内さんの初期の仕事で、美術出版社から出た『ウィーン　都市の詩学』（一九七三）は、とてもいい本でした。たしか函入りの本でしたね。

池内 あれが、いちばん最初に出た本です。まったく無名の時代に、雲野さんが『みずゑ』の原稿を見て、あなたは書ける人だからと書き下ろしを頼んでくれたおかげです。雲野さんは澁澤龍彦さんなどの本を作っていた人で、ぼくもそういう系統の人間だと見極めをなさったんでしょうね。ですから、好きなことが書けた。

最初の本が出ると、『ユリイカ』と『現代詩手帖』が声をかけてくれて、当時は大学で教師をしていましたから、書く雑誌が増えることで、仕事の幅が広がっていった。枚数も多く、二十枚くらいは普通でした。書きでがありますから、勉強して「さぁどうだ！」と渡す感じで、お金のことはあまり考えなかった。ぼくのケースでいうと、駆け出しのころは小さな雑誌で書くことが多くて、原稿料はないことのほうがむしろ多かったですね。お金をきちんともらうようになったのは八〇年代に入ったころ、年齢的には四十代になってからでしょうか。

さまざまなPR誌

川本　池内さんは、覚えていらっしゃるかな？　池内さんと最初にお会いしたのは『文藝春秋』の仕事で、種村季弘さんと池内さんと私の三人で温泉鼎談というのをやったんです。

池内　よく覚えていますよ！　あのときは二泊三日で一流旅館に泊めてもらって、旅費も、原稿料までもらって。

川本　宍道湖のほとりにある玉造温泉の豪華な旅館へ連れて行ってくれたんですよね。一九八三年くらいだったかな？　とにかく、バブルのはじめごろだったと思います。

池内　種村さんはああいう人ですから、野暮な仕事は最後でいい、一日目と二日目は遊んでいればいいんだとおっしゃって（笑）。ご自分の仕事はなさっていたんですけどね。

川本　よくあんなに贅沢な企画があったなぁと思います。いまでは考えられないですよね。なんだかんだ言っても、フリーの物書きはバブルで潤った部分があったと思います。

池内　全日空が少し硬い雑誌を出すとなったときに、全日空の飛行機を使って好きなところに行って、紀行文を書いてくれと言われたことがありました。最初に九州へ行ったら、「海外へは行かないんですか?」と言うから「行ってもいいんですか!?」と。それなら最初から言ってくださいという感じで（笑）、二回目はプラハ、三回目はウィーンに行きました。五十歳前後でした。自分ももっとこういう仕事が来るようになったので、これからは海外へは自由自在に行けるゾ！　なんて思っていたんですけど、単なるバブルの恩恵だったんですね（笑）。はじけると、パタッと来なくなっちゃった。

川本　あのころは、いろんな企業がPR誌を出していましたね。どれもほとんどなくなってしまいましたけど、PR誌は原稿料がよかったので、仕事が来るとうれしかったし、ずいぶん助けられました。PR誌には、『サントリークォータリー』や、富士ゼロックスの『グラフィケーション』など、いいものもたくさんあった。『サントリークォータリー』の編集をやっていた小玉武さんは、いまは物書きとして活躍されていますね。

池内　『グラフィケーション』では、ぼくもよく書きました。高田宏さんが編集をなさっていたエッソ石油（現JXTGエネルギー）の『エナジー』も、いいPR誌でした。PR誌は装丁もよくて、高級感があるものが多かった。それで会社のイメージをアップする狙いがあったんでしょうね。

川本　当時は企業にもまだゆとりがあって、「メセナ」が言われるようになり、企業が文化や芸術を後押ししようという時期でもあった。いまは、お金はあっても、文化事業にお金を出してくれる企業は減っているように見えます。

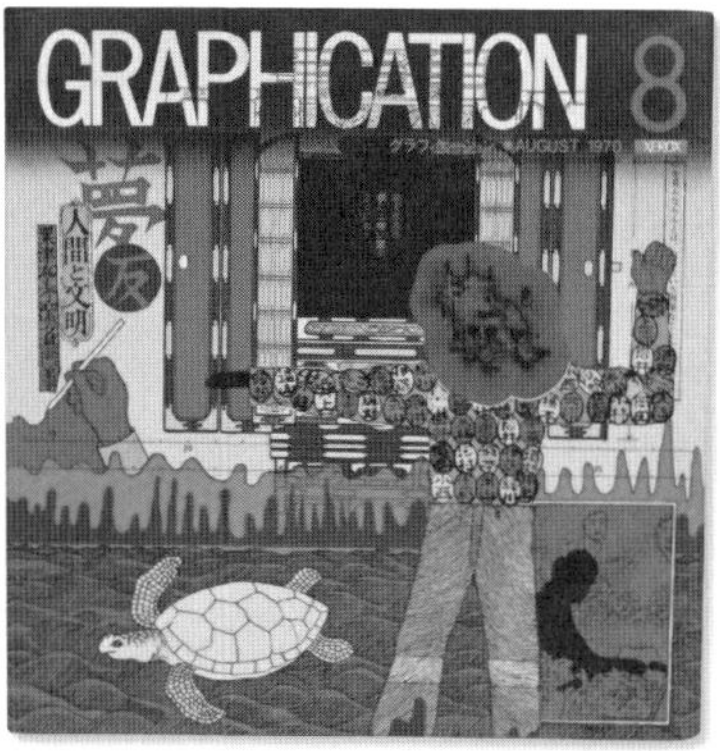

『サントリークォータリー』（右）と
『グラフィケーション』（左）

池内　ぼくは川が好きで、四十代、五十代ではけっこう川を歩いたんです。川を旅する本も、二冊くらい出しました。日本では川を旅するという発想がないから全然売れなかったんですけど、『FRONT』という雑誌に連載した文章をまとめた本でした。日本で唯一の川の雑誌で、お金は国土省の下の財団が、丸投げしたようでした。そのかわり、自分たちの好きなように作れたわけで、女性たちだけで丁寧に、よく考えてやっていたんですが、こうした雑誌は落ち着いてものが書ける。ぼくは、派手やかなものは書けないんですが、地味なものなら書ける書き手でしたので、その手の需要はわりとあったんです。
　雑誌に、それなりに力を入れたものを書いていると、白水社やみすず書房のように、自分のところで雑誌を持っていない出版社の編集者が、わりと丹念に見ていてくれるんですよね。で、こういうことを書いている人だから、うちではこんなテーマで頼んでみようと注文をくれる。そうやって縁ができた出版社が、いくつかあります。その場合、よその雑誌で書いたものに書き足すかたちでまとめることができる。そういう仕事が、四十代、五十代ではわりとありましたね。

雑誌の黄金時代

川本　女性誌がどっと出てきたのは、女性の時代といわれた七〇年代後半だったでしょうか。当時、講談社から『ヤングレディ』という雑誌が出ていました。物書きになりたてのころに、そこの女性編集者からある日突然電話がかかってきて、映画評をやってくれというんです。たしか週刊誌だったと思うんですが、囲みの本当に小さなコラムなのに思いがけず原稿料がよかったものですから、喫茶店から女房に「こんなにいい仕事が入ったよ！」と電話した覚えがあります（笑）。

池内　川本さんは映画評で定期的に書ける場があったのではないですか？　そういう仕事を三つくらいは持たないと、フリーは厳しいですね。

川本　いまは、そういう仕事が激減している。先ほども言いましたが、雑誌がなくなったこと、枚数が少なくなったこと、電子メディアの原稿料が安いこと。この三つで、映画ライターといわれる人たちもずいぶん苦労しているようです。

ＰＲ誌が増え、女性誌が増え、雑誌全体が増え……われわれの世代は、フリーの物書きになったときが、ちょうど雑誌の黄金時代だったのではないかと思います。関東大震災後の復興時には、講談社の『キング』をはじめ、たくさんの雑誌が出てきて、円本ブームも起こるという活力が生まれましたけど、あれに似たようなことが八〇年代に起こっていたんじゃないでしょうか。
　しかし、女性誌全盛の時代になると、私にはすっかりお声がかからなくなりました（笑）。

池内　ぼくなんか、一度もかからなかった（笑）。東京でのぼくの最初の仕事は、平凡社の『太陽』の、本当に小さな仕事でした。自分が見た展覧会について書いていたんですが、小さくても活字になるのはうれしかったですね。一年間その仕事をしたら、執筆者として平凡社の本が定価の六割で買えると言われて、倉庫まで編集者についていってもらい、リュックサックがいっぱいになるまで買い込んだ覚えがあります。

川本　平凡社の『太陽』はいい雑誌でしたよね。あれがなくなってしまったのは、本当に寂しい。私は書いたことはないんですが、湯川豊さんがやっていた文藝春秋の『くりま』もいい雑誌で、あれのニューヨーク特集号なんていまだに持っています。

池内　川本さんは、『新潮』や『群像』といった文芸雑誌はどうだったんですか？

川本　湯川豊さんが編集長だった時代の『文學界』、前田速夫さんの時代の『新潮』には連載したことがありますが、最近は、ほとんど縁がないですね。そういえば、この間、人づてに聞いて、なるほどなぁと思った話がありました。井上ひさしさんが、佐藤優さんが物書きになったときに、「編集者は、三代にわたって付き合いなさい」とアドバイスしたんだそうです。編集者は必ず定年

『ヤングレディ』（左）と『くりま』（右）。『くりま』は文中に登場するニューヨーク特集号（1981年第４号）

が来るから、一つの世代だけとの付き合いでは困るというわけですね。私なんかは、ちょっと手遅れかもしれません。われわれの歳になると、親しい編集者がだんだんリタイアしてくるので、どうしても仕事が減ってくる。

池内　ぼくらの仕事は編集者との結びつきではじめてできるんですが、その編集者がお辞めになると、われわれの仕事も終わる。ぼく自身が半分リタイア組のようなものですから、仕事はずいぶん減りました。書評などでは、誰かが書かなければならない本というのがありますでしょう？　そういうときに依頼が回ってきても、最近は「もう歳で、人の本を読むのは辛いからカンベンして」と断っています。「池内さんに断られたら、困るんだよなぁ」なんて言われますけどね。

そこでしかできない連載がある

池内　『シュピーゲル』というドイツの硬派の週刊誌があって、二十代の初めから読んでいますから、もう五十年になりますが、論調といい、スタイルといい、まったく変わらない。いまでも丸善に行っては、買ってきて読んでいます。全然変わらないというのも、うれしいというか、安心感がある。そういう雑誌が何十万単位で売れているというのは、知的なものに対する一種の敬意ですよね。日本だと、『中央公論』などの雑誌が、だんだん週刊誌的になっている。低いほうへ寄っていっている気がします。

川本　週刊誌の売り上げ自体も、落ちているでしょう？　私は『週刊朝日』出身なので、わりと週刊誌は好きだったんですが、このごろは老人の性や健康ネタばかりで、読むところがなくなってしまった。ゴシップで取り上げられている若い人の名前も、わからなくなってしまっていますし。

池内　われわれが学生のころは、脇に週刊誌を挟んでいるのがかっこよかったんですよね。

川本　私が学生のころは、「右手に（朝日）ジャーナル、左手に（少年）マガジン」と言われていました。サブカルチャーが出てきた時代でもあり、硬派も軟派もこなす様子がその二冊によく表れていたんですね。

池内　いまはスマホの一点張りで、それもすっかり変わりました。

――朝日ジャーナルと並んで『世界』もよく読まれ、『展望』『情況』といった総合誌もありました。

川本『現代の眼』など総会屋系の雑誌というのもありましたね。

――右翼が金を出して左翼が作っているといわれていました。

池内 近ごろの映画雑誌は、どうですか？

川本『キネマ旬報』が、来年創刊百年なんです。世界的に見ても、かなり歴史のある雑誌といえるのではないでしょうか。編集部がよくがんばっています。最近、新たに創刊された雑誌というのはあるんですか？

――はっきりとはわからないんですが、多くは女性誌で、大々的に創刊しながら、すぐに休刊になるパターンが多いように思います。女性誌といえば、ここ数年、付録がすごいですね。

川本『サライ』の付録が万年筆だったことがありますけど、あんなに高いものをよくつけられるなぁと驚きました。『サライ』は品がいいですし、好きな雑誌なんです。最初は月二回の発行だったのが、月に一回になってしまったときには寂しく思ったんですが、月一回にした理由が面白くて、読者はシニア層が多く、月に二回だと読み切れないんだそうです。たくさん出せばいいというわけではないんですね。

――川本さんの『映画の昭和雑貨店』（小学館）は、『サライ』の連載「映画の虫眼鏡」をまとめたものでした。

川本　あれは、『サライ』でなければできなかった企画です。

池内　ぼくは、出版社のPR誌には、わりとお世話になりました。みすず書房の『みすず』という硬いPR誌に辻まことの評伝をずっと書いていたんですが、あそこでしかできないような連載で、やらせてもらえたのはうれしかったですね。「いいんですか？」と聞いたときには、「いやぁ、誰も読んでないですから」なんて言ってましたけど（笑）。

川本　そんなことないですよ。PR誌は無料で本屋に置いてありますし、読んでいる人はけっこう多いと思います。岩波書店の『図書』、新潮社の『波』あたりは、特に読者が多いのではないでしょうか。

池内　講談社の『本』というPR誌に、見開きで十何年か連載していた「珍品堂目録」は、『戦争よりも本がいい』という一冊になりました。たった二ページでも、百回以上書いていれば、けっこうな量になる。量が質を作るわけではないんですけど、そこまで書くと、量が一つの意味を持ってくる。お金を払って買ってくれる直接の読者がいないからあれだけ長い連載ができたのでしょうけど、書き手からいうと、あれはPR誌のいいところだと思います。

川本　文春の『本の話』は、なくなりましたね。春秋社も『春秋』というのを出していましたけど、この間なくなってしまった。出版社の体力が落ちているんだなぁと感じます。

――雑誌は広告収入がないと、存続が厳しい面がある。大勢の人が関わる分、作るのにお金がかかるので、広告が入らないとバランスがとれないという感じでしょうか。

池内　今後、広告収入が伸びるということは、ほとんどないでしょう？

川本　広告の話で思い出したんですが、なぜ自分には女性誌からのお声がかからないのかと女性誌の編集者に聞いたところ、「言いにくいんですけど、川本さんの原稿って、下町でホッピー飲んだとか、成瀬巳喜男の映画のビンボー話とかが多くて、グッチやエルメスの広告が入っている女性誌にそういう原稿が入るのは、やっぱりまずいんです」と言われて、なるほどなぁと思いました。その点、いま連載中の『東京人』は、ホッピーの広告が入っていますから安心です（笑）。

雑誌のいちばんのよさとは

池内　以前、ＪＴＢ（当時は日本交通公社）が出していた『旅』という雑誌では、ぼくもよく書かせてもらったんですが、売り上げは右肩下がりだった。でも、売れない雑誌というわけではなかったのに、あるタイミングで名前もろとも新潮社に売ってしまったんですよね。内容もずいぶん変わって、結局は休刊になってしまった。

川本　『旅』はよく仕事をさせてもらいましたが、いい雑誌でした。長い原稿も書かせてくれたし、何より、編集者が旅好き、鉄道好きなのがよかった。

『旅』の戸塚文子さんは、女性編集長の走りではないでしょうか。松本清張の『点と線』を連載したりもしていましたね。作家に紀行文を依頼するようになったのも、『旅』が走りかもしれません。

旅の本をよく出されている岡田喜秋さんも、編集記者でした。活字が多くて、海外旅行よりも日本の地方への旅、なかでも特に鉄道の旅のよさを伝える、とてもいい雑誌だったのに、なぜあれがなくなってしまったのか……。

池内　『旅』は、いま川本さんがおっしゃったような、歴史と実績のある旅の雑誌だったんですけどね。あんなに大きな企業体ですから、雑誌を出し続けるなんて、全体の予算からいったら微々たるものでしょう？　それなのに、経費削減となると、いちばん最初に手放してしまう。あまりにも腰が軽い。雑誌に関しては、全体に世知辛くなって、悪いほう、悪いほうへ行っている感じがします。

川本　いい編集者は多いのに、どうしてこういうふうになってしまったんだろう。いま元気のいい雑誌には、どんなものがありますか？

――個人的に元気だと思うのは、『通販生活』ですね。物販で成り立っているので、広告収入に頼る必要がなく、自由に誌面を作っているように感じます。

川本　広告を取っていないというのは、『暮しの手帖』と同じですね。

池内　知り合いの編集者の石井紀男さんは、自分でパトロンを見つけてきて、『遊歩人』という雑誌を十年くらい出していました。ぼくは表紙も中身も、創刊から終刊までずっと書いていたんですが、現代の編集者は、編集の能力と同時に、企業経営の能力も必要なのかもしれませんね。それにしても、これだけ変化の激しい時代に立ち会うとは、思っていませんでした。自分が書く時代も終わったなぁと思います。

川本　私も、最近はそういう心境ですね。無理して時代についていこうという気が、まったくなくなりました。原稿はいまだ手書きですし。

――そうやって一周、二周遅れていくと、いずれまたトップランナーになるかもしれません。

池内　さすがに、それはムリです（笑）。それでも、雑誌に助けられて、なんとかここまで来ました。カフカの評伝など、自分がなんとなく力を入れて書いたものは、だいたい雑誌のおかげです。締め切りがないと、人間なかなかやらないですから。締め切りになると、土俵際ですから、バカ力が出るんです。

川本　火事場のバカ力の綱渡りで、何十年生きてきたことか。

池内　バルザックの昔から、そうですよね。

川本　われわれ物書きにとって、雑誌のいちばんのよさは、締め切りがあることかもしれませんね（笑）。

愛しのレコード・ジャケット

日本の鉄道には物語性がある

池内　川本さんの『あの映画に、この鉄道』（キネマ旬報社）は、すごい本ですね。よくまぁこれだけの映画をご覧になったものだと、読んでいて思いました。書くのにずいぶんかかったのではないですか？

川本　原稿を書く時間はそんなに長くなかったのですが、仕込みに時間がかかったというのでしょうか。三十年越しの本です。若いころから映画の中に出てくる鉄道に目が行って、こんな本になりました。鉄道が出てくる映画とテーマを絞っていますから、一ヵ所でも鉄道が出てくると、作品のできはともかく、どんな映画でも気になってしまうんです。

池内　この本を読んで初めて気がついたんですが、日本の鉄道には物語性がある。ですから映画と非常に合致するところがあって、これは日本独特ではないかと思います。ヨーロッパに行ったときによく乗りましたけど、鉄道はただの線路なんです。駅には駅長が住んでいるんですが、駅長なり駅員は鉄道の管理をするだけで。個人主義が原則ですから、鉄道の利用の仕方は個々の旅客に任されている。

昔、ヨーゼフ・ロートというウィーンの作家の小説で、「フェルメライアー駅長」という短編を訳したことがあります。若い駅長と乗客の女性に、縁ができる。それは事故があったからで、その事故さえなければ運命を変えるようなことは何一つ起こらなかった。日本のように、たまたま向かい合わせに座っていたことから物語が始まるということは、ヨーロッパではほとんどないでしょうね。

川本 ヨーロッパのほうが鉄道が普及したのは早いわけですから、当然歴史がある。ミステリでも鉄道が重要な役割を果たすものがあって、『オリエント急行殺人事件』などはまさにそうですが。

池内 ヨーロッパの鉄道はコンパートメントに分かれていますから、密室の室内劇としてはありえるんですが、路線自体に名前があり、日本のように路線に個性があり、雰囲気を持っていて、そこから物語が生まれるということは、ほとんどないと思います。日本では、地名を上手に線の名前にしていますね。磐越西線なんて、聞いただけで「遠くに行きたいなぁ」という感じがして。

川本 最近は、「えちごトキめき鉄道」や「あいの風とやま鉄道」なんて、口にするのが少し恥ずかしいような名前もありますけどね（笑）。地名から線の名前をつけるのは、てっきりヨーロッパに倣っているのかと思っていました。ヨーロッパでは普通、どんなふうに呼んでいるんですか？

池内　たいてい「○○発▲▲行き」というだけ。あるいは「ルートA3」など、アルファベットや数字で表すだけではないでしょうか。特殊な観光列車は別にして。

川本　それは、味気ない。日本のように地名を使っている路線名は、たしかにいいですよね。

池内　いまの時代にあって、多くが旧来の旧国名を使っているのがまたいい。日本の鉄道が持っている風土性、これも映画とよく似ていますね。主人公がどんな駅から降りてくるかで、映画を観ている人のイメージがある程度決まってくる。こういうことは、よその国ではなかなかありえない気がします。

川本　言われてみれば、日本の鉄道文化はたしかに独特なのかもしれません。日本で〝鉄ちゃん〟と呼ばれるような熱心な鉄道マニアは、ヨーロッパにはいないんですか？

池内　ひそかにいるんでしょうけど、ぼくは聞いたことがないですね。鉄道が好きだとは言いますけど、それはマニアとして好きだということとは違います。この本は、映画好きな人が映画の舞台となった駅や鉄道を確かめながら読むと楽しいと思うのですが、ぼくなんかは、出てくる駅名からいろいろなことが始まる。たとえば北海道の森駅なら、町の通りや、はずれにある温泉や、いろんなことが頭に浮かんでくるんです。

川本　森駅は、函館本線の駅ですね。小栗康平監督の『伽倻子のために』（一九八四）という映画に出てきます。日本の鉄道というのは、近代の地方と東京を結んでいるという意味で、どこか悲しい物語があるんですよね。地方から集団就職で東京に出てくるとか、お嫁に行くとか。

池内　東京と地方という関係もあれば、中核都市と支線の小さな町という関係もある。その中核都市というのが一種のミニ東京で、だから無数の物語ができる。

――日本人にとっては、ある駅に対して特徴的なイメージを持っていることが多い。「上野発の夜行列車」と聞くと、日本人にはぐっとくるものがありますよね。

池内　そのイメージは世代によって違いますけど、歌詞に似た体験は多くの人が持っている。われわれ地方から来た人間は、とくに痛切にあります。

川本　その点、バスにはあまり物語性はないですよね。自動車に至ってはなおさらですが、恋人との別れなんて、鉄道の駅でないと様にならない。飛行機やバスじゃ、やはりちょっと……。

池内　軌道の上をゆっくり動き出して、姿が徐々に消えていくのがいいのでしょうね。遠くに小さく恋人が見えると、よけいに愛しさが募ってしまう。本を書く際に、この路線は何年にできて、ここまで延ばすつもりだったができなくて、といった歴史は調べられたのですか？

川本　それは、簡単にわかる辞典があるんです。

池内　線路によって、そういういろいろな運命があるんですよね。非常に幸せな線路もあれば、生まれからして不幸だという線路もある。人間と同じで、鉄道は、そこも面白い。

川本　いわゆる盲腸線と呼ばれるどん詰まりの路線と、未成線という完成しなかった路線。あれには、悲しいものがあります。

池内　北海道の岩内という小さな町にある木田金次郎美術館は丸いかたちをしていて、管理棟が夕コの足みたいに出ているんですが、昔の転車台の跡に建っているのだそうです。岩内は終点だったから、機関車がやってくると、反転させていたんですね。岩内では一九五四年の岩内大火で、町の八割くらいが燃えた。ちょうど同じ日に青函連絡船の洞爺丸が台風で沈没して、千人以上が死亡。同じ夜に殺人事件もあって、一人殺し、一人傷つけて逃げた男がいる。一日に三つの大きな事件が起きているんです。水上勉が『飢餓海峡』で描いています。そういう何重もの物語が岩内という町にはあるんですが、あれは盲腸線ですか?

川本　本線から延び、本来はもっと先まで行くはずだったものが途中で工事がストップして、短い線のままに終わってしまった支線が盲腸線です。岩内線は初めから岩内を終点としてつくられた線ですから、ちょっと違いますね。

池内　ぼくの故郷に近いところで智頭《ちづ》線という路線があって、途中から若桜《わかさ》線というのが出ています。あれが盲腸線ですね。

川本　若桜駅にも転車台が残っていて、人力で押すことができるんです。子供のころはみんな転車台が好きで、憧れてしまうんですよね。鉄道に乗っていると、沿線で子供連れのお母さんが、親子で手を振っている姿を必ず見ますけど、あれも鉄道ならではですね。

職人のいる社会の豊かさ

川本　池内さんのいちばん新しいご本に『ドイツ職人紀行』（東京堂出版）がありますが、鉄道の運転手や鉄道員なんかは、職人にはならないですか？

池内　なりますね。ただ旅行者には接点がなかった。特に機関車の時代には、職人がいなければ成り立たない職場だったのでしょうね。長いハンマーでちょんちょんと線路を叩いて、音の響き具合で線路の強度を見る――ああいう職人が、かつてはいたんでしょうね。

川本　ドイツでも日本同様、鉄道は廃れていっているんでしょうか。

池内　一時期は廃れていたんですが、民営化してからは、週末は切符を一枚持っていれば四人まで乗れるとか、おそろしく気前がいい。列車に積んで運んだ車を旅先で使えたりと、列車と車の共存もできている。

川本　今度のご本を読んでいると、池内さんはドイツの小さな町を本当によく歩いていらっしゃるんだなと感じます。中の写真もご自分で撮られたんですか？

池内　大体撮りました。十何年前に書いたものですから、編集者から本にしないかと声がかかったときには「だいぶ古いものですよ」と言ったのですが。

川本　でも、こういったテーマはもともと古くからあるものを書いているから、内容が古びないですよね。この本を読むまで、ドイツに寅さんのような街頭商人がいるというのも知りませんでした（笑）。

池内 香具師の口上はドイツでも同じようなもので、うまいものですよ。ぼく以外は、みんながどっと笑って（笑）。いまではドイツのほうが、職人性が生きている気がします。

川本 時計職人なんかはいまでもいるだろうとは思うんですが、靴職人なんかも現役なんですか？

池内 靴屋さんも、薬を自分のところで調合する薬屋さんも、職人の多くがいまでも現役です。要するに、個人商店が社会の主体なんです。

川本 いいことですね。日本みたいにチェーン店ばかりになっているのと違って……。

池内 あちらでは日曜日になると店がほとんど閉まってしまうので、その前に、計画的に買い物をします。土曜日の午前中には周辺の農民が広場で出店を開く権利があるので、広場の店と同時に町の店にも寄っていく。そこへ計画的な客が来るわけで、双方とも売り上げは悪くない。こういう社会的なシステムがあるから、個人の店が成り立つんです。職人が作るものは仕事が丁寧なので、顧客もきちんとついている。

川本 日本の大学進学率は、五〇パーセントを超えていますよね？

――短大も合わせると、大学・短大の進学率は六割弱だと思います。

川本 そうなると、就職も大学・短大を卒業してからというパターンが日本では多いと思うのですが、ドイツで職人になる若者たちはどういう道をたどっているんですか。

池内　高校から大学へ行くコースと、職業学校へ通って職人になるコースとがあり、十三歳か十四歳くらいで、その進路が分かれます。

川本　職人のコースに進む若者たちは、ドイツだとまだまだ多いのですか？

池内　多いですね。十代初めの子供の性格を親が見て、勉強が好きじゃないと思えば職人のコースにやる。当人も勉強が好きではないから、そっちのほうがいい。友人と「（息子の）フェリックスは、どうしてる？」「いま実業学校に行っていて、○○になる」「大学は行かないの？」「あれは、勉強がキライだから」なんて話をしたこともありました。

川本　でも、何かものを作るのは好きなんですね。

池内　そうなんです。その後、立派な家庭人になりましたけどね。

川本　親の後を継ぐケースもある？

池内　そのために職業学校へ通って、腕を磨くというケースもあります。

川本　日本では、勉強が好きでもないのに、無理に大学に行かされている子が多い気がします。その点、この夏（二〇一八年）、甲子園で大フィーバーを起こした秋田の金足農業は、農業高校というもののよさを見直させたと思います。無理に大学へ行くよりも、農業が好きで、農業高校へ行くというコースがあるというのは、とてもいいことだと思うんです。大学で好きでもないのに文学や哲学を学んでも、しょうがない。

――　一九六〇年代に高校全入運動なんてものがありましたが、今後は大学全入の時代が来るのかもしれません。

川本　意味ないと思いますけどね。それよりも、子供のころから自分が好きな世界がある子は、その道を進めばいい。ものづくりが好きだから大工になりたいとか、草木を育てるのが好きだから植木職人になりたいとか、そういう道がもっとあってもいい。

池内　わが家では長男が勉強が嫌いで、高校を出て専門学校に進みました。うちの隣が板金塗装をやっているんですが、親父が八十代でまだ現役で、息子はその後を継いでやっています。腕さえあれば客は来ますから、サラリーマンのように会社を辞めてしまったらそれでおしまいということがない。

川本　「包丁一本さらしに巻いて」の世界ですね。われわれの職業もいってみれば職人で、メイ・サートンというアメリカの作家は、「私たちの職業は、手を使って働くあらゆる職人とか、農夫とか大工に近い」と書いています。私や池内さんなんかは、いまだに手書きで原稿を書いていますから、そういう点でも完全に職人ですよね。

レコードの思い出

池内　そろそろ、レコードの話に……。

川本　ああ、そうでした。今日のテーマはレコードでしたね。

池内　今日は、家からいくつかレコードを持ってきました。ぼくなんかは、レコードというものをSP時代から知っています。道楽者の叔父が残したSPがドッサリありました。小唄、浪曲や民謡、落語とか、演芸ものが多かったですね。落語家は二分半くらいで一つの噺をしなければならないからすごく早口で、いまの演芸とはまったく違う。あのセンベイみたいなところから声が出るんですから（笑）。レコードというのはフシギなものだという印象がありました。SPをかけていた蓄音機は、針が玉の先についていて、その玉につながるアームがくにゃっと曲がっている。それもまたフシギで。SPの後にドーナツ盤、それからLPという三つのレコードの時代を経験しました。大人になって、LPが買えるようになったのが、何か非常にうれしかった。

川本　レコードプレーヤーがまだ「電蓄」といわれていた時代ですね。

池内　ぼくが結婚したてのころは、新居には電蓄とほんのちょっとの所帯道具と本しかありませんでした。レコードは、何か別格の存在でしたね。

川本　レコードプレーヤーが一般家庭にも普及してくるのは、一九六四年の東京オリンピックのころからでしょうか。

池内　その時期に、安月給でも、なんとか手に入るくらいの値段になった。それでも高かったですけどね。

川本　そのうちステレオも出回るようになり、電蓄に比べれば手ごろな値段で買えるようになる。ちょうどビートルズやボブ・ディランが出てきて、若い人たちの需要も増えたのだと思います。それでもレコード自体が、まだ高かったですよね。ＬＰ一枚でも、そんなに簡単には買えなかった。

池内　何度も何度も手にとって、戻して。彼女に贈ろうなんて思ってレコード屋に行くんだけども、「やっぱりいいや」なんて（笑）。われわれがレコードに熱を上げていた時代は、ジャケットが非常に重要でした。レコードというのはジャケットが大きいから、そこをうまく使ったなかなかいいデザインのものが、けっこうあるんです。ぼくが大好きな版画家の恩地孝四郎なんかは、レコードジャケットを作ることを一つのジャンルにしていて、ずいぶんいい作品を残しているんですよ。当時は自分が好きなジャケットを買ってきたら、棚に飾って、ずらーっと並べていました。

川本　森田芳光監督の初期の映画『の・ようなもの』（一九八一）に秋吉久美子がソープランド嬢役で出てくるんですが、彼女がおしゃれで、しゃれたマンションに住んでいて、レコードのジャケットを、やはり絵のようにして飾っていました。

池内　買うまでに散々迷って、後で考えたら中身のほうで買えばよかったなというのは、たくさんあります。これなんかはエノケンですが、これもレコードがよかったというよりは、モダンなジャケットに魅かれて買ったんだと思います。こっちのジャケットにはドイツの人気者たちの顔が並んでいて、曲は一種のパロディですね。

川本　写真の人たちはみな、ポピュラー歌手ですか？

池内　自分たちで歌詞を作って、政治家をおちょくったりして……。

川本　日本でいう、三木鶏郎のような？

池内　そうです、あの系統です。そういう曲が評判になると、こうしてすぐにレコードになったんです。

川本　日本では手に入らないレコードですね。ドイツでは、レコードの値段は？

池内　やっぱり高かった。ですから、清水の舞台から飛び降りる感じで買って、聴くよりも持っていること自体がうれしかった。クラシックは、演奏家の顔がジャケットの中央に来るデザインが多かったですね。田端義夫なんて、あのオッサンの顔がドンとまん中で笑っていると、そんなジャケ

池内さんのコレクションより、榎本健一『甦るエノケン』（上）と『Leise, leise!』（下）

ット欲しさにレコードを買う人がいましたね。レコードには一種のポートレート集という面もありました。

――川本さんは、どんなレコードをお持ちだったんですか？

川本　最初に買ったのは、高校一年生のころかな？　ベートーヴェンの交響曲第六番「田園」でした。エーリッヒ・クライバー指揮、演奏はアムステルダムコンセルトヘボウ。エーリッヒ・クライバーは、同じく指揮者のカルロス・クライバーの父です。その次に買ったのがエンジェル・レコードのフルトヴェングラーで、名演中の名演と言われるベートーヴェンの三番です。赤いジャケットで、レコードも赤くて、これは高校時代、お金のないころに買って大事にし続けていました。大学に入り、アルバイトをして少しお金が入るようになってから買ったのが、イ・ムジチ合奏団によるヴィヴァルディの「四季」。当時、クラシックとしては大ヒットした曲です。

子供のころ、ドーナツ盤は家にけっこうありましたね。ドーナツ盤にはいろいろな思い出があって、中学一年生のときに買いたくて買えなかったのが、浜村美智子の「バナナ・ボート」。あれは、ジャケットがセミヌードなんです。当時はあんなヌード写真はほとんど出回っていなかったからかなり話題になりましたが、さすがに買えませんでした。それと、映画『シェーン』の主題歌で、雪村いづみが歌った「遥かなる山の呼び声」。もちろん映画の中ではあんな歌詞の歌は歌われていないんですが、日本ではあれが大ヒットして、売上枚数は当時日本に普及しているレコードプレーヤーの数よりも売れたというんです。つまり、レコードを買っても聴けなかった人がいたんですよね。

それなのになぜみんなが買ったのかというと、歌詞カードが欲しかったから。レコードを買っても聴けないというのも、なんだかいいですよね。そういう時代もあったんだと、しみじみ思います。

池内　レコードプレーヤーのある家に行って、そこで聴いて、また持って帰るということも、昔はごく当たり前にありましたよ。レコードの場合は一回針を下ろすと、〝一球入魂〟みたいなもので、最後に針が上がるまでずーっと聴き続けていた。途中でやめるなんてことはなかった。クラシックでも、第一楽章から最終楽章まで聴き終わって、初めて聴いたといえる時代でした。

川本　ですからCDの登場は、本当にびっくりしましたよね。CDの普及によってエリック・サティが流行ったという説があります。サティの曲には、短いものが多いんですよね。レコード時代はいちいち針を落とし直さないと好きな曲が聴けなかったのが、CDになってからは番号を押せば何番目の曲からでもかけることができる。その点が、サティの曲には合っていたのでしょう。CDの収録時間は、フルトヴェングラー版の第九が収録できる長さにしようということで決まったそうですね。

――たしか七十四分でしたね。同じ第九でも、カラヤン指揮のものはかなり短い。

池内　フルトヴェングラーは始まりから非常に荘重で重々しいから、あれは長いでしょうね。カラヤンは、レコード時代のヒーローではないですか？

川本　そうですね。何といっても顔がいい（笑）。しかし、われわれの世代のクラシックファンは、やはりフルトヴェングラーが神様でしたね。フルトヴェングラー、ワルター、それからトスカニーニが、三大マエストロでした。池内さんは、原稿を書くときにレコードを聴かれたりはしますか？

池内 ぼくは、全然聞かないです。

川本 私はわりと〝ながら族〟で、曲をかけながら書くことが多いんですが、シンフォニーはダメですね。音が急に大きくなったり小さくなったり、テンポにもアップダウンがあるので、原稿には合わない。やはりピアノ曲のほうが、安定しているのでいいですね。

いまも残るレコード文化

――いま音楽を聴くときには、お二人ともCDですか？

川本 そうですね。そういえば、レコードとCDの間に、カセットテープの時代というのもありましたね。

池内 レコードをテープに録ったり。

川本 NHKのFMなんかは、エアチェックで聴いたりもしました。NHKのFMは、昔は朝から晩までクラシックだったのに、いまはクラシックの時間が本当に少なくなってしまって。

池内 番組が始まるときに、シューベルトが流れるラジオ番組がありませんでしたか？

――番組はNHKラジオ第一放送の「音楽の泉」、曲は「楽興の時」ですね。あれはいまでも日曜日の朝に放送しています。

池内　あれが終わると政治討論の番組になるから、ぱっと切るんです（笑）。

川本　われわれのころには、旺文社提供の受験番組にハイドンの「時計」が流れていました。あのラジオで「時計」を覚えましたし、「時計」を聴くと大学受験を思い出します（笑）。池内さんは、以前「日曜喫茶室」に出ておられましたね。

池内　NHK‐FMでした。どの町にもレコード屋があって、町のハイカラ好みが通っていた時代がありましたが、いまレコード屋というと……。

――最近ではレコードファンが少しずつ増えているようで、初心者向けのマニュアル本も出ていますし、レコード専門店は少ないながらも、CDと一緒に売っているお店はけっこうあると思います。年間十億万枚という最盛期に比べれば見る影もないけれど、家電量販店でもレコードプレーヤーの売り場はいまだ健在ですから、やはりそれなりに需要があるのでしょうね。

川本　ここからすぐのところにあるディスクユニオンは、レコード専門店ですね（対談場所は東京・中野）。ディスコやクラブといわれる場所でディスクジョッキーが音楽をかけるのはレコードで、あれがいまの若い人たちにレコードが浸透したきっかけかもしれません。音楽之友社の雑誌『レコード芸術』はまだ健在で、あれは面白いなぁ。

――いまでも渋谷の名曲喫茶「ライオン」では、アルバイトの女性が暗い中で一生懸命レコードをかけています。

池内　あそこはリクエストができて、自分の曲が五番目だとしたら、それが流れるまでは店にいら

ジュークボックス（1959年撮影）

れた。われわれの青春時代は、名曲喫茶でレコードを扱っている女の子目当てで行くなんてこともありました。

川本　われわれの世代でびっくりしたのは、次々にレコードがかかるジュークボックスです。エリザベス・テーラーが出演していた『ジャイアンツ』のラストシーンでは、夫役のロック・ハドソンが殴り合いをしているバックでジュークボックスから「テキサスの黄色いバラ」が流れるんですけど、当時の日本にはジュークボックスなんてなかったですから、「あれは何だろう？」と兄貴たちと話した覚えがあります。ジャン・ギャバン主演の『現金に手を出すな』にも出てくるんですけど、いまにして思えばあれがジュークボックスなんですが、当時は何だかわからなかった。日本でも見かけるようになったのは、やはり東京オリンピックのころからで、喫茶店やスナックに置かれていて、百円入れると好きな曲が聴けて。ジュークボックスは、いまでもありますか？

――いまでも現役で使っている店はあります。

川本　それはぜひ見てみたいな。中には昔ながらにドーナツ盤を入れているということですか？それとも、ＣＤになっているとか。

――ＣＤを使っているものもあるかもしれませんが、ドーナツ盤が入ったものも健在です。東京・目黒には、ジュークボックスの販売やメンテナンスも行なっている「FLAT4」という会社があるのですが、ジュークボックスを置きたいという店にはレコードもセットで納品することが多いそうです。ただ、修理できる職人がほとんどおらず、会社の若手が一生懸命技術を引き継いでいると聞きました。

川本　まさに職人の世界ですね。そうやって技術が継承されていくのは、大事なことですね。

――直近では、横浜の飲み屋で置いているのを見ました。横浜では、いままでに二軒のお店で見たことがあります。

池内　さすが横浜ですね。ああいうものは文化の記憶ですから、途絶えたらダメですよね。

――店のご主人はどちらも年配の方で、おそらく青春時代にアメリカのポップスやロックを聴いていたのだろうと思います。

川本　六〇年代のアメリカンポップスは、いいですよね。クリント・イーストウッドの『ジャージー・ボーイズ』や、『アメリカン・グラフィティ』でかかる曲なんて、涙が出てしまう。『アメリカン・グラフィティ』では、小さな町のウルフマン・ジャックというＤＪが出てきて、レコードを回していました。

池内　家の近くに古いレコードをたくさん並べている店があるのですが、その店の客がレコードを操っていく手つきが印象的で、すごいスピードで品物を見定めていく。手をどうやっているのか不思議で、あの技術をどこかに転用すればいいのにと思ってしまう（笑）。

川本　池内さんは、まだかなりの数のレコードをお持ちなんですか？

川本さんお気に入りのジャケット。
ソニー・クラーク『クール・ストラッティン』

池内　だいぶ処分しました。あれ、重いので床が抜けるんです。それでも今回久しぶりに見たら、まだけっこうありましたね。四十枚くらいかなぁ。

――ディスクユニオンで聞いたのですが、いまの若い人はレコードの大きさにまず驚くそうです。ＣＤや、ウェブ上からダウンロードしたデータで音楽を聴いて育った世代には、かなりの存在感なんでしょうね。

池内　ですから宝物で、買った後は抱くようにして帰ったものです。

――川本さんは手元に残されていますか。

川本　私は、ほとんど処分しました。結局残っているのは、ジャケットがいいもの。さっき言った森田芳光の映画で秋吉久美子の部屋に飾ってあったソニー・クラークというジャズピアニストの『Cool Struttin'（クール・ストラッティン）』は、いまだに残しています。ジャズのジャケットの中でも名品といわれている盤です。ハイヒールを履いている女の人の足だけをあしらったジャケットで、ＣＤにも同じジャケットが使われていますから、それならいまでも手に入ります。

池内　レコードの場合、一度針を置いて流れた曲の一回性がある。これは、たいへん貴重だと思います。何度でも聞けるのだから、いま聴かなくてもいいや——となったら、ほとんど意味がない。音楽そのものやジャケットのデザインとともに、そこもレコード文化の貴重な点だと思います。

旅を楽しむ知恵と工夫

われら、温泉友達

川本　最近、池内さんの『湯けむり行脚　池内紀の温泉全書』（山川出版社）と『東海道ふたり旅　道の文化史』（春秋社）が立て続けに出たので、今日はこの二冊を話のとっかかりにしたいと思ってきました。前にもお話ししたと思いますが、私が池内さんと初めて出会ったのは、一九八三年くらいだったでしょうか？　種村季弘さんと池内さんと私で、温泉鼎談というのをしたんです。文藝春秋の本誌の仕事で、場所は島根県の玉造温泉でした。そういう意味では、私たちは温泉友達ですね（笑）。

――玉造温泉では、現地集合、現地解散だったんですか？

池内　そうだったと思います。交通機関も、それぞれ自由でした。二泊三日で、種村さんはああいう方だから、「鼎談はいちばん最後でいいから、あとの二日は遊んでください」とおっしゃって。

川本　当時はまだ出版界も元気な時代で、いま思えばよくあんな仕事をさせてくれたなぁと思うんですが、あのころは、いまみたいに温泉ブームではなかったですね。テレビや雑誌で温泉特集をしきりとやるようになったのは、やはりバブルのころからでしょうか。

池内　そのころから、温泉そのものも、うんと変わりましたね。『湯けむり行脚』のあとがきに書きましたが、観光化と巨大化と高級化が一気に押し寄せて、中小の味のある宿はみんな蹴散らされてしまう。そういう現象がありました。

――池内さんは、国内の温泉はそうとう入っておられますよね。

池内　数は数えていませんが、ずいぶん行ったようです。山の帰りとかが多いから、普通の人がなかなか行かないような、行けないような温泉に行きました。

――川本さんは、鉄道旅行の途中で？

川本　そうですね、鉄道旅行のついでに入れる温泉があれば、という感じです。いまは温泉好きの本がたくさん出ていますが、以前はそんなになかった。そんななか、私が温泉好きになるきっかけになった本があります。一九八〇年代にプロレス専門の写真家がいて、その人が温泉の写真ばかりを収めた写真集をつくったというので送ってくれたんです。なぜプロレス専門のカメラマンが温泉なのかと思ったら、プロレスって地方巡業をしますすね。その巡業先で仕事をした後、近くに温泉があれば入っているうちに、温泉の写真も撮るようになったんだそうです。

池内　ぼくなんかは、大学の教師をやっていたころに集中講義という制度があって、地方のいろんな大学に行っては、一週間居づめで講義をするんですが……。

川本　行き先は、自分で決められるんですか？

池内　いえ、向こうからお呼びがかかるんです。それで、一週間で半年分の講義をやってしまう。

川本　それは、けっこう疲れるでしょう。

池内　疲れますけど、夜はヒマですから、近所の温泉に行くんです。昼間は大学、夜は温泉。そんなことを十年くらいやりました。

川本　温泉といえば、つげ義春の影響も大きかったですね。実際、つげ義春の温泉マンガを読んで、福島県の二岐《ふたまた》温泉に行ったりもしました。それまでは、温泉は会社の団体旅行で行くところというイメージが強かったんですが、つげ義春のマンガを読んでから、一人でこういうひなびた温泉へ行っていいんだと目が開かれました。

池内　われわれにとっての温泉は一種の避難所、アジールで、そこへいくと、世間と没交渉で、三日間なり一週間なりいられる。それから、冷たい土の中から熱いお湯が湧いている不思議さ。温泉はそういう意味でのワンダーランドみたいなものだというのが持論だったんですが、あるときからワンダーランドの〝ワンダー〟の部分がみんな商業化されてしまった。そうなると「もういいや」となってしまって、一九九五年くらいを境に全然行かなくなってしまいました。その後、『毎日グラフ』の後身のグラフ誌の編集長から、「温泉というのは、もっと根が深いのでは？　あらためて見つける方向で行かれたらどうですか」と、ページをもらったんです。行き先は自由に選んでいいというので、七十回くらい行きました。そこで書いたものはずっと寝ていたんですけど、ぼくも忘れていたのを見つけ出した人がいて、これまで出した本の抜粋も合わせてできたのが『湯けむり行脚』です。もうこれで行くこともないし、書くこともないというケリをつけようと思ってつくった本でもあります。

川本 池内さんはあれだけ原稿をお書きになって、翻訳のお仕事もされて、よくこんなに温泉に行っている時間があるなぁと感服しました。影武者がいるんじゃないですか？（笑）

池内 ぼくも、自分のことながら、「この人、よく行ってるなぁ」と思いました（笑）。

川本 以前、『温泉天国』という雑誌がありましたよね。三号か四号でつぶれてしまいましたが、あれには池内さんも種村さんも、よく登場されていましたね。

池内 われわれが関連すると、だいたいつぶれちゃうんです。

川本 昔の文士には温泉がつきもので、川端康成は『伊豆の踊子』をはじめ、だいたい温泉宿にこもって原稿を書いている。けれども、そういう話は、最近はあまり聞かないですね。

池内 せわしないですからね。いまでもいい宿は多いんですけど、値段がものすごく高かったりしますし。

川本 意外と穴場なのは、公共ホテル。私がよく利用するのは、かんぽの宿です。

池内 部屋は広いし、使い勝手もいいですよね。旅行は世の中との知恵比べで、知恵さえあれば安くていい宿はいくらでも見つかる。その知恵は借りものじゃダメで、なのに「どこで聞いたらいいですか?」「どこに情報が出ているんですか?」と尋ねられると、ガックリきてしまう。店で待ち合わせのときなんか、最近は出来合いの地図が送られてきますけど、ぼくは「手書きの地図をください」と言うんです。出来合いじゃ、全然役に立たないから。手書きの地図も、知恵がないと書けない。

川本 ネット上の地図をプリントしたのが送られてくると、私も困ります。ありとあらゆる情報が書いてあるから、かえってわかりづらいんです。曲がるべき角に何があるかとか、必要なところだけ書いてほしい。ですから、私も「手書きのをください」と言います。

池内 何が便利かなんて、考え方次第ですね。

日本人が好きな旅は……

川本 『東海道ふたり旅』は、すべてをいっぺんに歩かれたわけではないんですね?

池内 そのときどきにあちこちへ行って、二十年くらいかかりました。主に仕事をしたのは五年くらいですけど、ポツポツ行っていたのが、満期が来た保険みたいに一冊になった感じです。広重を指針に歩いたわけですが、古い人間ですから、広重の全集の絵を拡大コピーして、表情や着物なんかをジーっと見て。

川本 広重自身は、もちろん東海道を全部歩いているんですよね。あの時代に、全部を歩くなんてたいしたものですね。

池内　実際に歩いて描いたのは、広重一人だけでしょうね。ほかは、だいたい空想で描いている。彼は公式の行事に紛れ込んで、東京から京都まで歩いて、逆に京都から東京へどう帰ったかはわからない。スケッチが足りないところを補いながら、あちこちに寄って帰ったんだと思います。広重は、描き方に特徴がありましてね。三角技法といって、モチーフの配置を三角にするんですが、そうすると画面に動きが出てくる。見ているだけで、旅行している気分になってきます。

川本　広重の絵は、風景ではなく、人もきちんと描いていますね。しかも、何をしている人なのかがわかるようになっている。

池内　ぼくがいちばん面白かったのは、大名行列です。あれはまったく無意味な行列で、お金はさんざんかけるのに、芸もなくずっと歩いているだけ。何のメリットもない。絵の中の大名行列も、みんな下を向いて、悄然とした顔をして歩いています。

川本　一度、中山道を、木曽福島から馬籠のほうまで歩いたことがあるんですが、そのとき思ったのは、昔の街道は狭いということ。なんとなくいま車が通るような道を想像していたら、幅がほんの二、三メートルくらいだったり、農家の軒下を通っていたり。こんな程度のものだったのかと、びっくりしました。東海道を歩くために行ったというわけではありませんが、この本に登場する町へは、自分でもけっこう行っているなぁと思います。三島、沼津、原、藤枝、島田……このへんは、何となく歩きやすいから行っている感じですね。

池内　ただ、東海道そのものは、そんなに楽しくない。ほとんど残っていないですしね。こんな時代だから旧の町に復元しようというので、自治体が予算をつけてやるんですけど、みんな、なんとなく安っぽい。ぼくなんかは、ほんの少しの資料から空想するのが、いちばん楽しいです。

川本　宿は、どういうところに泊まられたんですか？

池内　だいたい主な街のビジネスホテルです。あれは、昔で言えば木賃宿ですね。ホテルは、名前なんてどうでもいいから、とにかく新しいか、リニューアルしたばかりのがよろしいというのが、ぼくの理論です。ホテルの部屋というのは、ベッドにしろ、お風呂にしろ、洗面台にしろ、人間工学のかたまりでしょう？　新しい技術を使っているほうが、バリアフリーで実によくできている。

川本　ビジネスホテルの生みの親は、作家の邱永漢さんなんだそうですね。要するにあれはひと昔前の商人宿で、それをもう少し近代的にしたという点が、アイデアでしたよね。

池内　ぼくは、東京でもよくビジネスホテルに泊まります。精神的にちょっとストレスがあるようなときは、ああいうところでボーッとしていると、なんかいいですね。

川本　『東海道ふたり旅』を読んで考えたんですが、日本人は先人が残した足跡なり、名所旧跡なりをたどっていく旅が好きですよね。

池内　歌枕の土地を訪ねるとかね。

川本　何か、テーマに沿ってたどる旅が好きな民族なんだと思います。西行は歌枕、芭蕉も西行をたどって『奥の細道』を歩いた。

池内　それで、最後に必ずアガリがある。歌を詠んだり、俳句をつくって歩く旅というのは、世界にはほかにないでしょうね。しかも、歌人というだけで、どの旅先でも必ず庇護者が出てきて、「まれびと」として迎え入れてくれる。

川本　以前話題になった菅江真澄なんかも、そういう旅人の一人ですね。私は、旅の本で好きなのが二冊ありましてね。どちらもたどる旅なんですが、一つは『河口の町へ』（飯田辰彦著、ＪＩＣＣ出版局、一九九一）で、著者はＪＴＢの雑誌『旅』の編集者だったと思うんですが、日本各地の河口の町をたどるんです。

池内　それは、目のつけどころがいいですね。

川本　だいぶ前に出た本なんですが、聞いたことのないような小さな町にも足を運んで、写真もご自身で撮られている。もう一冊が伊佐九三四郎《いさくみしろう》さんの『大河紀行　荒川』（白山書房、二〇一二）で、山登りの好きな方が、秩父山中の滴がポタポタ落ちるような水源地から、東京湾の河口まで、荒川をすべてたどっていくんです。昔、利根川を全部歩いてみようと思い立ったことがあって、ＪＴＢの『旅』の仕事で、自分でも栗橋から上流の妻沼《めぬま》というところまで歩いたことがあります。四十代のころだったかな？　それが、朝の八時くらいから午後二時くらいまで、夏の炎天下を歩いたものですから、さすがにバテました。比喩ではなく、本当に足が棒になって、「足が棒になるとはこのことか！」と思いました。利根川沿いは、風景はいいので飽きないんですが、いかんせん土手の道が砂利道なんですよね。それで疲れて、それきりやめてしまいました。

日本にはなぜ〇〇がない？

――海外の旅行記などで、何かをたどる旅といったものはあるんですか？

池内　それほどたくさん読んでいるわけではありませんが、基本的に未知を訪ねるという部分が強いですね。

川本　西洋人は、『コン・ティキ号探検記』や『ビーグル号航海記』みたいな探検記が好きで、箱庭的な風景の中を歩くというのは、あまりないと思います。イザベラ・バードの『日本奥地紀行』も、彼女にとっては一種の冒険旅行で、あの時代によくあんなことをしたなぁと思いますが。

池内　西洋では、旅先では観察するという意識が、とても強い。自分が育った文化と比較するという意識なんかも、そうです。たとえばゲーテは、自分が育ったドイツ文化とフランス、あるいはイタリアの文化を比較するという姿勢が強い。

川本　ゲーテのイタリア旅行は、十八世紀ですか？

池内　そうですね。菅江真澄とほぼ同時代人で、二人の記したものを見ると、出発した時期も、ほぼ同じ。風俗や祭礼、信仰などを観察しながら行くという姿勢も同じだから、比べると面白いんです。ただ、ゲーテの場合は、自分の文化と異文化との接触や反発を見つめる目があり、それを面白がるところがある。

川本　文化史のなかで、よく「風景の発見」と言いますが、西洋文化で風景の発見が行われるのは、ジャン＝ジャック・ルソーからなんですってね。フランス文学者の石川美子さんが書かれていたんですが、それまでは、ヨーロッパ人にとって風景というものは存在せず、その土地や川がどう人間の役に立つかという目で自然を眺めていたのだといいます。やはり石川美子さんの本で知ったんですが、アルプスという山は、長い間、ヨーロッパ人にとっては恐怖の対象だったそうです。で、ルソーの小説『新エロイーズ』のなかに、アルプスは美しい、神々しい山だという描写があって、それで一気に人々の見る目が変わったというんです。山や川をきれいだと思って歩く旅というのは、意外に近代のものなんだなぁと思いました。

池内　海も、ひところまでは恐怖の対象でしたから、海が美しいという感覚も近代の発見でしょうね。自然に親しむようになったのは、思っているほど昔からではないんですよね。

川本　西洋人に比べ、日本人は彼らより以前から風景を美しいと思って見ていた気がするんです。美術史の教養がないので、はっきりとはわからないのですが、西行なんかはどうだったんでしょう？　少なくとも、芭蕉や蕪村など、江戸時代には、風景という言葉があったかどうかはともかく、風景を愛でる視点はあったと思います。

――　芭蕉や蕪村のように、行く先々にネットワークがある、あるいは歌などの技芸で渡り歩ける人たちもいたと思うのですが、一般の人たちは宿屋に泊まるしかない。宿屋が整備されるのは、江戸中期以降でしょうか。

池内　江戸の半ばから後半でしょうね。そのころは、いまでいう郵便や宅配の制度がけっこう進んでいて、真澄なんかでも、弘前から自分の故郷である三河へ品物を送って届いている。自分がお世話になった師匠に当たる人に、草稿を送っていたところがあるんです。当時すでに、日本のわりと広い範囲でそういうネットワークが整備されていて、まして東海道や中山道では、飛脚が定期的に走り回っていた。そういう意味で、街道も整備されていたでしょうし、そうすると旅籠もたくさんできて、旅行も案外しやすかったと思います。広重の絵の中にありますけど、旅人の荷物を引っ張って宿屋に連れ込んでしまう「留女」という客引きの女がいて。

川本　飯盛女みたいだ。

池内　飯盛女も、もちろんいます。荷物を引いて自分の宿に連れ込んでしまうというのは、われわれでもありましたよ。熱海とか、温泉場に行くと、旅館のオヤジや番頭さんが旗を持って立っていて、「お泊まりは、まだ決まってない？　じゃ、うちに来い、来い！」と言って荷物を先に持って行っちゃったりするんです。

川本　昭和三十年代くらいまでは、ありましたね。

池内　ですから、広重の絵の中にある世界は、昭和のある時期まではあったんですよね。駅前旅館もだいたいそうで、印半纏を着て、うまいこと言って、引っ張り込んじゃう。

川本　日本では、馬車が旅の足になることはなかった。そもそも馬車自体がなかったわけですが、それが不思議なんです。馬はいたし、大八車なんかもあったのに、なぜ馬車を思いつかなかったんでしょうね？

――先ほど川本さんがおっしゃっていましたが、街道が狭かったために、馬車を走らせるなんて発想が出てこなかったのではないでしょうか。

川本　それも、あるかもしれないですね。

池内　馬だって、馬子が馬を引きながらポクポク歩くでしょう？　日本の馬ほど、優遇された馬はないですよ。重い荷物は載せないし。

川本　前にも言ったと思いますが、江戸時代の日本の文化はかなり高度だったはずなのに、なぜ水洗便所ができなかったのか、なぜビールが生まれなかったのか、なぜ馬車が生まれなかったのか。この三つは、不思議でしょうがない。ビールなんて、日本の温暖で湿気のある気候にピッタリなのに（笑）。

池内　『東海道ふたり旅』の最後に書きましたが、馬車はないけど牛車というのはあったんです。

川本　牛車はあるのに、馬車はない。どうしてだろう？　馬が貧弱だったのかなぁ。

池内　牛に対して馬は、荷物を載せる置物としての存在でした。それも大した荷物じゃないし、馬子が馬子歌を歌って、ポクポク。優雅なものです。

旅は工夫と知恵次第

——今日のお話で、自分の好きなテーマにそって一泊か二泊くらいの旅をするというのは、いいものだなぁと思いました。ビジネスホテルは、全国にたくさんありますし。

川本　私も『「男はつらいよ」を旅する』（新潮社）で、寅さんの行ったところを旅しましたけれど、あれもたどる旅でしたね。

池内　工夫と知恵次第で、楽しい旅行はできます。みなさん情報を持ちすぎて、素朴な旅本来の楽しさを忘れているのかもしれませんが。

——「○○に行って××を見る」といった、旅の目的を明確にしすぎている気もします。

池内　行った先で、たまたま見つける、たまたま出合う、というのがいいんですよね。静岡の岡部という地味な宿場に行ったとき、その郊外に兵隊寺があると、地図で見たんです。岡部から歩いて十五分くらいですけど、どんな寺なのかなぁと行ってみると、山際に寂れたお寺がある。和尚さんに断って本堂に上がると、暗い中に、一メートル弱の木造の兵隊さんが、ずらーっと並んでいる。それがまた、いい像でね。

川本　たしか、日露戦争のときの像でしたね。

池内　近郷近在から召集されて、日露戦争で戦死した人の像で、どれも同じような像なんですが、よく見るとみんな表情が違う。その像には、「〇〇村出身の××」みたいな感じで、兵隊の位はないんです。

川本　小さな村でも、それだけの人が亡くなったということなんですね。

池内　古い宿場の周辺は、思いもかけないものがあって面白いですね。基本的に好奇心がないと、こういう旅行はなかなかできない。ぼくなんかは、「この先には、何があるんだろう？」「こんなに道が曲がっているのは、どうしてだろう？」という本当に素朴な疑問がつねにあるほうです。

――何となく行きたい旅先は、つねに五、六ヵ所くらいはあるんですか？

池内　いつもあります。あとは、スケジュールと体調に合わせて。

――川本さんも、行きたいところはつねにある？

川本　そうですね。この時期は寒いから、東北や北海道行きは見送っていますけど。北海道はいま、猛吹雪みたいですね。東京なんて、申し訳ないくらいに青空が広がっているのに。北海道の人は、一年は九ヵ月しかないとも言いますよね。

池内　『旅人類』という雑誌がありますでしょう？　あれに短い文章を書いているんです。あれは北海道ローカルの旅雑誌で、「一回来ませんか？」と言われたんですが、こんな季節に行くのは申し訳ないし、迷惑をかけるから、いい季節にしてくださいと言いました。

川本　私も、札幌の知人から、「北海道の人間は、冬は寂しいから、遊びに来てください」と言われるんですけど、「高齢者が、真冬の寒空に、そちらへ行く元気はないです」と言って断ってしまいました。でも、この時期、北海道はホテルを取るのは大変なんだといいますね。

――オセアニアからウィンタースポーツを楽しむ人、それから中国や台湾、東南アジアから、雪を見たいという人たちがたくさん訪れているようです。テレビで外国人に北海道に行きたい理由を聞いている番組があって、ベトナムの女の子が「セーターを着てみたい」と答えていたのが、健気で印象的でした。

池内　それは、いい話だなぁ。

川本　かわいいですね。台湾の人たちは、『男はつらいよ』を見て、寅さんが腹巻を巻いている意味がわからなかったといいます。そういう寒さを体験したことがないんでしょうね。中国映画では、北海道でロケしたりする作品が多いんですよ。そうすると、まさにたどる旅で、「あのロケ地に行きたい」とツアーが組まれるんだそうです。

――韓流ドラマがブームのときには、日本から韓国へロケ地をめぐるツアーに出る人が、けっこういましたよね。

川本　本当に日本人は、たどる旅が好きですね（笑）。

懐かしい本の話

町も旅も変わった？

池内　最近、川本さんのご本が出ましたね。『台湾、ローカル線、そして荷風』（平凡社）は、まず三題噺のようなタイトルに驚きますが、川本さんにとっていまいちばん関心のあるのが、この三つなのではないですか？

川本　そうですね。台湾は五年くらい前に何年振りかで行って、とてもよかったんです。それ以来、毎年行くようになって、いまは頭の中の半分くらいは台湾のことが占めている。残りの半分がローカル線と荷風という感じです。

池内　荷風のことは新潮社の『波』で連載されていて、毎号読ませていただいていますけど、川本さんの代表作の一つになるのではないかと思っています。

川本　ありがとうございます。やはり、荷風のことを書いているときがいちばん幸せというか、物書きになってよかったなぁと思います。池内さんにおけるカフカのようなもので、この歳になっても好きな作家がいるというのは幸せなことですね。前の本（『ひとり居の記』）のあとがきにも書いたんですが、最近は、自分よりも若くして世を去っている作家にはあまり興味がなくなってしまって。芥川や太宰は、七十代を経験していない。その点、荷風や谷崎は、七十代を経験していますから。

池内　ローカル線の話は川本さんの旅先の物語ですが、その物語が川本さんの荷風との付き合い方と、よく似ていると感じました。ローカル線が走る地方都市には、荷風的な町並みがある。ぼくは「美しい町が眠っている」と自分で勝手に言っているんですが、ローカル線が走る先には、人には知られていない町が、よく眠っている。かつて栄えて、その余韻を残しながらいまは寂れている町というのが、あちこちにあるんです。みんな「過疎だ」「寂れている」と言いますけど、それがいい。われわれからいうと、そういう町が狙い目なんですよね。

川本　過疎は避けられないことですから、それを言い立てても仕方がないと思うんです。前にもお話ししましたけれど、最近はもう、東京がイヤになってしまって。オリンピックを前にして、またあちこちでいろいろと建設していますし、しかも首都圏は人口が増えている。もう、私の身の丈には合わない街になってしまいました。アナログ人間だから、ローカルな町を歩いていたほうが、ホッとするところがありますね。

池内　この中にも、東京から三重県の亀山へ住まいを移した方の話が出てきますね。

川本　『サライ』の編集長だった岩本敏さんですね。岩本さんは岡山県の津山出身なんですが、亀山は奥さんの実家で、奥さんの親御さんの介護で帰ったのがきっかけで町が気に入って、そのまま農業などをしながら田舎暮らしを始めたそうです。

池内　もともと亀山は、城下町でしたよね。同時に、東海道五十三次の宿場町でもあった。日本で最後の敵討ちが演じられたというので、大きな碑もあります。

川本　一時期は亀山といえばシャープで、十年くらい前には吉永小百合さんが宣伝していたのに、近ごろは聞かなくなりましたね。

池内　三年くらい前に行きましたけど、町の寂れ加減が気になりました。でも町自体としては、自足して落ち着いていましたね。旧宿場の底力でしょうか。

川本　大きな街が寂れるのは悲しい気がしますが、元から小さくて、それほど賑やかではなかった町というのは、衰退したわけでもなく、もともと静かだったのがいまも続いているという感じで、いいですね。

池内　『台湾、ローカル線、そして荷風』は『東京人』に連載なさっていたもので、「川本三郎近況報告」という感じがします。わが家の奥さんなんかいつもまっ先に読んでいて、「川本さんが、今度はあそこへ行った」なんて、自分の友達みたいにしてしゃべっています。自分のしたこと、見たことの報告を本にするというのは案外珍しいと思いますし、それがまた別の仕事につながっていて、〝幸せな本〟という感じがします。

川本　本当にありがたいことです。

池内　いまぼくは腰が悪くて旅に出られないから、この本を読んでいると、ちょっとネタマシイ感じがあります（笑）。川本さんは、体のほうはまったく問題ないですか？

川本　血圧をはじめ、あちこち悪いんですけども、何とか……。

池内　この間、『サライ』の駅弁の特集で旅をされていましたね。まん丸いお顔でニコニコされていて、「どこかで見たことのある顔だなぁ」と思ったら、川本さんでした。

川本　あれで二キロくらい太っちゃって（苦笑）。

池内　神戸から、駅弁を食べながら旅行する企画でしたね。

川本　山陽本線に久しぶりに乗りましたけれど、特に広島から先が、海沿いをずっと走っていいですね。尾道や岩国の駅舎が、きれいになっていました。山陽本線ではありませんが、門司港駅もここ五、六年、ずっと改装工事をしていたのが完成していました。

池内　若いころ、あのへんの駅は泊まり歩きました。みんな古い歴史があるから、町並みもとてもいい。

――昔は夜行列車が走っていたから、駅舎はずっと開いていて、駅で寝泊まりができましたよね。

池内　寝泊まりに、駅のベンチが使えました。友人と二人で旅行したときは、ベンチの上と下で寝袋に入って寝たんですけど、上の友人がオナラをするものだから、「寝てられないよ！」なんてこともありました（笑）。駅は一種の避難所でしたね。安全だし、トイレも水道もありますから、生活ができてしまう。

川本　山下清が、まさにそうして旅をしていましたよね。鉄道はどんどん合理化が進んで、ついに車内販売までなくなるといいますね。車内で買うと高いから、列車に乗る前にコンビニなんかで買ってしまうんだそうです。お姉さんが売りに来るのがよかったのに。その前には、食堂車があって。

池内　ムダを省いて何が残ったかといえば、単なるビジネスだけ。

川本　ロングシートだらけで、ボックスシートもどんどんなくなっている。あれだと、旅をしている気持ちになれないんですよね。お弁当も食べられないし……。

地名が魅力の清張作品

池内　もう一冊出た本が、『東京は遠かった　改めて読む松本清張』（毎日新聞出版）。雑誌なんかに書いていたもの以外に書き下ろしがけっこうあって、こんなに忙しい人が、よくまぁこんなに書き下ろしをと思いましたが、それはやはり松本清張への関心の強さからですか？

川本　清張も旅好き、地理好きで、作中に「え、こんな町あったの？」と思うような地名が出てくるのが魅力なんですよね。大分県の「あじむ」という町なども登場します。

池内　「安心院」と書く町ですね。行かれました？

川本　いいえ、行きたくてしょうがないんですけど、鉄道が走っていないもので、行っていないんです。安心院は、邪馬台国論争をテーマにした短編推理小説「陸行水行」に出てくる町ですね。

池内 ああいう、ちょっと珍しい地名を見つけるのが、清張さんはうまいですね。

川本 『蒼い描点』に出てくる秋田の五城目《ごじょうめ》とか、『黒い樹海』に出てくる身延線沿線の波高島《はだかじま》とか。松本清張の小説は、昭和三十年代の作品が圧倒的に面白い。四十年代、五十年代になっていくと、石油会社の話だとか、スケールが大きくなりすぎてしまって、そうすると身近ではなくなってくるんです。

池内 昭和三十年代というと、ぼく自身もその一人なんですけども、地方から東京へ出てくる大きな流れがありましたね。夢や希望や野心を強く抱いて地方を捨ててくるんですが、清張さんの場合はその「捨てる」が犯罪と絡んでいたし、昭和三十年代はそういう要素が強い時代でもあった。清張さんについての原稿を本にまとめられたのは、この本が初めてですか？

川本 はい。雑誌なんかにぽつりぽつりと書いてはいたんですが、ある編集者が「いろいろなところに清張のことを書いておられますから、一冊にまとめましょう」と言ってくれて。そう言われて、自分でもけっこう書いていたんだなと思いました。

——松本清張は、現在も比較的読まれている作家でしょうか？

川本 ほとんどの作品が、いまでも新潮文庫で手に入りますよ。文春や角川の文庫でも、生きているのではないかと思います。

池内 ぼくも、文庫本でほとんど持っています。本では清張作品が原作の映画のことも書いておら

清張の名作『点と線』にも登場する特急「あさかぜ」（1961年撮影）

れますが、名作が多いですよね。

川本　ご本人も気に入っていたのが『張込み』（一九五八）と『砂の器』（一九七四）、それから小林桂樹が出た『黒い画集　あるサラリーマンの証言』（一九六〇）でした。

――『張込み』の冒頭で、刑事二人がマスコミを巻くために横浜駅から九州に列車で向かうシーンは、緊張感がありますね。

川本　冒頭のあの列車の場面は、いつ観てもわくわくしますよね。まだ新幹線のない時代ですから、横浜から佐賀まで行くのに丸一日かかっている。夜の十時くらいに横浜から乗り込んで、翌日の夜に佐賀へ着いているんですから。

――佐賀駅に着いた刑事が佐賀県警へ向かうときに町の様子が映るんですが、こんなに味のある風景の町なんだと感じました。

川本　現在は合併して二十万を超えましたが、もともとは人口が少ない町なんです。県庁所在地で二十万に満たないのは甲府と山口で、かつてはそこに佐賀も入っていたんですね。人口が二十万を超えない県庁所在地って、何かいいんですよ。

池内　『張込み』は、列車での移動そのものがドラマになっている。

――車内で、刑事はランニングシャツ一枚で。

川本　そうそう。まだ冷房がなくて、扇風機が回っていましたね。

池内　扇子であおいだり、生活感があります。

川本　通路へ座るのも、当たり前でした。

池内　昭和三十年代は、生活は貧しかったけれども暗い感じはなく、明るい未来が待っているという感じがありました。故郷を捨ててもまた戻ったり、東京で一旗揚げて生活を立て直したり、それぞれにいろいろな思いがあった。だから、希望が強すぎて叶わなかった場合に犯罪に結びつくわけで、犯罪の要素が生活のなかに自然とあった。それが、ほかの時代と違うところでしょうね。悪いことは何もしない普通の人が、罪を犯しかねないような。

川本　『張込み』の犯人なんて、犯罪を起こすまでは真面目な労働者ですものね。それがどうしても食えなくなって、罪を犯してしまう。

池内　川本さんには、映画の素養が非常にあるでしょう。読者が映画で知っているシーンがあって、そこに川本さんの分析が加わるんですが、清張論のなかでも、非常に優れたものだと思います。小難しいことは一切言わずにそれを成し遂げている。

川本　ありがとうございます。清張さんは、推理小説はもちろん、考古学から始まって、時代小説も書いたりしていて、活躍したジャンルがとにかく広いので、すべてにはついていけない。ですからこの本では、昭和三十年代のミステリーだけに絞っています。

池内　清張さんのミステリーを〝ミステリー〟として川本さんが推理するという要素があって、その二重性が楽しい本です。清張さんはぼく自身も好きな作家なので、こういう視点で書けていいなぁと思いました。

子供のころの本との出会い

池内　今日は、子供の本の話ですよね？

――（雑誌の）特集で、岩波ジュニア新書の、ひいては読書の面白さや魅力について考えているので、あらためて子供時代に読んだ本の思い出などをお聞きしたいと思いまして。

川本　私は東京・杉並区の阿佐ヶ谷で育ったんですが、阿佐ヶ谷は強いて言えば山の手なんですね。あの時代、東京の場合、山の手と下町の子供は違っていて、下町生まれの小林信彦さんが書いていますが、下町の子には児童文学というものがなかったといいます。ですから、早くから大人の本を読んでいて、自分くらいの世代は児童文学を知らずに育ったのだと。ところが山の手の子たちは恵まれていたために、子供向けの本が親から買い与えられていた。それを読んだときには、なるほどなぁと思いました。
私の場合は幸い児童文学というものが身近にあって、それこそケストナーなんかはよく読みました。『飛ぶ教室』は、中学生のときに読んで夢中になった覚えがあります。主人公の名前、いまでも覚えているなぁ。ゼバスティアン・フランク、マティアス・ゼルプマン……ゼバスティアン・フランクがいちばん好きでした。いま話題になっている吉野源三郎の『君たちはどう生きるか』に、話がちょっと似ていますよね。
あとは、当時河出書房から出ていた函入りの日本児童文学全集や、石井桃子さんが監修していた岩波少年少女文学全集もよく読みました。大学生になってアルバイトをするようになって、お金に少し余裕が出てくるようになってからは、岩波の函入りのケストナー全集なんかを買いました。『ツバメ号とアマゾン号』や「大草原の小さな家」のシリーズは、「やっと買えた！」という本でしたね。

池内　地方都市の郊外で育ったぼくたちには、川本さんがおっしゃったような山の手と下町といった区分はなくて、あるのは金持ちか貧乏人か。金持ちには山の手と同じように、両親が買ってくる函入りの児童文学の本がある。貧乏人はそんなの全然買ってもらえないですから、一冊の本を仲間で回し読みしたりする。『幻影城』とか、『謎の秘宝』とか……。

川本　昔の立川文庫風の本ですね。

池内　そうです、そうです。表紙が破れていたり、途中で「こいつは悪いヤツだ！」とイタズラ書きしてあったり（笑）。そういう本を、食い入るように読んでいました。ですから、リンドグレーンやケストナーなんかは、全然お呼びじゃない。南洋一郎や高垣眸《ひとみ》のように、子供向きの本を書いている文士……そういう子供の本の大作家がいました。

川本　高垣眸といえば、『怪傑黒頭巾』でしたか？

池内　そうですね。ぼくらが夢中になった本には、怪傑、怪盗、怪談のように「怪」が入るものが多い。江戸川乱歩なんかもそうですけど、そういう本には子供向きだけど、どこか大人の要素がありました。ほかには子供向けの本なんてない。でも、こちらは何でもいいから読みたい。ですから、『大菩薩峠』の端本の六巻だけを読んだり、『女の一生』なんてなんだかアヤシゲな本を、親に見つかるといけないから、隠す用意をしながら読んでいました（笑）。

昔やった仕事に『少年探検隊』（平凡社）という本があります。少年時代に読んだ本を大人になって読み返し、どこを覚えているか、どこに感動したかを確かめてみようという本です。大人になって少年時代を探検するという意味で、『少年探検隊』とつけたんですが、わかりにくいタイトルで、ちっとも売れなかったようです。

川本　どんな本を取り上げているんですか？

池内　『巌窟王』『家なき子』『ジャングル・ブック』『覆面の騎士』『鉄仮面』『フランダースの犬』『クオレ』……。『ノートルダムのせむし男』なんかは、このタイトルじゃないと読んだ気がしない。『ああ無情』も、『レ・ミゼラブル』は別の本で、内容は同じでも『ああ無情』じゃないといけない。

「ああ」がつかないといけない（笑）。『宝島』『ロビン・フッド』『西遊記』は、よく覚えていますね。

川本　『覆面の騎士』以外は、私も全部読んでいます。著者は……、ああ、ウォルター・スコットだ。『アイヴァンフォー』の焼き直しでしょうか？

池内　そうですね。『覆面の騎士』なんかは、原作は長い物語ですが、子供の本だと二百ページ。しかも、いろいろな版がある。でも、二百ページと千ページは、読み比べるとどちらも面白い。二百ページだからといって、つまらないことはない。

川本　『フランダースの犬』は、みんな泣きましたよね。いまの世代は、アニメで見ているみたいですね。主人公のネロが憧れた絵は、ルーベンスだったでしょうか。パトラッシュという犬が出てきますけど、自分の犬にパトラッシュとつけている家があったなぁ（笑）。

池内　この本に出てくる物語の原作者は、この作品だけがいまでも読まれていて、ほかの作品はほとんど残っていない人が多いです。三流作家がたまたま一作だけ当てたというパターンですね。『鉄仮面』なんて、暗記するほど読みました。鉄の仮面を被せられた男の話で、実際にそういう人物がフランス史にいたんです。隠された顔がある事件に関係してくるんですが、ずっと仮面を被せられた男の話というのは子供にとっては怖いもので、怖いながらも布団の中であれこれ想像して読みふけった記憶があります。子供には、名作を自分で作ってしまうところがある。もとは娯楽小説なんだけど、子供の想像力のなかでは名作になっていくことがあるのではないでしょうか。

川本　『クオレ』は、私も夢中になって読んだ覚えがあります。主人公の少年の日記と、学校の先生の「毎月のお話」から成っていて、「母を訪ねて三千里」は、たしか「毎月のお話」のなかの一つですよね。イタリアの独立のころの話が多く、愛国少年が出てくる。貧しい小学生の話なんかも多くて、驚きました。そういえば、中学生のときに夢中になった本に『チボー家の人々』がありま す。私のまわりでは、みんなけっこう読んでいました。

池内　あれは長いですね。

川本　全五巻。有名な小津安二郎の『麦秋』で、原節子が二本柳寛に、北鎌倉の駅のホームで、『『チボー家の人々』、何巻までお読みになりました？」と聞いていますね。

――本屋さんは、家の周りに何軒かあったんですか。

池内　街中には、けっこうありました。

川本　そこは、いまとは違いますね。

いまでもある阿佐ヶ谷の柏木堂は、私が子供のときからありました（二〇一八年三月に閉店）。阿佐ヶ谷にはネオ書房という現役の貸本屋さんもあって、私が子供のころにできたんですが、これはありがたかったですね。ちょうど私が中学のころにハヤカワ・ポケット・ミステリが出始めて、それはネオ書房でずいぶん借りて読みました。アガサ・クリスティーなんかは、とくに夢中になりましたね。ミステリーには最初に人物紹介欄があるものですが、あそこに「犯人はこいつだ！」と書いてしまったことがあって、あれは悪いことをしたと思います（笑）。

池内　ぼくが育った姫路の街には、夫婦でやっているコの字型の小さな店から、かなり大きな店まで、五軒くらいの書店がありました。そこを自転車で順繰りに回って、立ち読みするんです。中学生、高校生は、そんなに本は買いませんが、どんな本が出ているかは非常に関心がありますから。小さい店からめぐって、ひと通り回ると満足する。貸本屋も、やはりありました。

——貸本の料金は、子供のお小遣いで払えるくらいの価格なんですか？

川本　中学生なら、大丈夫でした。

池内　一日五円とか、それくらいでしょうか。そのかわり、三日も四日も返すのを忘れたりすると、ダメですよ。

川本　返却が遅れると余計にお金を取られますから、図書館の本は返さないくせに、貸本屋の本は必ず期日を守っていました（笑）。

池内　借りた途端に読みだして、終るとまた読んで、また読んで。三回くらい読むと、今度は後ろから読んだりするんです。熟読の極みですね。

読書の楽しみを知るか知らないかでは……

池内　ぼくは、中学のときはスポーツ少年だったんです。中学二年生くらいまではリレーのクラス代表になったりしていたんですが、十代のスポーツというのは生まれながらの筋肉がものをいうために、生来の筋肉派にはどうやってもかなわなくなったんですね。それがつまらなくて、国語の先生にそう話したら、図書館に連れて行って「この棚の、この本を読みなさい」と。それが本の世界に親しむ一つのきっかけにはなったんですが、そういう「いい本」は、どこか物足らない。先ほどの「怪」がつく本には、善と悪との戦いといった、わかりやすさがあるでしょう？　それがないせいもあって。

川本　池内さんは、わりと早い時期から和歌をつくっておられますよね。始めたのは、いつごろですか？

池内　高校時代です。それから、いわゆるナンパになりました（笑）。

川本　和歌を始めるきっかけはあったんですか？

池内　勉強ができなくて、図書館に行って啄木の本を読んでいたら、司書のおばさんが歌人だったんです。地方にはよくいますが、歌の雑誌を主宰している人でした。それで、「池内君、啄木が好きなの？」「はい」「じゃ、読むだけじゃなく、つくってごらん。見てあげるから」と。ですから、あちこちに投稿していました。高校生くらいだと、ゲーム感覚で五七五七七がつくれるんですよ。

大人になってから子供の本を読んで気がつきましたけど、思いもかけないところを印象深く覚えているものですね。『西遊記』の中で三蔵法師が山の上のお寺に泊るんですが、小僧さん二人が「こういう山の上でございますから、お食事といって何もございません。幸い庭に赤ん坊が実っていて、ちょうど食べごろですから、もいできましょうか？」というんです。三蔵法師は、さすがに赤ん坊を食べるわけにはいかないと断ると、「そうですか、では私たちがいただきましょう」と、その赤ん坊をもいで自分たちの部屋へ持っていって、むしゃむしゃ食べる。それを読んで、たしかここは覚えているなぁと。挿絵がついていて、その赤ん坊がまた丸々しているんですよ。あれは、中国の言い伝えか何かをなぞって物語にしたんでしょうけど……ああ、この絵です。小僧さんが赤ん坊を運んでいるところですね。

川本　なんだか怖いですね。えっ、この『西遊記』、宇野浩二訳なんですか!?

池内　訳者はだいたいそういう高名な人の名前になっていますが、たぶん名前だけ。実際は別人で、柴田錬三郎なんかは、慶應の学生時代にこうした物語を一作いくらで訳したりしていたようです。芸達者な人ですから、うまかったと思いますよ。こっちは子供ですから、訳者が誰かなんてまったく気にしませんけどね。

池内紀『少年探検隊』の「西遊記」にある挿絵（耳野卯三郎・画）

川本　宮沢賢治や小川未明といった、日本の童話はお読みになりましたか？

池内　それも、ある程度の年齢になってからですね。

川本　私は名前が「三郎」だったから、『風の又三郎』が気になって、何度も読みました（笑）。

池内　小川未明のように、有名な児童文学作家は何人かいましたけれど、なんだか話が小さい。『西遊記』や『宝島』のようなスケールの大きさがない。日本の児童文学には、イマジネーションで書いたものがあまりなくて、読んでもどこが名作だろうと思ってしまう。

川本　日本の児童小説には私小説の影響が濃厚で、空想にときめくことは、たしかにあまりないんですよね。せいぜい江戸川乱歩でしょうか。ですから大多数の子供が、乱歩やホームズに夢中になってしまったんですね。私自身、ホームズには夢中になりました。アルセーヌ・ルパンは女が絡みすぎて、ダメでしたが（笑）、その点ホームズは男っぽくてよかった。だいたいホームズ派とルパン派に分かれるんですよね。

池内　ホームズは、ぼくもよく読みました。シリーズがたくさんあって、全部読むと始めのほうに読んだのは忘れているから、何回も読める。ぼくは『宝島』が好きで、島のどこかに宝があるという発想が非常に好きなんです。

川本　『ツバメ号とアマゾン号』なんかもそうですが、そういう本には必ず空想の地図が入っていて、あれがまたいいんですよね。

池内　自分でも描いていました。家があって、山があって、ここに宝があるっていうのをね。

川本　『くまのプーさん』にも地図がなかったでしょうか。『くまのプーさん』も岩波で、石井桃子さんの訳でした。新潮文庫版で松本恵子さんという人が翻訳しているものも戦前に出ているんですが、『小熊のプー公』というんです。プー公よりは、やはりくまのプーさんのほうがかわいらしい感じでいいですね。

池内　作者は、誰だったかな？　『くまのプーさん』以外のものを読んだことがあるんですが。

川本　Ａ・Ａ・ミルン。この人は、『赤い館の秘密』という推理小説も書いています。

池内　非常に達者な人ですよね。『くまのプーさん』のように、大人のいろんなものが書ける人が書いた童話のほうが、面白いですね。

――昔はいまと違って子供の娯楽が少なく、遊ぶといったら外で遊ぶか、本を読むかくらいしかなかったですよね。

川本　最近は本の数も種類も、べらぼうに多い。絵本から始まって、教育熱心な家なら幼稚園のころから、かなりの本を子供に買い与えるわけでしょう？　そうなると、われわれのように一冊の本を、大事に、何度も何度も読むということは、あまりしなくなるんじゃないでしょうか。子供といえば、この間電車に乗っていたら、小学生がランドセルを背負って乗り込んできて、立ったままで分厚い本を読み始めたんです。何の本かと思ったら、ハリー・ポッターでした。一方で、大人はみんなスマホ。

――学校では積極的に、子供たちに読書を薦めているとは思うんですが、いまのお話のように、肝心の大人たちが本を読んでいる姿を子供に見せていないとなると、子供も本を手に取る気にはならないのではないかと思います。

池内　本の世界が面白いと知ったら、周りが放っておいても当人が読みますからね。読書の楽しみを知るか知らないかは、人生にとっては大きいですよ。

美食よりシウマイ弁当

奇妙なかたちの欠食児童

——今号（『望星』二〇一九年九月号）では「食あれば人集う」と題し、「こども食堂」のような、食を通した拠点づくりや社会活動に焦点を当てる特集を企画しているので、お二人にも食にまつわるお話をうかがえればと思っています。

池内　「こども食堂」の背景には、貧困のほかに、親による育児放棄なんかもあるんですか？

——どちらの問題も、「こども食堂」が生まれた経緯に深く関係しています。

川本　「こども食堂」をやっている学校なんかは、ないんですか？

——まだないようです。

池内　学校には来たけれど、お昼に食べるお弁当がなくて、その時間になると姿をくらます生徒が、ぼくの子供のころにはいました。開高健は、自分がまさにそういう子供だったころのことを、エッセイに書いています。お昼になると、仰向きになって水道の水をわーっと飲んで、そのときにズボンのベルトをぎゅっと締める。そうすると、しばらくは満腹のように感じる。彼が育った大阪では、それを朝鮮語かなにかで「トトチャブ」というそうです。あるとき廊下で、韓国人の同級生が、通りすがりに、「トトチャブはつらいやろ」とささやいた――そんな痛切な思い出です。

川本　土門拳が昭和三十五年に出版した写真集『筑豊のこどもたち』（パトリア書店）で話題になった写真を思い出します。昼食の時間に、お弁当を持ってこられない子供たちが、周りでお弁当を食べている姿を見ないように本を読んでいる。あの写真は、強烈でした。お弁当の時間になると外へ遊びに行ってしまう子が、私の子供時代にもいました。

池内　ぼくは家が貧しかったから、子供のころのお弁当は麦飯でした。麦飯に塩昆布がべたっと乗せてあって、麦飯の子供は周りにはほとんどいませんでしたけど、あれくらいでも十分おいしかった。みんな貧しかったから、貧しいこと自体がどうとは別に思わなかった。

川本　欠食児童という言葉が戦前に生まれましたが、昭和二十年代にも流行りましたよね。戦後の食糧難で、満足に食べられない子供がたくさんいました。

池内　現代の「こども食堂」へ来る子供たちは、奇妙なかたちで現れた欠食児童ですね。

川本　一方では飽食の時代と言われて、テレビをつければグルメ番組があふれ返っている。

池内　食そのものがあふれ返っていて、コンビニで廃棄される食べ物なんて相当な量でしょう。

川本　「こども食堂」ではありませんが、私が以前通っていた歯医者の女医さんが一人者で、お昼に仲間とお惣菜なんかを持ち寄って食事をする会を開いていたんです。「川本さんもお一人だから、来ませんか？」と言ってくれるので、ときどき混ぜてもらっていました。先日会った五十代の女性編集者は、同世代の独身女性同士のいわゆる女子会で、一年に一回、カニを食べに行く旅をするんだと言っていました。それで毎年、福井や石川、新潟など、カニのおいしい土地を転々としていて、今年は城崎温泉の近くへ行ったそうです。楽しそうなので「今度、混ぜてよ」と言ったら、「男はダメなんです」と断られてしまいました。

池内　川本さんは、旅行された先で、名物料理を食べたいと思うことはありますか？

川本　せっかくここまで来たのだから地酒を飲もうと思うことはありますが、おいしいと評判のお店を必死になって探してまで食べようとは思いませんね。

池内　ぼくも、「あるものを食べてりゃいいや」という感じです。その土地ならではのものを、その土地いちばんの店で食べるなんていうのは、面倒くさい。山梨のほうとうや、秋田のきりたんぽのように、その土地の名物はいちおう知っているものですから、食べられる店には行きますけど、一人で食べる食事でそんなにごちそうなんて必要ない。何年か前に「旅の食卓」というテーマのエッセイを頼まれて、できるかなぁと思いながらも引き受けたんですが、旅行のことは書けても、食事となると全然書くことがない。結局、食にはほんの少ししか触れませんでした。

――お二人の旅では、食事は宿では取らず、地元の店へ行くというスタイルですよね。

川本　旅館でぜいたくな食事をするより、地元の居酒屋や食堂へ行くのが、気楽でいちばんいいん

吉田健一『酒肴酒』（光文社文庫）

です。

池内　いちばん自由だし、店も客も面白い。お客さんを食べているようなものです。そういう人間ですから、ここでこれを食べた、あの店であんなものを食べたという思い出がないんです。

川本　最近は、バイキング形式で朝食を出すホテルが増えましたね。あれは、ちょっとぜいたくな気分になります。部屋食より、あっちのほうがいい。ブランドの服で身を固めたキャリアウーマンが、ホテルの朝食を、納豆なんかを混ぜながら食べているところを見ると、なんだかほっとします。

池内　日本人は、食事に対して淡白なのではないですか？　前に新潮社で「日本文学100年の名作」というアンソロジーの編者をしたんですが、ごちそうがキーワードになるような作品なんてなかったですよね。川本さんと松田哲夫さんが同じ編者でしたが、誰一人ごちそうに興味がなかった。

川本　誰もグルメがいなかったんですね（笑）。食べものの話が出てくる日本の小説は、もちろんいっぱいあるんですが、楽しみとしての食について書くようになったのは、丸谷才一さんによると吉田健一の『酒肴酒』（番町書房／光文社文庫）が最初ではないかと。それまでは、大の男が食べ物をああだこうだと論ずることを、日本人は嫌っていたんです。ところが、食について論ずることは文学や人生を楽しむ一つの方法だということを打ち出す吉田健一のような人が出てきて、いまではそれがあふれ返っている。

池内　吉田健一の『饗宴』（ＫＫロングセラーズ）なんかは、元手がかかっているからこそサマになる。いろいろな聞き書きをまとめたみたいなものですが、吉田健一が書くから『饗宴』になるのであって、成り上がり者が書いてもそうはならない。

川本　「食は三代」という言葉がありますよね。三代目になって、初めて食について語れるだけの味覚が身につくという意味だと思いますが、そう考えると、一代目の成り上がり者が書いてもダメなんですね。

池内　やはり、教養がなければダメですよね。

川本　丸谷さんには『食通知つたかぶり』（文藝春秋）という名著がありますが、高級な店ばかりで、あれも元手がかかっていますね。

――池波正太郎さんなんかは、食通というよりも、純粋な食いしん坊という感じがします。

川本　池波さんは、グルメではなくグルマンですよね。あの方は下町出身だから、カツレツとかオムライスのような洋食が好きなんです。洋食は下町文化ですから。後にフランスへ行って、フランス料理のこともいろいろ書いていますが、やっぱり洋食が似合う。池波さんなんかも、男が食について書いてもいいんだという走りかもしれませんね。

――池波さんの『散歩のときに何か食べたくなって』（平凡社／新潮文庫）は、散歩と食がセッ

池波正太郎『池波正太郎の銀座日記』（新潮文庫）

トになっているところが好きでした。

池内　ちょっと寄り道して何か食べるという、あの感じがね。その点、日本にはぜんざいや大福、まんじゅうのような寄り道グルメがいろいろありますよ。餡ものが、たくさんあります。

川本　『銀座百点』に連載されていた『銀座日記』（朝日新聞社／新潮文庫）もよかったですね。池波さんのエッセイに出てくる食べ物は、本当においしそうなんだよなぁ。あれは、あの人にしかできない芸ですね。池波さんがまた、よく食べるんです。『銀座日記』にあったんですが、あるとき先輩作家の川口松太郎に、「君は食べすぎ、飲みすぎ、映画の見すぎ」と言われたそうです。案の定、七十歳手前で亡くなってしまって……。テレビで食の番組をやっていた俳優の渡辺文雄さんや、映画評論家で美食家だった荻昌弘さんなんかも、わりと早くに亡くなっているのではないでしょうか。美食は、健康にはよくないのかもしれませんね。

池内　するとわれわれは長命ですね（笑）。

子供のころの食べものの記憶

――幼少時代に「いつか、これが食べたい！」と思っていたものはありますか？

川本　子供のころには、おいしいものなんてほとんど知りませんでしたから、そう思いようがなかったんです。私の世代は、とにかくお腹がいっぱいになれば、それだけで幸せでした。ただ、自分が知っている狭い範囲で、あれがおいしかったからもう一度食べたいと思うものはあって、なぜか鯉が好きなんです。東京では鯉が食べられるところがあまりないのに、なぜ鯉が好きになったのか。おふくろに聞いたんですが、まだ五歳か六歳のときに、おふくろが長野まで買い出しに行って、そこへ私も連れて行ったらしいんです。長野は佐久の鯉なんかが有名ですし、そのときに食べた鯉が記憶にあるんじゃないかと言っていました。いまでも鯉が食べたくなると、赤羽にある「まるます家」という川魚を出す居酒屋に行って、鯉のあらいや鯉こく、鯉のうま煮なんかを食べます。

池内　ぼくのおふくろの里の伯母はわりと発展家で、それが料理にも出ていました。小さいころ、夏休みになると、おふくろは働いていますから、その伯母がいる里にやられたんですね。そこで、初めてカレーライスを食べた。小学二年か三年のときです。カレーライスの真ん中には卵の黄身が乗せてあって、それを潰して混ぜながら食べるようにとに教えられて。カレーと黄身が混ざり合ったあの味は、いまでも忘れられません。「こんなにおいしいものがあるのか！」と思いました。

川本　すでに戦後ではあっても、当時はカレーライスなんて、まだぜいたくだったのではありませんか？

――卵も、貴重品だったでしょうし。

池内　大きな家でしたから鶏を飼っていたんだと思いますが、それでもごちそうでした。伯母の家の前には大きな川が流れていて、そこで洗い物をするものだから、岸に石の段がついていたんです。あるとき、段を飛ぼうとして飛び損ねて、骨がへつるほど、向う脛をしたたか打った。その日は「痛い、痛い」と夜中まで呟いていたそうですが、夏の家の思い出といったら、カレーライスと向う脛だけ。悲しみと喜びが一緒になっている。

川本　向田邦子さんが、カレーライスとライスカレーの違いを、外で食べるのがカレーライスで、家で食べるのがライスカレーだと、絶妙な定義をしていますね。向田邦子さんとカレーといえば、「寺内貫太郎一家」の脚本をずっと書いておられて、テレビのホームドラマですから、家族そろって食事をするシーンが必ずある。それであるとき、小道具の人から、食事のセットを用意しなければならないから一家が何を食べたか脚本の段階で書いてくれと言われたんだそうです。今日は豆腐と茗荷の味噌汁、アジの干物とか、いろいろ知恵を絞って書くんですけど、「ゆうべのカレーの残り」というときがあって、あまりの表現力にスタッフみんなが感嘆したと、久世光彦さんが書いていらっしゃいました。

池内　生活感がありますね。昨日の残りのカレーが、またおいしいんですよね。ぼくがヨーロッパ

ハンガリーの国民食「グラーシュ」。牛肉と野菜を煮込んだスープ料理

にいたときはアパート住まいでしたから、半分くらい外食で、作るときにはフライパン一つでできるようなカンタンなもの。ハンガリー料理の煮込み、グラーシュなんかは、一回作ると一週間くらいは持ちました。ドイツでは、食事の時間以外にはレストランに料理人がいなくて、店の人が臨時に料理するんです。料理と言っても、ありあわせのもので作った手抜きの料理ですが、安くておいしいんですよ。そういうものは、よく食べに行きました。

川本　ウィーンに滞在中、日本食が恋しくなったことはありませんか?

池内　あまりなかったです。日本から来てすぐに中華料理を食べに行く人も、なかにはいましたけど、ぼくは土地のものを食べればいいと思っていました。

川本　当時も日本料理店は、すでにあったんですか？

池内　少ないけれどもありました。でも、高くて、まずかった。中華料理の店はいくつもありましたけどね。

川本　中華料理店は、世界中どこへ行ってもありますから便利ですね。

「食」のシーンあれこれ

川本　昔、テレビの仕事でアメリカの中西部を旅したことがあるんですが、そのスタッフが同じような仕事ばかりしている人たちなので、旅慣れていて。感心したのは、ある街に着くと、まず初めに車で街を一回りして、その日の晩御飯をどこで食べるか、店を探すんです。ネットもスマホもない時代ならではですけど、実際仕事が終わってそこへ行くと、探した甲斐があったという店なんですね。とはいえ、ご存知のように、アメリカ中西部は料理のバラエティが少ないので、とにかくステーキとポテトしかないようなレストランばかり。そういう旅だとわかっているので、スタッフたちは必ずお醤油を持ってきていて、どんな料理でもお醤油をちょこっとつけるとおいしくなりますから、旅慣れている人は違うなぁと感心した覚えがあります。

番組の収録が無事終わり、打ち上げをやろうということになったときに、彼らはまた凝り出して。そのときの旅でいちばんおいしかったものは何かという話になって、ミシシッピ川で捕れたナマズのから揚げということで意見が一致した。それで東京へ戻ってきて、ナマズを食わせる店をありとあらゆる方法で探し、埼玉県の蓮田というところにやっと店を見つけて行ったんです。食に対する執念が本当にすごい、楽しいスタッフでした。

池内　日本では、ナマズはウナギの代用品で、終戦直後くらいまではわりと食べていたといいますが、でもまぁ、できたらウナギのほうがいいですね。

川本　子供のころにドジョウを食べた覚えはありますが、ナマズを食べたのはそのときが初めてでした。

――千葉県の印旛沼あたりには、ナマズやウナギを食べさせる店がありますね。成田のほうでもウナギを出すところがありますが、やはり成田の掘っ立て小屋のような店で、バケツいっぱいのザリガニを食べているのを見た覚えがあります。野趣あふれる光景に、驚きました。

川本　数年前に亡くなってしまった評論家の松本健一さんは群馬県出身で、子供時代にはザリガニを捕って食べていたと書いていました。森繁久彌は満州から引き揚げてきた人で、大阪でまだ貧乏暮らしをしていたときに、ザリガニを捕って食べるのがごちそうだったと、何かで読んだ記憶があります。

ウナギは日本人しか食べないかと思ったら、映画『ブリキの太鼓』（一九七九、原作・ギュンター・グラス）に食べるシーンがあって、ドイツ人もウナギを食べるのかとびっくりしました。ぶつ切りにして煮ていましたけど、あまりおいしそうではありませんでしたね。海から引き揚げた馬の首からウナギが出てくるシーンは壮絶で、あれを見た後は、さすがにしばらくウナギを食べる気にはなりませんでした。

池内 主人公の母親には、馬の腐った頭に集まるウナギを食べることによって、道ならぬ恋を清算するという女のたくらみがある。ものすごいイマジネーションですよね。彼らのイマジネーションは、日本人のそれとは明らかに違う。ぼくは一度、ギュンター・グラスと会ったときに、ああいうイマジネーションはどこから出てくるのかと聞いたことがあります。「一つ叩けば、物語がつながって出てくる。そのつながりを、延長させていけばいい」という、ごく単純な言い方をしていました。

川本 しかし、あんなに大きなウナギが海にいるものなんでしょうか。

池内 日本でいえば潟にあたる、海水と淡水が混ざり合うところには、いてもおかしくないと思います。バルト海の浅いところには、そういうところがあります。映画『復讐するは我にあり』（一九七九）には、ウナギの養殖場らしきところにゴム製の作業着が吊るされているシーンがありましたね。主人公は殺人を犯して逃走中で、そのぶら下がったゴムの作業着が、絞首刑になった人間の姿を連想させる。非常に印象に残っているシーンです。

川本 斎藤茂吉がウナギが大好きだったのは、有名ですよね。

池内 小泉八雲なんかも、毎日ウナギを食っていた。

―― 彼らの時代は、ウナギはいまほど高価ではなかった？

川本　そうだと思います。斎藤茂吉は山形の出身で、戦時中、大石田に疎開したときには近くでウナギがずいぶん捕れたみたいですよ。斎藤茂吉がウナギ好きだということで、近所の人たちがよく持って来てくれていたそうです。

以前、文藝家協会の理事を一度だけやっていたことがあって、そのときに二回くらい会議に出たんですけど、お昼になると近所にある鰻屋からうな重を取ってくれるんです。紀尾井町あたりの有名な鰻屋さんみたいで、それが楽しみでした。大学時代にアルバイトで、ある先生の書庫の片づけに行ったときに、お昼にうな重を取ってくれて、世の中にこんなうまいものがあるのかと喜んで食べた覚えがあります。食べ終わった後、先生がうな重の空の箱に、割り箸を折って入れていて、それがいかにも食べ慣れている感じで、かっこよくて。自分でも一度やってみたいと思っているんですが、いまだに実現していません。

――『ブリキの太鼓』のウナギのシーンは強烈ですが、アメリカ映画で印象に残る食のシーンなどはありますか？

川本　西部劇で有名なのは、『シェーン』（一九五三）ですよね。主演のアラン・ラッドが開拓民の一家に、食事に呼ばれると、奥さんのジーン・アーサーがパイを焼いてくれるんです。あの映画をビデオで見直すと驚くのは、塩や胡椒といった調味料を乗せて、くるくる回転させて使う器具がありますよね。あれが、食卓の上にあるんです。貧しい開拓者の家に、あんなにハイカラなものがあることにびっくりします。

池内　開拓に来る前の生活で使っていたものかもしれませんね。アメリカ映画にもごちそうのシーンはいろいろあったと思いますけど、覚えていないですね。自分の関心のあるところしか見ないから。

川本　『麗しのサブリナ』（一九五四）では、オードリー・ヘプバーンがパリの料理教室へ行くんですが、まず卵の割り方から始めるんです。「手首のスナップを使って、こう割るんですよ」と教わるシーンは、なんともかわいいですね。映画の中の卵というと多くの人が思い出すのは、ソフィア・ローレンが出演した『ひまわり』（一九七〇）ではないでしょうか。あの映画では、卵をいくつも使ってオムレツを作るシーンがあって、宮部みゆきさんも印象的なシーンとして、たしか小説に書いていています。戦後すぐには映画が不足してたために、戦前の映画を再上映することがあったそうですが、戦前の、豊かなころの映画の中では、おいしいものを食べている。終戦直後の、まだひもじい思いをしているときにそれを見直すと、フライパンで卵焼きを焼くシーンなんて、客席からため息がもれたといいます。

食べ物ではないんですが、私が子供のころに『ジャイアンツ』（一九五六）という映画があって、それにコカ・コーラが出てくるんです。キャロル・ベイカーがジェームズ・ディーンとデートをするときに、コカ・コーラを頼む。たしか、字幕にも出たはずです。子供のころそれを見て「コカ・コーラって何だろう」とずっと不思議に思っていて、ようやく実物が世の中に出てきたのは東京オリンピックのころです。でも、後で気づいたことですが、小津安二郎の『麦秋』（一九五一）にも出てくるんですよね。セリフだけなんですけど、淡島千景が原節子に「あなたみたいなお嬢様は、きっと結婚していいところの奥様になって、コカ・コーラなんか飲んだりするんでしょうね」と言っている。

池内　映画を見たり小説を読んだりするのは簡単で楽しいですけど、翻訳するのはたいへんです。料理というのは、本当に泣かされます。料理自体が未知なうえに、味付けも見た目もわからないと、思わず飛ばしちゃいたくなります（笑）。

川本　テネシー・ウィリアムズによる戯曲『欲望という名の電車』が、日本では杉村春子がブランチ役で上演されましたよね。杉村春子が回想で書いていますが、『欲望という名の電車』にもコカ・コーラが出てくるんです。ところがあの時代、コカ・コーラが何かなんてみんなわからない。それで翻訳の人も苦労したといいます。

食べ方によって、その人がわかる

川本　池内さんは関西ご出身ですが、納豆は食べられますか？

池内　食べられますけど、小さいころにはなかったです。

川本　あんなふうに貧しいものは、関西の人は食べないのかな。谷崎潤一郎が関西に移住して、初めて関西の食べもののおいしさに目覚めて、東京の悪口を盛んに言い始める。東京の人間は、塩鮭クサヤとかタタミイワシとか、なんて貧しいものを食べているんだと、貧しい料理の名前をどんどん挙げていくんです。

池内　結核の療養をしていたころの梶井基次郎の日記を見ると、「全部オレの好きなやつばっかりだ！」と（笑）。

朝。味噌　漬物（蕪）飯二杯　肝油

昼　味噌汁（菊菜）大豆。漬物（蕪）飯二杯　肝油

夕。雞　白葱ノスキ焼。漬物沢庵　飯二杯半。肝油、アニモスターゼ。

肝油はタラの肝臓からとった薬用脂肪油で、結核の栄養補給の切り札にされていたようです。子母澤寛の『味覚極楽』（中公文庫BIBLIO）には、いちばんおいしいのは冷や飯と、舌が焼けるような熱い味噌汁だとあります。冷や飯というのは、たしかにうまいんです。

川本　それは、お寺のお坊さんの聞き書きではなかったでしょうか。あれを読んだときに、たしかに私もそうだなぁと思いました。駅弁のごはんなんて、冷たくてもおいしいですものね。駅弁でおいしいのは、なんといっても崎陽軒のシウマイ弁当。しかもあれは千円以下で、千円でおつりがくる駅弁であんなにおいしいものって、ほかにないですよ。ただ、最後のアンズは、私はいらないんですけどね。

池内　あれは、温めたほうがおいしいんですか？

川本　崎陽軒でしたか、一度、シュウマイを温められる容器を開発して売り出したんですが、結局普及はしなかった。というのも、温めると車内中にシュウマイのにおいが立ち込めてしまうんです（笑）。あれは、恥ずかしいですよね。東京駅から新幹線に乗るときは、私は必ず崎陽軒のシウマイ弁当です。旅のエッセイをよく書かれる岸本葉子さんは、ときどき東京駅から横須賀線に乗って鎌倉に行くそうで、そのときにはシウマイ弁当を食べたい。ところが最近は、横須賀線の座席がどんどんロングシートになってしまって食べにくい。それで、シウマイ弁当を食べたいがために、グリーン車に乗っているんですって（笑）。

――駅弁は、何といってもワクワクしますよね。

池内　あれは電車が走っていないと、おいしくない。ぼくは八海山が出している季刊誌の仕事をずっとしていて、そのときはいつも社員食堂で朝食を食べていました。けっこうおいしかったですよ。

川本　八海山というと、新潟の酒造会社の？

池内　その八海山です。そこの社員食堂は一般に開放しているので、お昼には近所のおばあさんや一人者なんかも来ていました。会社によっては、そういうところがほかにもあるんじゃないですか。

――先日、取材の際に名古屋鉄道の社員食堂へ行ったんですが、そこも一般の人が入れました。

川本　食べ物のエッセイをよく書かれている平松洋子さんには、出版社の社員食堂を訪ね歩く面白いエッセイがありますね。新潮社が、評判がよかったなぁ。市役所の食堂も、一般に開放されていますよね。

池内　トーマス・マンの『ブッデンブローク家の人々』は、始めから数十ページはずっと食事のシーンです。ある会社の創立記念を祝う宴会の場面で、宴会を描くことによって一族のそれぞれの人間の性格がわかるようになっている。食事がコースで運ばれてくるから、どの料理をどんな風に食べるか、その合間の会話で、性格を描き分けることができるんですね。料理の食べ方には、その人の個性が出る。その人がどんな本を読んだかなんて簡単にはわかりませんが、食べるというのは本能的な行為ですから、生まれ、育ち、教養が、直ちに出てしまう。西洋には、「食べ方によって、その人がわかる」ということわざがありますが、名言だと思います。社員の選考には、面接などよりも、いっしょに食事をすれば人品骨柄がよくわかると思いますね（笑）。

シウマイ

あとがき

東海教育研究所が発行している月刊誌『望星』の二〇一六年三月から二〇一九年九月まで三ヶ月に一度、池内紀さんと対談したものをまとめた本である。

池内さんは私のもっとも親しくしていた年上の友人で、またもっとも尊敬するもの書きだった。飄々とした人柄には会うたびに心がなごんだ。

対談はそのつど編集長の石井靖彦さんから、旅、本、喫茶店、散歩などのテーマを与えられたが、話はそれにとどまらず、しばしば脱線したり、寄り道したりした。

約二時間の対談は、楽しい時だった。

私はあまりもの書きに友人のいないほうなので池内さんと三ヶ月に一回、会って自由気ままに話が出来るのはうれしかった。

対談の場所は、一回目こそ、霞ヶ関のビルにある東海大学の会議室で行ったが、どうも二人には高級すぎるというので、そのあとは、中野の喫茶店ルノアールの小さな会議室、それに、編集部の吉田文さんの父親が下町の入谷で開いている喫茶店ですることが多くなった。

戦後の貧しい時代に育った貧乏性の二人には、立派な会議室より、そのほうが性に合った。二時間ほど話をしたあと、中野や入谷の居酒屋で石井靖彦さん、吉田文さんと四人で軽く飲むのがまた楽しかった。

池内さんにはじめてお会いしたのは一九八三年の冬。同じドイツ文学者の種村季弘さんと三人で、月刊誌『文藝春秋』の温泉座談会をした時だった。温泉好きの三人が、島根県の玉造温泉の宿に泊っての座談会で、こんなことがありえたのだから、まだ、のんびりした時代だった。まだ出版界にもゆとりがあったのだと思う。私も池内さんも種村季弘さんを尊敬していたので、この旅は本当に楽しいものだった。

それから、気が合って、池内さんと親しく会うようになった。池内さんは昭和十五年生まれ。私は十九年生まれ。四歳年下になる。だから、私のほうが池内さんに兄事したといえる。

実際、知識教養が私よりはるかに深い池内さんにはいつも教えられることが多かった。はじめてお会いした時は、都立大の先生だったが、その後、五十五歳の時に大学（東大）を退職され、筆一本で生きる自由人になられた。かねてからの夢だったという。それからの池内さんの活躍は、御存知のように目を見張るものがあった。毎月のように本を出される。専門のドイツ文学では、カフカを訳し、ゲーテを訳し、ギュンター・グラス、エーリヒ・ケストナーを訳す。その一方で、日本文学を論じ、また旅のエッセイを次々に書かれる。

池内さんには一日が四十八時間あるのではと驚嘆した。それでいてあくせくしたところがまったくない。好きな仕事を自分のペースで楽しんでいるという余裕が感じられる。文章はうららかで、大言壮語、悲憤慷慨がない。決してルサンチマンでは書かない。権力や権威とは無縁で、偉らぶらず、どこか仙人のような飄然とした構えがある。「自慢ではないけど、これまで長と名のつくものをしたことがない」と笑っておられた。その生き方にも強く惹かれた。

こんな素晴しい人が、私などと長く付き合ってくれたのは本当にうれしいし、私にとって誇りになっている。

池内さんとは共通点がいくつかある。

前述したように、子供時代、貧しかったから貧乏性なこと。贅沢が苦手。二人とも旅好きだが、高級旅館にはまず泊まらない。安宿に泊って町の居酒屋で飲む。

　パーティや会議が苦手で、なるべくなら敬遠したい。一人でいる時間を大切にしたい。二人とも極端なアナログ人間で、いまだに原稿は手書きであることも共通していた。パソコン、スマホ、メール、一切使えない。私はどうにか携帯電話は持っているが、池内さんは持っていない。池内家にはテレビがない。

　しかし、何よりも共通していたのは二人がなんとか筆一本で生きようとしたことではないか。池内さんが私などと付き合ってくれたのは、この点では私のほうが先輩だったためかもしれない。そう、池内さんが東大を早期に辞めて文筆家として立たれたとき、私は先輩面して言ったことがある。「池内さん、この頃、晴れ晴れしたいい顔になりましたね」。池内さんは東大教授であることが息苦しくて嫌だったようだ。


　私は二〇〇八年に七歳年下の家内を癌のために失なった。子供がいないので一人暮しになった。この前後、池内さんは親身になって私のことを心配してくれた。

　家内が亡くなる数日前、依頼されていた原稿の〆切りが迫っていた。とても書く余裕はない。どうすればいいのか。困った末に池内さんにかわってほしいと頼んだ。急な依頼なのに池内さんは引受けてくれた。友情の有難さをこれほど感じたことはない。

その後も池内さんは一人暮しの私を気づかって、会うたびに「きちんと野菜とっている?」「かかりつけの医者を持ちなさい」「酒を付き合ってくれるいい女友達を作りなさい」「困ったことがあったら夜中でもいいから電話して下さい」と言ってくれた。

こんなこともあった。新潮文庫のアンソロジーの仕事を一緒にした時。ある日、編集会議で隣りになった。数日後、池内さんから手紙がきた。「上着、カビくさかったですよ。クリーニングに出すように」。一人暮しの身を気づかってくれた。こんなことを言ってくれるのは池内さんしかいない。

池内紀さんは二〇一九年、八月三十日に亡くなられた。奥様によると、夜、寝ていてそのまま静かに逝かれたという。

対談の最後の頃、正直なところ、相当に弱っておられた。中野のルノアールは二階にあり、その階段は急で、昇り降りがつらそうだった。それでも、六十代になっても山登りをされていた池内さんだから、いずれ元気になられると思っていた。冗談ではなく、一人暮しの私のほうが先に逝くから葬式で弔辞を読んで下さいと頼んでいた。それが……。

いまこの対談を読み返してみると、目の前に池内さんの笑顔、あのゆったりとした播州弁を思い出し、あたたかい気持ちになる。尊敬できる年上の友人を持ったことの幸せを思う。

最後になったが、本書のもととなる対談を企画してくれた『望星』編集長の石井靖彦さん、編集部の吉田文さん、秋田で二人の対談を企画してくれた書肆フローラの遠藤知子さん、そして本書を作ってくれた毎日新聞出版の宮里潤さんの各氏に心より感謝いたします。

川本三郎

池内さんが亡くなられて三年目の夏に

二〇二一年八月

写真提供
33P、34P、176P、178P、244Pは著者（池内紀）。
それ以外はすべて毎日新聞社および毎日新聞出版。

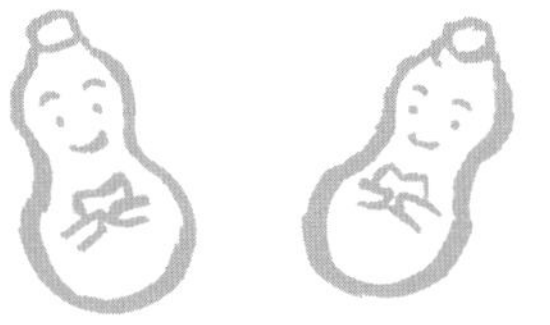

池内紀（いけうち・おさむ）

一九四〇年生まれ。ドイツ文学者、エッセイスト。主な著訳書に『海山のあいだ』『二列目の人生 隠れた異才たち』『すごいトシヨリＢＯＯＫ トシをとると楽しみがふえる』『池内紀の仕事場』全八巻、『カフカ・コレクション』全八巻など多数。二〇一九年八月、逝去。

川本三郎（かわもと・さぶろう）

一九四四年生まれ。評論家。著書に『大正幻影』『荷風と東京』『林芙美子の昭和』『老いの荷風』『あの映画に、この鉄道』『東京は遠かった 改めて読む松本清張』『『細雪』とその時代』『映画のメリーゴーラウンド』など多数。

すごいトシヨリ散歩《さんぽ》

第1刷
2021年11月5日
第2刷
2021年11月20日

編者
池内紀《いけうちおさむ》・川本三郎《かわもとさぶろう》

発行人
小島明日奈

発行所
毎日新聞出版
〒102-0074
東京都千代田区九段南1-6-17 千代田会館5階
営業本部 03-6265-6941　図書第一編集部 03-6265-6745

印刷・製本
精文堂

ISBN 978-4-620-32703-7